건
던
탑
·
취
미
의
유
전

런던탑 · 취미의 유전

초판 제1쇄 인쇄 2004년 6월 5일
초판 제1쇄 발행 2004년 6월 10일

지은이   나쓰메 소세키
옮긴이   김정숙
펴낸이   정진숙
펴낸곳   (주)을유문화사

창립   1945. 12. 1
등록번호   1-292
등록날짜   1950. 11. 1

주소   서울시 종로구 수송동 46 - 1
전화   734 - 3515. 733 - 8152~3
FAX   732 - 9154

E-Mail   eulyoo@chollian.net
인터넷 홈페이지 www.eulyoo.co.kr

ISBN 89 - 324 - 5225 - 3 03830

값 8,000원

나쓰메 소세키 소설선

나쓰메 소세키 지음 · 김정숙 옮김

런던탑 · 취미의 유전

을유문화사

해설 | 소세키를 어떻게 읽을 것인가?

1

소세키만큼 다채다양한 문체文體와 방법을 실험한 작가는 없지만, 동시에 여기에 일관된 것은 단 하나, 소설이란 무엇인가에 대한 지칠 줄 모르는 물음과 인식이다. 반대로 말한다면 그 하나의 일관된 인식이 방법과 문체의 다채다양을 창조시켰다고 말해도 좋다. 우선, 작가 이전의 최초의 기록인 '인생'(1896. 10)이란 수필을 보자.

"인생은 하나의 이론으로 정리될 수 없는 것이고 소설은 하나의 이론을 암시함에 불과한 이상, 사인 코사인을 사용해서 삼각형의 높이를 재는 것과 일반이다." 그러나 "우리들 마음속에는 밑변없는 삼각형이 있다. 이변 병행하는 삼각형이 있음을 어떻게 하면 좋을까"라고 한다. 또 "만약 시인 문인소설가가 기재하는 인생이 인생의 전부라고 한다면, 인생은 매우 편리하고 인간은 대단히 훌륭하다. 그러나 불측不測의 변이 외계에서 일어나고, 뜻밖의 마음이 마음속에서 나온다. 용서없이, 또한 난폭하게 나온다."라고도 말한다.

'인생'이란 항상 언어를 초월하고 표현을 초월하는 과잉한 그어떤 것이라는 인식. '소설'이란 것의 근원적인 상대화. 그와 동시에 '이변병행'한 채 결코 맞물려지지 않는 의식. 정신의 무한한 순환을 묻는 '소설'의 명운命運이란 무엇인가. 혼신의 힘을 다해 플롯과 스토리를 설치하고 묘사해도 결국은 미해결인 게 '소설'이 아닐까 라는 예감과 통찰. 덧붙여 말한다면 소세키가 연구한 학문은 18세기를 중심으로 한 영문학이었다.

말할 것도 없이 소설이란 중세 이후의 이야기에서 태어나, 역으로 '이야기' 그 자체를 되묻고 분석해 마지않는 근대정신의 한 소산이다. 더욱이 이야기의 패러디화라고까지 말하는 현상이 나타나는 것은 '소설' 자체를 부정하는 행위와 동일한 것이다. 대륙문화, 이를테면 프랑스와 스페인보다 늦게 출발한 영국 소설에 있어, 18세기는 가장 다채로운 활동을 드러낸 시기였다. 작가 소세키의 출발에 〈나는 고양이다〉였던 것도 역시 이와 무관하지 않다.

〈나는 고양이다〉가 로렌스 스턴의 〈신사 트리스트럼 섄디의 생애와 의견〉, 스위프트의 〈걸리버여행기〉의 영향을 받은 것은 잘 알려진 대로다. 이미 소세키의 초기 평론에 '트리스트럼 섄디'(1897. 3)라는 글이 있다. "짜임새" 없는 "무시무종無始無終"으로서 "꼬리인지 머리인지 분명하지 않는 해삼 같은" 소설이 이 작품이라고 스턴을 논하고 있는데, 자신의 〈나는 고양이다〉도 "취향도 구조도 없고, 꼬리와 머리가 분명하지 않은 해삼 같은 글(상편上篇 '서序')"이라는 평을 스스로 내리고 있다. 또 〈나는 고양이다〉의 해학과 풍자의 저변에 깃든 깊은 페시미즘은, 그가 18세기 문학 가운데 가장 깊게 공명한 스위프트의 그것과 일맥상통되는 점이 있다. 말하자면 이 작품의 실험은 〈걸리버여행기〉의 '말의 나라'에서의, 말의 시점을 통한 통렬한 인간풍자에서 받은 자극과 스턴의 자유자재한 화법, 구상에 촉발된 것으로 보여진다.

그러나 한발 나아가 생각하면, 영향과 촉발은 한 측면에 지나지 않으며, 실험의 본체는 어디까지나 작가 자신 속에 있다. 그것은 소세키라는 작가가 가진 끝없는 비평정신과, 때로는 지나침을 연상시키는 '지知'의 투철성이다. 이것이 사생문寫生文(사물을 본 그대로 충실하게 묘사해서 쓰는 글. 메이지 중기 마사오카 시키가 그린 그림의 방법에서 제창한 산문의 한 형식–역주)을 쓰면 사생문을 뛰어넘고, 신문소설을 쓰면 신문소설의 형식을 타파하는, 소세키 독특한 실험으로 나타난다.

'소설'이 진실로 '소설' 그 자체를 초월, 철저히 열린 '지知'로서의 실험인 것을 체득한 근대일본 최초의 작가가 소세키였다고 말해 좋다. 〈갱부坑夫〉 이후의 작품이 이야기로, 플롯과 스토리로, 언제나 결말없이 끝나는 것만 보아도 그것은 확실할 것이다. 인생에 해결이란 있을 수 없다는 〈노방초〉 마지막 장면의 감개는 플롯의 기원을 뛰어넘은 작가 내면의 쓰디쓴 육성이라고 말하지 않을 수 없다.

작가의 죽음에 의해 중단된 〈명암明暗〉을 우리들은 슬퍼만 해야 할까. 아니, 그 중단이야말로 해결 없는 인생을 해결 없는 그대로 추궁하는 '소설'의, 그리고 그 소설의 역할이란 무엇인가를 보기 좋게 증명해주는 것이 아닐까. '이변병행'이란 여기에서는 '명암쌍쌍明暗雙雙'이라는 말로 나타난다. 당시에 쓴 한시에 보면, "休向畵龍漫点睛(화룡에 쓸데없이 점 찍는 일 따위는 그만두세)", "畵龍躍處妖雲橫(화룡이 뛰어오르는 곳 수상한 구름이 가로막네)"라는 시가 있다. 이것은 화룡점정에 비유된, 이야기 또는 줄거리상의 해답과 결말이란 쓰잘 데 없는 것임을 의미한다. '진룡眞龍'이야말로 몸을 감추고 "忽然復活侶魚鰕(홀연히 살아나 잡어와 섞여 논다)"는 것이다. 그림 속 용이 아닌, 실제 살아 있는 용을 찾아 추구하자는 의미다. 이렇게 볼 때 그것은 작가 혼자만의 과제가 아닌, 역시 독자의 과제라고도 할 수 있다. '읽는다는 것'은 무엇인가. 그것은 '작품'만이 아니라 '작품'의 배후에 연면히 흐르는 작가의 의식의 고동과 점멸에 대한 주목이 아니겠는가.

우리들은 〈햄릿〉을 볼 때 햄릿의 비극과 운명만이 아니라 그것을 연기하는 배우의 연기를 본다. 연극에 있어서의 '문체'란 배우의 연기라고 할 수 있다. 문체 그 자체에 점멸, 진동하는 그 무엇인가가 우리들을 잡아끈다. 최근 기치에몽吉右衛門 주연의 '구마가 이진야熊谷陣屋'라는 가부키를 보고 깊은 감동을 받았다. 그의 선대의 연기도 아직 눈에 선연한데, 선대의 연기를 뛰어넘은 박진감 넘치는 연기였다. 이와 같이 우리들이 그 배역과 함께 그것을 연기하는 배우를 보듯이, 작품을 읽는 것 역시 그와 마찬가지가 아닐까. 씌어진 이야기, 스토리, 플롯과 함께 우리들은 그 배후에 숨쉬며 진동하는 작가의 의식의 움직임을 본다. 작품을, 텍스트를 작자에 환원하는 것이란 역시 이를 두고 말하는 것이다. 현재 유행인 텍스트론자는 작품을 작가와 결부시키지 않는다고 한다. 텍스트의 다양한 말과 의식의 진동, 그리고 그 풍요로움을 작가와 결부시켜 생각한다는 것은 작품을 단일화시키는 것이라는 것이다.

그러나 그것은 작가를 하나의 인격, 사상, 이데올로기, 그외 실체적인 면에 있어서 소외시키는 일이 될 것이다. 작품에, 텍스트에 작가의 무수한 목소리가 살아 있다면, 그것을 쓴 작가의 내면에는 더더욱 무수한 목소리가 살아 숨쉴 것이다.

'이변병행', 즉 끊임없이 유동하는 정신과 의식의 진동이다. '시인문인소설가'의 손에 벅찬 것이란 바로 이 점을 가리킨다. 텍스트의 통일성은 작가 아닌 독자쪽에 있다고 하지만, 그러나 작가야말로 최초의 독자이리라. 그는 말을 풀어내고 풀어낸 말로 텍스트를 짜간다. 이 작가와 텍스트를 둘러싼 의식의 무한운동에서만 진실한 작품, 그 '말'이 태어난다. 평론가 하스미 시게히코蓮實重彦류의 말을 빌리자면, 진정한 말이 태어나 생동하는 '사건의 현장'이라는 표현이 된다. '읽는다'는 것은 진실로 작품배후의 이 '현장'에 깊이 들어가 작가와 함께 호흡하고 멈추며 또 나아가는 일이라 하겠다.

이리하여 '화룡점정'의 경고는 작가의 자기 경고를 초월하여 오히려 독자 속으로 스며든다. 그림의 용이라는 수상쩍은 허깨비가 아니라, 그 배후에 숨쉬는 살아 있는 용의 모습을 보라는 것이다. 이것은 독자와 함께 읽으며, 독자와 함께 쓰고자 하는 작자 심층의 은밀한 표백이기도 하리라. 이미 '명암'(쌍쌍)이라는 제목에 모든 게 이야기되어 있다. 감히 '명암'이란 실로 방법이 주제화하고 주제가 방법화한 것이라고 말하는 이유도 거기에 있다. 그러나 여기에 이것을 하나의 이야기로써 매듭지어 보인다면 어떻게 될까. 그것이 요즘 출간된 〈속 명암〉의 실험이다. 작자 미즈무라 미나에水村美苗 씨는 완벽할 정도로 소세키와 닮은 문체로, 중단 이후의 세계를 그리며 하나의 결말을 보여주었다. 종반 온천장에서의 여주인공 오노부의 구원, 즉 오노부를 통한 '칙천거사則天去私(소세키 만년의 사상으로 나를 버리고 하늘에 따른다는 의미—역주)'의 달성이라고도 할 결말이다. 죽음을 각오한 그녀에게 '생각지도 않은' 마음의 변화가 일어나 새사람으로 태어나 새롭게 살아나간다는 것이다. 작자는 통속적이라 할지라도 그렇게 이해했다고 한다. 확실히 요시카와 부인은 보다 악역이며, 남자주인공 쓰다도 원작보다 세속화되어 있다. 기요코는 소세키의 손을 떠나 보다 생생한 여자로 등장한다. 쓰다와의 대화에 여성 작가다운 예리한 눈이 번뜩인다. 감탄할 만한 솜씨다. 그렇다고 해서 진실로 결말이 매듭지어졌다고 볼 것인가. 〈속 명암〉의 달성과는 반대로 〈명암〉은 여전히 우리들 앞에 미완의 물음으로 나타난다. 작품과 함께 열려진 작가의 정신이 선명하게 읽혀진다. '작가'가 보인다는 것은, '작가를 읽는다'는 것은 실로 이런 것이지 않겠는가.

단 여기에 하나의 역설이 있다. 그것은 〈속 명암〉의 작가가 예일대학에서 폴트만 최후의 제자로, 작자와 작품을 관련짓는 낡은 신화를 부정하고 있다는 점이다. 그 인식 위에 선 자유스러운 실험과 여유라고도 할 수 있겠다. 그런 의미로 미즈무라 씨의 다음 작품은 더욱 예측불허다. 어쨌든 〈속 명암〉의 실험은 〈명암〉이라는 작품을 역반사한다. 〈명암〉이 '이변병행'의 근원적 인식과 통하는 '명암雙雙'의 모티프로 일관해 있다고 한다면, 〈나는 고양이다〉에서 〈명암〉에 이르는 궤적은 이시카와 준石川淳이 말하는, 작품이란 '정신운동'에 불과하다는 선언의 선연한 실천으로도 보인다.

이시카와 준은, 작품의 저변에 흐르는 '근저根底의 진실' 따위는 '정체모를 잠입자'로 축출해 마땅하며, 오직 작품이 생성하는 '정신'으로 작품 속에 뛰어들어 "직접 말과 합일, 함께 생동하며 함께 파열하는 것"('글의 형성과 내용')이라고 한다. 이것은 초기의 소세키 작품과 통하는 부분이 있다. 〈나는 고양이다〉, 〈도련님〉, 〈풀배개〉 등에 보이는 문체의 생동은 실로 작품 속에 뛰어들어 〈말과 합일〉

한 '비평'의 약동 바로 그것이다. '고양이 눈', '화공의 눈'으로 화한 정신은 말과 합일하여 작중에 생동, 독특한 요설체를 만들어낸다. 작자는 이 '정신운동'을 반복, 가속시키는 수법으로 '고양이 눈'이나 '도련님'이라는 허구의 화자를 필요로 했다. 소세키 39세, 이시카와 준 36세. 그 늦은 작가로서의 출발은 동시에 뛰어난 방법적 출발이며 기성의 방법에 대한 반문이기도 했다.

2

사생문으로서의 〈나는 고양이다〉가 객관적인 '고양이 눈'을 필요로 했듯이 이시카와 준의 처녀작 〈가인佳人〉(1935) 또한 바야흐로 자명한 화자인 '나'를 일체 해체하는 인식으로부터 출발한다. 이 해체의식이 '근저의 진실' 등과 같은 것을 추방, '정신'이라는 순수개체를 돌출시킨다. 그렇다면 거기에 철저한 '원심력遠心力'이 발동해가는 것도 자명하다 할 것이다. 이후, 그의 작품은 이 '원심력'의 전개 그것으로 보아도 좋다. 물론 패전 직후의 혼란과 태동의 시대는 〈타버린 땅의 예수〉 등에서 보이는 것과 같이 '구심求心'의 연소를 재촉하는 경향이 있다. 그러나 감히 말하면 장편 〈지복천년至福千年〉(1965)경부터 보이는 구심적 에너지의 조락은, 그 방법 혹은 인식 자체가 내포한 필연적 귀결이기도 할 것이다.

거기에 시대를 사는 작가로서의 필연, 또 차이가 있다 하더라도, 소세키의 경우는 어떠했을까. 그도 역시 '소설'이 '소설' 그 자체를 타파, 해체해간다는 필연을 의식하며(사실, 초기의 단편 〈하룻밤〉, 그 후의 장편 〈갱부〉 등의 실험은 실로 움직일 수 없는 증거지만) 감히 '근저의 진실'적인 것을 방치해두지 않았다. 그것은 방치될 게 아닌, '구심'과 '원심'이 서로 버텨 작품을 받쳐주는, 필요불가결의 힘으로 인식되었다.

"작품은 항상 어둠 속 출입구로부터 시작하며, 그 끝나는 곳 역시 어둠 속"('단편소설의 구성')일 수밖에 없다. 작가는 그저 무엇인가에 이끌려 작품이라는 미지의 공간을 달려간다. 이리하여 "작품이 끝났을 때"는, "그 세계보다 앞서 달린 노력이, 보다 고차적 단계에 이르러 있다"는 것이다. 이것도 이시카와 준의 근사한 지적이지만, 이야말로 이시카와 준 아닌, '소세키적 주제'의 전개를 가리키는 게 아닐까. 중기 3부작의 전개나 〈행인〉, 〈마음〉에서 〈노방초〉에, 또 〈노방초〉에서 〈명암〉이라는 추이는 그 선명한 증거이며, 〈갱부〉 이후의 작품의 종말은 어느 것이든 결말이 나 있지 않다. 아니, "이르러 있다"는 곳에서 그는 재차 돌아와 새로운 상념을 엮어간다. 어느 작가는 소세키 작품은 결말이 서툴다고 평한다. 그러나 그것은 틀린 말이다. 오히려 스토리와 플롯을 익숙하게 처리하여 작품이 어떤 틀 속에 고정되는 것이야말로 소세키가 경계해마지 않은 것이었다. '근저의 진실'이란 고정적 관념이거나 사상, 또는 이데올로기가 아니다. 작품 배후에 숨어 있는 작자의 눈빛이며, 그것은 작자를 숨긴 채 살아 숨쉰다. 〈나는 고양이다〉 상편 자서自序에서 하편 자서에의 변모 이행은 그 기미를 선명히 전해준다.

　〈나는 고양이다〉를 머리도 꼬리도 없는 해삼처럼 부정형한 존재라고 한 것은 '소설'의 내실이 이미 가장된 형식이나 이야기의 전개에 있지 않다는 인식을 나타내는데, 그렇다면 하편의 그것은 어떤가. 출판사로부터 페이지가 모자라니 끝을 좀더 늘여달라는 청이 있었지만 일단 "항아리에 빠져 왕생한" 게 태연히 올라온다는 것은 "고양이 체면에도 관계"가 있으므로 사양하겠다고 익살을 부린 뒤 다음과 같이 덧붙인다.

　"고양이가 항아리에 빠졌을 때"는 교사였지만 지금은 다르다. 구샤미 선생도 마찬가지로 "지금쯤 휴직이든가 면직되었을지도 모른다." 그리하여 "세상은 고양이 눈알처럼 빙빙 회전"하고 앞으로도 "얼마만큼 회전할지" 모르지만 "영원히 변하지 않는 것은 항아리 속의, 고양이 눈 속의, 눈알 속의 동자뿐이다"라고 한다. 이것이 1907년 5월, 직업작가로서 새로운 출발을 앞두고 한 말이라는 점에 주목된다. 일견 익살스러운 말투이나 작가로서의 불퇴전의 각오, 또 그 웅지가 읽혀진다. 고양이 눈처럼 변하는 세상유행을 파악하되 그것을 그리는 작가의 눈은 불변해야 한다는 것이다. 덧붙일 필요조차 없이 항아리 속 '고양이 눈'은 작가의 그것을 가리킨다. "고양이와 항아리에 빠진다"는 익살은 작품 배후에 살아 숨쉬는 작가의 소재를 알리는 것에 다름아니다.

이 작품소재의 하나가 된 나쓰메가家의 고양이가 이윽고 죽음을 맞이한다. 〈긴 봄날의 소품〉의 '고양이 묘'는 그 소식을 그린 것인데, 마르고 쇠약한 고양이는 집식구 누구로부터도 잊혀진 존재가 된다. 눈초리가 변하고 점점 흔들리더니 "눈빛만은 기이하게 점점 가라앉아간다. 해 저문 하늘에 희미한 번개가 나타나는 것 같은 느낌이었다. 그렇지만 그냥 두었다." 이윽고 고양이가 죽자 묘 표지에 '고양이 묘'라 쓰고 그 뒤에 "이 밑에 번개일 듯 살아나는 목숨 있어라"라는 시 한 수를 적는다. 분명 그 상념은 깊으나 "이 밑에 번개일 듯"이라고 할 때 저 항아리 속에 잠든 '고양이 눈'에 스스로를 겹친 상념은 되살아나지 않았던가. '근저의 진실'이란 고정관념 아닌, 작품 밑에 스며든 작자의 안광眼光인 것이다. 문체의 배후에 번쩍이는 작가의 안광, 때로 점멸, 때로 진동하는 '번개', 문체 밑에 파동치는 작가의 이 미묘한 '정신운동'을 파악하는 것, '작가를 읽는다'는 것이란 역시 이것 외에 없는 것이다.

무샤노코지 사네아쓰武者小路實篤는 작품 〈그후〉의 종결부분을 평해('〈그후〉에 대해서'), 주인공을 집요하게 궁지로 몰고 가는 치밀한 전개가 최후에 비폭飛瀑이 되어 떨어지는데, 고약한 작자가 폭포 밑 깊은 용소龍沼의 소재를 밝혀주지 않는다고 한다. 이것은 탁월한 비유지만 무샤노코지에게도 그 용소의 소재는 보이지 않는다. 그러나 그것을 추구한다면 제자 하야시바라 고조林原耕三가 전하는 소세키의 다음과 같은 말에 있다. "그 결말은 실은 종교로 귀결지어야만 되는데, 지금의 내가 그렇게 한다면 거짓말이 된다. 그렇게 할 수밖에 도리가 없었다." 살아 있는 용을 잡으려 한다면 작품에 얽힌 이야기 혹은 플롯은 "이르러 있는" 그곳에서, 일단 그 장소에 머물 수밖에 없다는 것이다. 그러나 용소는 무샤노코지가 말하는 것처럼, 작품 마지막에 오는 게 아니다. 오히려 그 보이지 않는 용소를 근거로 작가는 계속 붓을 든 것이다. 종교의 종宗 자도 나오지 않는 이 작품에, 그러나 주의를 집중하면 미묘한 암호가 배치되어 있다. 작품 결말 가까이, 지친 다이스케가 돌층계에 걸터앉는다. 무심히 머리를 드니 거기에는 "크고 검은 문이 있었다," "다이스케는 절 입구에 쉬고 있었다"고 한다. 불안한 그가 지향해야 할 장소를 이 '문'이 암시, 이윽고 작품이 끝난다. 이것을 알 리 없는 제자 모리타 소헤이森田草平 등이 선생으로부터 의뢰받았다고는 하지만 다음 작품 제목을 〈문門〉이라고 붙인 것은 분명 묘한 아이러니다. 나는 일찍이 〈그후〉의 작품론을 쓴 바 있다. 그러나 그때는 이것을 알아차리지 못했다. 나중에 〈문〉론을 쓰면서 그 맥을 더듬을 때 비로소 알았다.

　작품의 배후에 가득찬 용소는, 그러나 더듬어올라가면 전작前作 〈산시로三四郎〉의 마지막 장면에서 미네코가 중얼거리는 시편, "나는 내 죄를 아오니 내 죄가 항시 내 앞에 있나이다"라는 한 구절과 통하며, 내려와서는 〈문〉의 주인공 소스케가 문을 통과할 사람도, 통과하지 않고 끝날 사람도 아닌, "문 밑에 웅크리고 서서 해지는 것만을 기다리는 불행한 사람이었다"라는 구절과도 통한다. 더욱이 마지막 장면은 소스케가 중얼거리는 "응, 그러나 또 금방 겨울이 돼"라는 말로 끝난다. 내 불안의 겨울은 '항시 내 앞에 있나이다'는, 〈산시로〉 이후 계속되는 주제의 선율이다. 〈문〉의 참선 장면은, 소세키 자신의 젊은날의 체험을 근거로 한 것인데, 그 참선 체험에 대해, "색기를 지닌 채 일부러 가마쿠라까지 간 내 마음자세가 도대체 틀렸는지 모른다." 문학 역시 사람을 감복시키려면 "우선 색기를 버려야 한다." 색기만으로 "가장 중요한 실의實意가 소홀히 되어서는 보기 흉한 작품이 될"('색기를 버려라')뿐이라고 한다. 이것이 〈문〉 집필 당시의 에세이라는 게 주목을 끈다. 얼핏 보면 지난날의 회상과 반성으로도 보이나 실은 〈문〉 그것에의 자기비판이 아닐까.

이 '실의'에의 주목은 만년의 작품인 〈노방초〉에 이르러 '실질의 추이'로 나타난다. 존재의 내부에서 분출하는 '자연의 논리', 소위 그 '실질의 추이'라고 하는 것만이 작품을 살리고 독자를 감복시킨다고 한다. 이것은 〈노방초〉 집필 당시의 메모에 보이는 것이지만, 이 인식, 이 발견은 다음작 〈명암〉으로 이어진다. '명암쌍쌍'이란 역시 이 '실질의 추이'에 다름아니다. 〈명암〉 집필 중반쯤에 승려 도미사와 게이도富澤敬道에게 보낸 편지는 말한다. "나는 쉰이 되어 비로소 내가 향해야 할 길이 무엇인가를 알아차린 어리석은 자입니다." 즉, '구도'와 '인식'은 작가에 있어서, '쓴다'는 그 영위營爲에 있어서, 둘 아닌 하나라는 통절한 체감을 그는 획득한 것이다. 동시에 이것을 받쳐주는 것은 〈노방초〉 48장에서 말하는 '신의 눈'으로 철저하게 자타를 상대화하는 것이다. 그가 자신의 분신 겐조의 눈을 통해, 그 혐오하는 노인, 예전의 양부는 물론, 자신마저 '신의 눈'으로 물었을 때, 거기에는 자신도 양부와 같은 존재가 아닐까 라는 인식이 생긴다. "그는 신이라는 말이 싫었다. 그러나 그때 그의 마음에는 분명 신이라는 말이 나왔다. 그리고 만약 그 신이 신의 눈으로 자신의 일생을 통해 본다면 이 욕심덩어리 노인의 일생과 별로 다르지 않으리라는 느낌이 강하게 들었다."라고 말한다. 이 부정하려고 하지만, 그럼에도 불구하고, 라는 역리逆理에 살아가는 변증법적 구조야말로 종교와 문학이 진실로 상관하는 내실內實이 있다. 소세키의 작가 생활 11년의 도정은 그 진실에 조금씩 다가가려는 절박한 삶이었다.

이 신문소설적 상식을 타파한 실험이란 무엇인가. 이미 '소설'이란 게 어떤 스토리나 이야기의 옷을 걸쳐도 그 실제에 있어 작가의 의식의, 정신의, 나형裸形의 실험장소로 보는 소세키에 있어 그것은 별로 특별한 무엇도 아닌 것이다. 때로 '신문소설의 운명'이라는 자문自問의 메모 등을 기록하면서도, 그는 그 정신의 적나라한 궤적을 용케도 남겼다. '작가를 읽는다'고 하는 것은 종이 뒤를 뚫

고 그 용소의 소재에 몸을 적셔 '말'이 끓어오르는 그 지금의 장소
에 자신의 고동을 거는 것에 다름아닌 것이다.

사토 야스마사(佐藤泰正: 바이코학원대학 교수, 일본근대문학)

나쓰메 소세키는 지금은 우리 나라 사람에게도 낯설지 않은 일본
의 근대작가이다. 그의 이름 앞에는 우리에게는 없는 "국민적 작
가"라는 칭호가 늘 따라다닌다. 그 의미를 일본에서 가장 널리 읽
히는 작가라는 것에서만 찾는다면 진부한 감이 든다. 또 천엔짜리
지폐에 새겨진 인물이라는 인기도에서 찾는다는 것도 가벼운 느낌
을 준다. 소세키가 진실로 "국민적 작가"로 일컬어지는 이유는, 그
의 문학이 문학이라는 틀을 뛰어넘은 일종의 정신세계로 일본인에
게 끼치고 있는 막대한 영향력 때문이다. 특히 전쟁이나 역사의 전
환점에 서 있을 때마다 소세키가 재조명된다는 점은 눈여겨볼 만
하다. 자위대의 이라크파병 문제로 전 일본이 찬반양론으로 들끓
은 2003년 연말, 일본의 국영방송이 소세키와 그의 사상, 또 그가
산 시대를 특집으로 다룬 것이 그 좋은 일례가 될 것이다. 사회가
불안할수록 삶의 가치를 되돌아보고 자기 성찰을 하게 되는 그 지
점에 소세키라는 존재는 하나의 길잡이 역할을 하고 있다고 봐도
좋을 것이다.

소세키는 1876년, 지금의 도쿄인 에도江戸에서 태어났다. 일본이 전근대에서 근대로 전환하는 메이지유신明治維新이 일어나기 바로 전 해이다. 이것은 이미 그가 시대의 격변으로부터 무관할 수 없다는 것을 말해주는 것이다. 실제로 그가 산 50여 년의 생애는 노도와 같이 밀려드는 "서양"이라는 근대의 물결과 직면한 일본 지식인의 고통에 찬 정신의 궤적 바로 그것이었다.

어릴 때부터 동양적 취미를 사랑하고 한학漢學을 좋아했던 그가 영문학을 전공한 것은 문명개화의 노도 속에서 신학문으로 신시대에 서고자 하는 의지의 표명이었다. 그러나 이미 이때 그는 "일본인의 몸통 속에 서양인의 목이 붙은 것 같은 괴물을 양성하는" 일본 근대의 모순을 비판하는 눈을 가지고 있었다. 그는 이 깨인 눈을 한편으로 지닌 채 영문학을 배우며 개인의 독립과 평등, 자유를 중시하는 서구 시민사회의 정신을 긍정하고 또 깊게 수용한다. 그의 영문학 실력은 대학 시절 이미 일본의 고전인 〈호조키方丈記〉를 영역할 정도로 뛰어났고, 전공인 18세기 영문학에 대한 조예 또한 남달라 "영국 시인의 천지산천에 대한 개념"이라는 대학시절 리포트가 지금도 거론될 정도이다. 그러나 그럼에도 불구하고 이 시절 그를 집요하게 따라다닌 것은 "영문학에 속은 듯한 불안"이었다. 충분히 알 수 있다고 믿고 있는 영문학이 왜 한학만큼 마음으로 와 닿지 않는 것일까? 이것은 한학으로 양성된 그의 감수성이 쉽게 영문학을 받아들일 수 없었던 것으로, 동양과 서양 사이에 끼인 근대 지식인 소세키의 고뇌의 서장 같은 것이라 할 수 있겠다. 그가 한학과 영문학이 같은 문학이면서 전혀 이질적인 것이라고 깨달은 것은 그로부터 몇 년 뒤 영국에 유학했을 때였으며, 서양을 상대화하는 인식과 더불어 모방된 서양문화를 어떻게 극복할 것인가, 라는 비단 일본에만 국한하지 않는 동양 근대의 난제와 조우한 것도 이때라고 보아도 좋을 것이다.

1900년, 지금의 구마모토대학교에 재직중이던 소세키는 문부성의 제1회 국비유학생으로 영어연구를 위해 런던 유학을 명령받는다. 2년간의 영국유학, 즉 서양체험은 후에 작가 소세키를 탄생시키는 계기가 되는데, 당시 서양문명의 정점을 이루고 있던 런던 한복판에서 그는 인간을 고립화시키는 문명의 정체를 본다. 그의 문학에 저류하는 날카로운 문명비평은 서양 흉내내기에 급급한 일본 근대의 실상 이전, 이미 문명의 본질을 꿰뚫은 그의 깊은 통찰력에 있다 하겠다. 그러나 동양의 후진국 청년으로서 선진국 영국에 느껴야 했던 그의 열등감은 "늑대 무리 속에 섞인 삽살개"라는 표현이 술회하고 있듯이 결코 심상한 것이 아니었다. 영국부인으로부터 들은 "least poor Chinese"라는 평도 잊어버릴 수 없었다. 더욱이 런던에서 그를 짓누른 것은 자신과 서구세계 사이의 깊은 거리감과, 이질적인 감수성으로 연구하는 자신의 소위 영문학 연구의 한계였다. 즉 유학 전 느꼈던 동양문학과 서양문학의 차이를 서양문학의 본고장에서 정면으로 부딪친 것으로, 자신이 생애를 걸고 탐구하려고 하는 문학이란 것이 과연 어떤 것인가, 라는 근본적인 의문이 그의 앞에 나타난 것이다. 깊은 절망감과 고독, 극심한 신경쇠약 가운데 그는 자기의 근거점, 생의 근원을 찾아 악전고투한다. 런던 체류 일본 유학생들 사이에 그가 미쳤다는 소문이 나돌고 결국 예정보다 빨리 귀국명령을 받게 된다. 그러나 그가 부딪친 자신의 전존재와의 대면은 "자기본위", 즉 "자기가 주인이고 남은 손님"이라는, 소세키 특유의 개인적 윤리규범과 함께 문학을 조직적으로 사고하는 방대한 〈문학론〉을 런던에서 탄생시켰다.

귀국 후 2년간은 소세키 생애에서 가장 비참한 시기에 해당한다. 경제적 압박, 아내와의 불화, 과도한 강의 등, 그를 둘러싼 주위 사정은 그에게 한치의 여유도 허락하지 않는 것들뿐이었고, 이런 상황은 신경쇠약을 더욱 악화시켜 가족들마저 그를 광인 취급하기에 이른다. 그가 〈호토토기스〉 편집인 다카하마 교시高浜虛子의 권유에 따라 〈나는 고양이다〉를 집필하게 된 것은 이런 음울한 생활에서 잠시 탈피하고 싶었기 때문이다. 그러나 여기餘技 삼아 쓴 작품이 우연히 크게 성공하여 작가 나쓰메 소세키를 탄생시킨다. 이때가 39세, 작가로서는 늦은 출발에 속하는 나이지만 인간적 성숙과 확고한 자기세계 위에서 시작한 그는, 그후 아사히신문 전속작가로서 위궤양으로 영면할 때까지 10여년 동안 일본 근대문학사에 획을 긋는 많은 작품을 남겼다.

방대하고 독자적인 그의 문학세계를 여기서 자세히 열거하기는 어렵지만, 그의 문학이 일본을 뛰어넘는 요소, 그리고 소세키를 소세키이게 하는 가장 큰 요소는 무엇보다도 그가 오늘날에도 통하는 근대화의 모순이나 그늘, 또는 에고이즘과 불신으로 몸부림치는 고독한 인간군상을 누구보다도 철저하게 파헤친 작가였다는 것이다. 이것은 그가, 그 자신과 그가 살던 시대의 통절한 문제로부터 한 발도 떨어지지 않았다는 것을 의미한다. 작가, 특히 위대한 작가일수록 예언자적 기질을 갖추고 있으나, 백여 년 전 소세키가 통찰한 근대 문명의 행방과 개인의 운명은 오늘날 누구의 눈에라도 분명히 뜨이고 있다. 소세키 문학이 널리 읽히는 이유는 현대인이 느끼는 삶의 문제가 그 치열한 추구와 함께 공감을 불러일으키기 때문일 것이다.

이상이 소세키의 문학과 인간에 대한 소개라면, 다음으로 독자의 이해를 돕기 위해 여기에 실린 작품세계를 간략히 소개하겠다.

이 책에 실린 여섯 편은 장편을 주로 집필한 소세키에게는 드문 단편들로서, 〈런던탑〉, 〈칼라일 박물관〉, 〈취미의 유전〉은 직업작가가 되기 이전의 초기 작품이며, 〈문조〉, 〈꿈 열 밤〉, 〈긴 봄날의 소품〉은 아사히신문에 연재한 중기 작품이다. 문장이 말하듯 자유스럽고 리드미컬한 것은 어린 시절부터 그가 즐겨 들으러 다녔던 요세寄席(에도시대부터 만담·야담·인형극·요술·속요俗謠 등 대중예능을 흥행하는 상설연예장—역주)에서 영향받은 것으로 일컬어진다.

〈런던탑〉은 소세키가 영국 유학시 방문한 런던탑의 추억을 소재로 한 작품이다. 런던탑에 얽힌 영국의 역사를 상상과 공상으로 생생하게 그리고 있다. 20세기의 현실을 혐오한 소세키 정신의 일면이 엿보이며, 감옥 벽에 새겨진 죄수들의 글을 보고 "살아야 한다"를 끊임없이 강조하는 것은, 아마 당시 자기근거를 창작에서 찾으려 하는 그의 내면적 결의와 관계 있으리라.

〈칼라일 박물관〉 역시 영국 유학시 방문한 칼라일 저택을 소재로 하고 있다. 소세키의 칼라일에 대한 관심은 이미 대학시절 칼라일의 '의복철학'에 경도될 정도였다. 그런 칼라일의 집을 방문하여, 소음을 피해 하늘 가까운 다락방에 자기 공간을 구한 칼라일의 심정을 추적해가며, 그 우수와 고뇌가 실은 타인의 것이 아니라는 인식을 감지하고 있다.

〈취미의 유전〉은 러일전쟁을 배경으로 한 작품이다. 소세키의 러일전쟁관을 볼 수 있다는 점에서 특히 주목을 끈다. 전반의 공상 속에서 펼쳐지는 전쟁의 극한상황과, 후반의 전사한 친구 묘에 나타난 수수께끼의 여자를 둘러싼 불가사의한 연애가 이야기의 주축을 이룬다. 이런 전개는 얼핏 전쟁과 사랑이라는 도식적 감상을 불러일으키기 쉽다. 그러나 이 작품에서 읽어야 할 것은 작가의 반전反戰 혹은 염전厭戰의식이다. 일본열도가 승전무드에 휩싸인 시점에서 군대의 개선을 모르고 있었다는 아이러니한 설정, 전장을 도살장으로 표현한 것 등은 당시의 국가권력에 대한 비판이라 할 수 있다.

〈문조〉는 제자 미에키치의 권유로 기르게 된 문조가 집안사람들의 부주의로 죽어버리기까지, 일상의 흔하기 그지없는 자잘한 일들을 그리고 있으나, 그 배후에는 삶의 허무가 진하게 배어 있다. 문조의 섬세한 자태와 가련한 모양을 치밀한 관찰력으로 묘사해가며, 과거 아름답다고 여긴 여자, 즉 영원한 여자에의 상념을 오버랩시킴으로써 더욱 깊이 있는 작품세계를 보여주고 있다.

〈꿈 열 밤〉은 연작형태로 쓴 단편으로서, 인간의 무의식 속에 존재하는 불안·기대·공포·허무 등을 형상화한 소세키 문학의 에센스와 같은 작품이다. "이런 꿈을 꾸었다"라는 서두는, 이를테면 허구 혹은 의식화한 꿈을 나타내는 것으로 프로이트의 '꿈의 해석'을 연상시킨다. 그러나 방대한 소세키 장서목록에 프로이트의 책은 한 권도 없다. 이것은 그가 꿈과 무의식에 대하여 자각적인 작가였음을 잘 말해준다. 흔히 소세키의 어두운 부분, 원죄의식을 나타낸 작품으로 일컫는다.

〈긴 봄날의 소품〉은 꿈이라는 자유자재한 방법으로 쓴 〈꿈 열 밤〉이 호평을 얻자 아사히신문사가 같은 류의 작품을 주문해와서 쓴 소설이다. 전 25편의 소품이 세 가지 성격으로 나누어져 있다. 즉, 일상 체험을 소재로 한 것, 청소년기와 영국유학을 소재로 한 것, 환상적 무의식적 세계를 소재로 한 것 등이다. 실로 다양한 주제를 다양한 문체로 구사하고 있는 점이 놀랍다. 흔히 소세키 문학의 기본과 작가적 기질을 나타낸 작품으로 평가받는다.

이상 간략하게 작품세계를 설명했다. 전체적으로 볼 때 이것들에 일관하는 것은 "꿈과 현실"이라 할 수 있다. 꿈이 작가의 이상이라면, 현실은 작가의 생활이며 일상이다. 누구보다도 뛰어난 현실가였던 소세키는 또 누구보다도 집요하게 꿈을 추구하고 있다. 왜일까? 소세키의 창작공간에 접함으로써 이런 물음으로 한번쯤 돌아가 우리들 본연의 모습을 되돌아보는 시간이 되었으면 한다.

여기에 수록된 작품들은 소세키 문학에 대한 이해가 아직 일천했을 때인 10년 전에 번역 소개되었던 것으로 기회가 있으면 새로 손을 보고 싶다는 생각을 늘 하고 있었다. 다행히 이번에 을유문화사와 좋은 인연을 맺게 되어 그 뜻을 이루게 되었는데, 가능한 한 의역을 줄이고 원문과 철저히 일체화하여 소세키 문학을 전달하는 데 중점을 두었다. 역주가 많은 것도 그런 작업의 결과이다. 〈꿈 열 밤〉과 〈긴 봄날의 소품〉은 원제가 〈몽십야夢十夜〉, 〈영일소품永日小品〉이지만, 우리에게는 없는 일본 특유의 어휘들이어서 부득불 우리식으로 풀어 달았다. 번역의 어려움을 두 제목 앞에서도 새삼 절감하는 바이다.

귀중한 논문의 게재를 허락해주신 사토 야스마사佐藤泰正 선생님께 감사드린다. 선생님은 일본에서 손꼽히는 소세키 연구자이다. 논문이 전문적이라 일반 독자에게 다소 어려울지 모르겠지만, 소세키 문학의 웅자雄姿는 충분히 전달되리라 믿는다. 텍스트는 이와나미출판사의 《소세키전집》 중 1966년판, 1994년판, 그리고 신조문고를 사용했으며, 역주는 그 세 권을 참조로 선별하고 역자가 조사한 것도 넣었다.

역자가 소세키문학과 처음 만난 것은, 중학시절 읽은 을유문화사에서 나온 《세계문학전집》을 통해서이다. 지금 생각해보면, 그 씨앗이 오랫동안 속에서 씨를 뿌려서 역자로 하여금 소세키문학을 전공하게 한 것 같다. 끝으로, 일본까지 친절하고 성실하게 연락을 주신 을유문화사 편집부의 권오상 부장님과 격려해주신 수필가 맹난자 선생님께 감사드린다.

2004. 5. 후쿠오카에서

김정숙

| 차례 |

런던탑

2년 유학중 딱 한 번 런던탑을 구경한 적이 있다. 그 뒤 한 번 더 가볼까 했지만 그만두었다. 주위의 권유도 있었으나 거절했다. 한 번 얻은 기억을 두 번으로 허물어뜨리는 게 아깝고 세 번으로 뭉개버리는 건 더욱이 사양하고 싶었기 때문이다. '탑' 구경은 한 번으로 족하다고 생각한다.

탑 구경을 간 것은 런던 도착 후 얼마 지나지 않아서이다. 그 때는 방향도 잘 몰랐을 때라 지리 따위는 애초부터 몰랐다. 마치 후지산 토끼가 갑자기 번화가 한복판에 내팽개쳐진 듯한 기분이었다. 거리에 나가면 사람물결에 휩쓸려 가지나 않을까, 집에 돌아오면 기차가 내 방으로 충돌하지나 않을까, 아침저녁으로 마음이 편치 않았다. 이 소음, 이 무리 속에 2년쯤 살고 있노라면 내 신경조직도 마침내는 냄비 속 식은 족탕처럼 끈적끈적해지고 말리라. 막스 노르다우의 〈퇴화론退化論〉(독일평론가 노르다우의 저서. 병리학의 입장에서 근대인의 성격 및 예술의 퇴화에 대해 날카롭게 풍자했음 – 역주)을 새삼스레 대진리인 양 떠올릴 때조차 있었다.

더욱이 나는, 다른 일본 사람들처럼 소개장을 들고 찾아갈 곳도 없고, 또 이미 와 있는 사람 중에도 아는 이가 없는 처지여서 잔뜩 굳은 얼굴에 지도 한 장을 길잡이 삼아 매일 구경을 하러, 혹은 볼일을 보러 나다니지 않으면 안 되었다. 물론 기차는 타지 않았다. 마차도 타지 않았다. 더러 교통기관을 이용해 보고 싶어도 어디로 데려갈지 통 모르기 때문이다. 이 넓은 런던 천지에 거미줄처럼 왕래하는 그 많은 기차와 마차, 전기철도와 궤도열차는 모두 나와는 무관한 것들이었다. 네거리 같은 데 나갈라 치면 나는 할 수 없이 지도를 펼쳐들고 통행인과 밀치락달치락 몸싸움을 해가며 걸어야 할 방향을 찾는다. 지도로 모를 때는 사람에게 묻는다. 사람에게 물어도 모를 때는 경찰을 찾는다. 경찰로도 안 될 때는 또 다른 사람을 찾는다. 번거롭기 그지없지만 이거다 싶게 설명해주는 사람과 만날 때까지는 붙잡아서 묻고 물어서는 또 듣는다. 이리하여 겨우 가고자 하는 목적지에 닿는 것이다.

'탑'을 구경한 것은 모르긴 해도 이 방법이 아니면 한발자국도 외출할 수 없었을 때였다고 여겨진다. 가려니 갈 곳 없고 오려니 올 곳 없다는 선문답처럼 나는 내가 어떤 길을 통해 '탑'에 도착했는지, 또 어떤 동네를 가로질러 집에 돌아왔는지 지금도 확실히 모르겠다. 아무리 떠올리려 해보아도 전혀 떠오르지 않는다. 단지 하나 확실한 건 '탑'을 구경했다는 사실뿐이다. '탑' 그 자체의 광경은 지금도 또렷이 눈앞에 떠올릴 수 있다. 그 전에는? 하고 물어온다면 곤란하다. 그 후에는? 하고 물어와도 대답에 궁하다. 오로지 앞을 잊어버리고 나중을 잃어버린 그 중간만이 불문곡직 밝게 떠오를 뿐이다. 마치 번쩍, 하고 어둠을 가르는 번갯불에라도 맞은 듯, 그러나 그조차도 꿈인 양 사라져버리는 그런 알 수 없는 느낌이다. 런던탑은 전생의 꿈이 하나로 만나는 그런 곳인 것 같다.

런던탑의 역사는 영국의 역사를 압축시킨 것이다. 과거라는 요상한 걸 뒤집어쓴 장막이 저절로 찢겨 감실 저 깊디깊은 빛을 어른어른 20세기 위로 반사하는 것이 런던탑이다. 모든 걸 묻어버린 세월이 시간을 역류하듯 우줄우줄 살아나와 그 옛 그림자로 현대를 감고 있는 곳이 런던탑이다. 사람의 피, 사람의 고기, 사람의 죄가 응어리로 엉겨붙어 말, 차, 기차 속에 남겨진 게 런던탑이다.

탑교塔橋 위에서 템스강을 사이로 이 런던탑을 바라다보았을 때, 나는 내가 지금 사람인가 먼먼 옛날 사람인가 모를 정도로 자신을 잊은 채 한없이 구경에 빠졌다. 초겨울이라고는 하지만 바람 한 점 없이 조용한 날이다. 하늘은 탁한 염색통을 뒤섞은 듯 낮게 탑 위에 드리워져 있다. 벽토를 녹인 듯한 템스강은 물결도 소리도 잊어버린 듯 조용히 느릿느릿 흐르고 있다. 돛배가 한 척 탑 밑을 지난다. 바람 없는 강에서 돛을 조정하므로 불규칙한 삼각 하얀 날개가 언제까지나 한 곳에 머물러 있는 듯하다. 큰 거룻배 두 척이 올라온다. 뱃사공이 홀로 고물에 서서 노를 젓는다. 이것도 거의 움직이지 않는다. 탑교 난간 부근에 흰 그림자가 아른거린다. 아마 갈매기이리라. 눈길 가닿는 족족 모든 게 조용하기만 하다, 나른하게 보인다, 졸고 있다, 모두가 과거의 느낌이다. 그리고 그 가운데 냉연히 20세기를 경멸하듯 서 있는 게 런던탑이다. 기차가 달리든 전차가 달리든, 적어도 역사가 존재하는 한 나만은 이렇게 이곳에 있노라는 듯 우뚝, 의연히 그렇게 서 있다. 그 위대함에는 새삼스레 놀랐다. 세상은 이 건축을 탑이라 부르고 있으나 탑이란 그저 이름뿐이고, 실은 수많은 망루로 이루어진 거대한 성곽이다. 주루룩 치솟은 망루에는 둥근 것 뾰족한 것 등 갖가지 모양이 그 위용을 다투고 있지만, 어느 것이든 하나같이 음산한 회색빛을 띠고 전세기前世紀의 기념을 영원히 전하기로 맹세한 듯 보인다. 구단의 유슈칸遊就館(도쿄 구단의 야스쿠니신사 안에 있는 박물관으로, 청일·러일전쟁의 전리품을 진열한 곳—역주)을 석조로 2, 30동 나란히 지은 후 그걸 확대경으로 들여다본다면 혹 이 '탑'과 비슷한 게 보이지나 않을까. 나는 아직 바라보고 있다. 세피아색 수분을 머금은 채 포화해 있는 공기 속에 멍하니 서서 넋놓은 사람처럼 보고 또 본다. 20세기의 런던이 내 마음 속에서 점점 사라져버림과 동시에 눈앞의 탑 그림자가 환상처럼 과거의 역사를 내 뇌리에 그려낸다. 아침에 일어나 홀짝거리는 쓴 차의 김에서 간밤의 뒤숭숭한 꿈의 편린을 보는 듯한 그런 느낌이다. 조금 있노라니 강변 저쪽에서 웬 긴팔이 불쑥 나와 나를 잡아끄는 듯하다. 이제까지 망연자실 멈추어섰던 나는 불현듯 강을 건너 탑에 가고 싶어졌다. 긴 팔은 점점 세차게 나를 잡아끈다. 나는 지체없이 걸음을 옮겨 탑교를 건넜다. 긴 팔이 휙휙 이끈다. 탑교를 건너고 나서는 쏜살같이 탑문까지 달려갔다. 순식간에 3만 평이나 되는 과거의 일대 자석이 어느 틈에 현세에 부유하는 이 작은 쇠부스러기를 흡수해버렸다. 문에 들어서서 뒤를 돌아다보았을 때,

　비통의 나라로 가려는 자, 나를 거쳐서 가라.
　영겁의 고통을 당하려는 자, 나를 거쳐서 가라.
　저주받은 무리 속으로 가려는 자, 나를 거쳐서 가라.
　정의는 지존하신 창조주를 움직여 그 성스러운 힘과 최고의 지혜와 시원始源의 사람으로 나를 만들었나니,
　나보다 먼저 창조된 것 영원한 존재 외에는 없으니 나는 영원히 남아 있을 것이로다.
　여기 들어오는 너희는 모든 희망을 버려라.(단테의 〈신곡〉

라는 구절이 어딘가 새겨져 있는 듯 느껴졌다. 나는 이때 이미
현세의 내가 아니었다.

　메마른 호壕에 걸쳐져 있는 돌다리를 건너가니 맞은편에 탑
이 하나 있다. 이건 타원형의 석조로 석유탱크 모양을 하고 흡
사 거인의 문기둥처럼 좌우로 우뚝 솟아 있다. 그 중간을 연이
은 건물 밑을 지나 건너편으로 빠진다. 중탑中塔이란 이걸 말함
이다. 조금 가니 왼쪽으로 종탑鐘塔이 우뚝 솟는다. 쇠방패, 무
쇠갑옷이 들판을 뒤덮는 가을햇살처럼 번쩍이면 멀리 적이 쳐
들어옴을 알고 탑 위의 종을 울린다. 칠흑 같은 밤, 성벽을 순
찰하는 초병의 틈을 노려 도망친 죄수가 너울거리는 횃불 그림
자를 밟고 어둠 속으로 사라질 때도 탑 위의 종을 울린다. 또
불경스러운 시민들이 왕의 정사政事를 탓하여 개미떼처럼 탑
밑에 몰려와 와글와글 소동을 피울 때도 탑 위의 종을 울린다.
탑 위의 종은 뭔가 있다 하면 반드시 울린다. 어느 때는 안간힘
을 다하여 울리고, 어느 때는 숨넘어가듯 울린다. 조사祖師가
올 때는 조사를 죽여서도 울리고 부처가 올 때는 부처를 죽여
서도 울렸다. 서리온 아침, 눈오는 저녁, 비오는 날, 바람부는
밤을 시도때도 없이 울린 종은 지금 어디로 갔단 말인가. 내가
머리 젖혀 담쟁이덩굴 얽힌 낡은 성루를 쳐다보았을 때는, 적

連寂然 속에서 이미 백년의 여운이 가뭇하게 사라지고 있다.

다시 조금 걸어가니 오른쪽에 역적문이 있다. 문 위로는 성 토머스 탑이 우뚝 치솟아 있다. 역적문이란 이름부터가 벌써 으스스하다. 옛적부터 탑 속에 갇혀 죽어간 수많은 죄인들은 모두 배로 이 문까지 호송된 것이다. 배를 버린 그들이 한 번 이 문을 통과하기만 하면 사바 세계의 태양은 두 번 다시 그들을 비추지 않았다. 이때 템스강은 그들에게 삼도천으로, 이 문은 저승으로 가는 입구였다. 그들은 눈물의 물결에 흔들리며 이 동굴 같이 어둠침침한 아치 밑까지 이끌려온다. 한입에 정어리를 냉큼 삼키는 고래가 기다린 듯한 이곳에 오기만 하면, 키이익! 하는 소리와 함께 육중한 문이 그들과 세상의 빛을 영원히 가른다. 그들은 이리하여 마침내 숙명이라는 귀신의 희생물이 되고 만다. 내일 먹힐까 모레 먹힐까, 혹은 또 10년 후에 먹힐까, 귀신 말고는 아무도 모른다. 이 문에 닿을 때까지 배 안에 앉아 있는 죄수들의 마음은 어떠했을까. 노가 휘어질 때, 물방울이 뱃전을 튕길 때, 사공의 손이 움직일 때, 그때마다 자기 목숨을 후벼파듯 하지나 않았을까. 흰 수염을 가슴까지 늘어뜨리고 검은 법복을 전신에 감은 사람이 비틀비틀 배에서 올라온다. 대주교 크랜머(영국성공회의 기초를 닦았으나 가톨릭 복귀정책을 핀 메리1세에 의해 처형당함-역주)다. 푸른 두건을 눈썹 밑까지 깊이 눌러 쓰고 하늘색 비단 밑에 쇠그물 옷을 걸친 멋진 사내는 와이어트(메리1세 때 반란을 일으켰다가 처형당함-역주)이리라. 이건 목례조차도 없이 뱃고물에서 뛰어올라온다. 화려한 새 깃털을 모자에 꽂고 황금빛 칼집에 왼손을 걸친 뒤 은장식 구두굽을 가볍게 돌계단 위로 옮기는 건 롤리(탐험가이자 시인. 식민지 실패의 책임과 정적들의 모함으로 처형당함-역주)인가. 나는 어둑한 아치 밑을 흘낏거리며 저 멀리 돌계단을 씻어내리는 물살의 반짝임이 보이지는 않을까 목을 늘였다. 물은 없다. 역적문과 템스강은 제방공사 준공 이래 깨끗이 인연이 끊어졌다. 수많은 죄수를 삼키고 수많은 호송선을 토해낸 역적문은 옛 자취에 그 옷자락을 씻는 잔물결소리조차 어디론가 멀리 데리고 갔다. 오로지, 마주보이는 혈탑血塔 높은 벽 위로 거대한 철환이 매달려져 있을 뿐이다. 옛날에는 배의 로프를 이 철환에 매어놓았다고 한다.

  왼쪽으로 꺾어 혈탑문 안으로 들어간다. 먼 옛날 장미전쟁 때 차고 넘치는 수많은 사람을 유폐시킨 곳이 이 탑이다. 풀처럼 사람을 베고 닭처럼 사람을 눌러 죽인 후, 마른 연어처럼 시체를 쌓아올린 곳이 이 탑이다. 혈탑이라 이름붙인 것도 무리는 아니다. 아치 밑에 파출소 같은 작은 집이 하나 있고, 그 옆에 투구모양의 모자를 쓴 병사가 총을 찌르듯 세우고 있다. 제법 진지한 낯빛이기는 하지만 실은 빨리 보초를 마치고 예의 주점에서 한 잔 걸친 후 정부와 시시덕거리며 놀고 싶다는 그런 인상이다. 탑은 울퉁불퉁한 돌을 겹겹이 쌓아 만들었으므로 표면이 결코 매끄럽지 못하다. 게다가 여기저기 담쟁이덩굴이 휘휘하게 휘감겨 있다. 그 저 높은 곳에 창문이 하나 보인다. 건물이 큰 탓일까, 밑에서 보려니 아주 작디작다. 쇠창살이 끼워져 있는 듯하다. 보초가 석상처럼 우뚝 서 있으면서 속으로는 정부와 시시덕거리는 한옆에서 나는 손으로 이마를 가린 채온 눈을 모아 이 높은 창문을 올려다보며 잠시 멈추어섰다. 쇠창살 너머로 새어 나온 옛 스테인드글라스에 해그늘이 살짝 닿아 반짝인다. 이윽고 연기처럼 막이 열리며 공상의 무대가 또렷이 나타난다. 창 안쪽은 두꺼운 장막에 둘러싸여 낮에도 어두컴컴하다. 그 벽은 회반죽 하나 칠해 있지 않은 발가숭이 돌로서 옆방과는 세상멸망의 날이 온다고 해도 꿈쩍하지 않을 칸막이 역할을 하고 있다. 단 그 방 한복판, 6조 다다미(다다미 6장 크기의 방. 다다미 1조는 대략 180×90cm-역주)만한 장소에 칙칙한 빛깔의 태피스트리가 걸려져 있다. 청회색 바탕에 연누런 무늬로서, 나체의 여신상과 그 둘레 전부가 당초무늬로 직조된 것이다. 석벽 한모퉁이에 큰 침대가 놓여져 있다. 박달나무도 뚫을 양 깊게 파인 포도알과 포도덩굴, 그리고 포도이파리가 손발이 닿는 장소에서만 빛을 반사한다. 이 침대 모서리에 아이 둘이 앉아 있다. 하나는 열서너 살, 또 하나는 열 살쯤 먹어 보인다. 어린 쪽은 이부자리 위에 걸터앉아 침대기둥에 반쯤

목을 기댄 채 두 발을 힘없이 축 늘어뜨리고 있다. 오른쪽 팔꿈치를 얼굴과 함께 비스듬히 앞으로 내밀며 위인 쪽의 어깨에 매달린다. 위인 쪽은 어린 쪽 무릎 위에 금박의 큰 책을 펼쳐놓고 그 펼쳐진 페이지 위에 오른손을 얹는다. 상아로 부드럽게 문지른 듯 아름다운 손이다. 둘 다 까마귀 날개가 무색할 정도로 검은 윗도리를 걸쳤는데, 새하얀 피부가 그 때문에 더더욱 두드러진다. 머리와 눈 빛깔은 둘째 치고서라도 눈썹이랑 코 생김생김부터 옷자락 끝 하나에 이르기까지 둘이 거의 똑같아 보이는 건 아마 형제이기 때문이리라.

형이 아름답고 맑은 목소리로 무릎 위의 책을 읽는다.

"자신의 눈앞에 자신의 죽어가야 할 때의 모습을 그려보는 이야말로 축복 있을진저. 날이 날마다 앉으나 서나 죽음을 기도하라. 머지않아 주 하느님 곁으로 가는 이, 무얼 두려워하리오……."

아우는 세상에 둘도 없는 슬픈 목소리로 '아멘'을 뇌인다. 때마침 멀리서 불어오는 초겨울 찬바람이 높다란 탑을 흔드는가 하자, 벽이 무너질 듯 쿵 요란스레 울리기 시작한다. 아우가 화들짝 형 어깨에 얼굴을 가져다댄다. 눈처럼 하얀 이불 한 귀퉁이가 홀러덩 뒤집혀진다. 형은 또 읽기 시작한다.

"아침이라면 밤이 되기 전에 죽는다고 생각하라. 밤이라면 내일이 있음에 매달리지 마라. 각오야말로 고귀한 것. 누추한 죽음이야말로 또 한 번의 죽음이로다……."

아우는 또 '아멘'을 뇌인다. 그 소리가 덜덜 떨고 있다. 형은 조용히 책을 덮고 작은 창문 쪽으로 걸어가 바깥을 보려 한다. 창문이 높아 키가 닿지 않는다. 걸상을 가져와 그 위에 올라서서 발돋움을 한다. 자욱한 검은 안개 저 끝에서 희미한 겨울해가 비추인다. 도살한 개의 생피로 그 한 곳만 오려내어 물들인 듯한 느낌이다. 형은 "오늘도 또 이렇게 저무는가?" 하고 탄식하며 아우를 돌아다본다. 아우는 단지 "추워."라고만 대답한다. "목숨만이라도 건질 수 있다면 큰아버님한테 왕위를 물려줄텐데." 형이 혼잣말처럼 중얼거린다. 아우는 "어머님을 만나고 싶어."라고만 말한다. 이때 저쪽에 걸려 있던 태피스트리 속 여신의 나체상이 바람도 없는데 두세 번 너풀너풀 움직인다.

홀연히 무대가 빙빙 돈다. 탑 문 앞에 여자가 홀로 검은 상복을 입고 꿈인 양 서 있다. 얼굴은 창백하고 까칠하게 여위었지만 어딘지 모르게 기품이 넘치는 부인이다. 이윽고 자물쇠 따는 소리가 들리고 끼익, 하고 문짝이 무겁게 열리자 안에서 사내가 하나 나와 부인 앞에 공손히 절을 한다.

"만나는 걸 허락받았는가?" 하고 여자가 묻는다.

"아니옵니다." 측은하다는 듯 사내가 대답한다. "만나게 해 드리고 싶어도 국법이 추상같사오니 체념해 주시옵소서. 제 힘이 못 닿음을 용서해주소서." 그리고는 갑자기 입을 한일자로 굳게 다문 채 사방을 두리번거린다. 호 안쪽에서 농병아리 한 마리가 훌쩍 튀어오른다.

여자가 목덜미의 금목걸이를 풀어 사내에게 건네며, "그저 한순간 얼핏만 보아도 한이 없겠네. 내 이 소망을 그대는 들어 주지 않으려나." 하고 간절히 청을 넣는다.

사내는 목걸이를 손가락 끝에 감고 생각에 잠기는 눈치다. 농병아리가 휙 물 속에 잠긴다. 잠시 후 사내가, "옥지기는 옥의 법을 부수지 못하옵니다. 왕자님들은 별 탈 없이 있사오니 그리 아시고 돌아가 주시옵소서." 하며 금목걸이를 되돌려준다. 여자는 미동도 하지 않는다. 돌위에 떨어진 목걸이가 쨍 날카롭게 운다.

"도저히 못 만난다는 얘긴가?" 여자가 묻는다.

"황송하오나." 문지기가 단언한다.

"검은 탑 그림자, 단단한 탑벽, 인정없는 탑지기." 여자가 중얼거리며 하염없이 운다.

무대가 또 변한다.

검은 옷차림의 키 큰 그림자 하나가 정원 한구석에서 나타난다. 이끼투성이 석벽 속에서 바람처럼 쑥 빠져 나온 듯한 감이다. 밤과 안개가 만나는 지점에 서서 몽롱히 사방을 둘러본다. 조금 있노라니 같은 검은 옷차림의 그림자가 또 하나 후미진 바닥에서 솟아나온다. 망루 끝에 높다랗게 걸린 별을 우러러보며 "날이 저물었다." 하고 키 큰 자가 말한다. "환한 세상에 어찌 얼굴을 내밀겠나." 다른 한 사람이 맞받는다. "사람도 많이 죽여 보았지만 오늘처럼 잠자리가 어수선한 적도 다시없네 그려." 키 큰 자가 키 작은 자 쪽을 향한다. "태피스트리 저쪽에서 둘의 이야기를 엿들었을 때는 그냥 그만둬버릴까 참 망설였지." 키 작은 쪽이 정직하게 말한다. "목을 조를 때 꽃잎처럼 입술을 파르르 떨더군." "해맑은 이마에는 보라색 핏줄이 불거졌어." "그 신음소리가 아직도 귀에 생생하네." 검은 그림자가 재차 검은 밤 속으로 빨려들어갈 때 망루 위에서 시계가 땡 울렸다.

공상은 시계소리와 함께 부서졌다. 석상처럼 서 있던 보초는 총을 어깨에 메고 뚜벅뚜벅 돌 위를 걷고 있다. 걸으면서 정부와 손잡고 산책하는 꿈을 꾸고 있다.

혈탑 밑을 빠져나가니 예쁜 광장이 있다. 그 한복판이 조금 높다. 그 높은 곳에 백탑白塔이 있다. 백탑은 탑 중 가장 오래된 것으로 옛날 성의 심장부였다. 길이 36미터, 너비 33미터, 높이 27미터, 벽두께 4.5미터, 사방으로는 뾰죽한 망루가 우뚝우뚝 그 위용을 자랑하고 군데군데 노먼시대의 총부리도 보인다. 1399년, 국민이 33조나 되는 비리를 적어 리처드 2세에게 양위를 강요한 곳이 이 탑이다. 승려, 귀족, 무사, 법사 앞에서 그가 천하를 향해 양위를 선포한 것도 이 탑 속이다. 그때 왕위를 물려받은 헨리는 성호를 가슴에 긋고 일어나 말하기를 "성부와 성자와 성신의 이름으로 나 헨리는 이 대영국의 왕관과 치세를 내 정의로운 피, 자비로우신 하느님, 친애하는 벗의 힘을 빌려 이어받으리라." 그러나 선왕의 운명을 아는 이는 그 누구도 없었다. 그 시체가 폰티프랙트 성에서 세인트폴 사원으로 옮겨졌을 때, 그의 시체를 에워싼 2만여 군중은 그의 앙상한 모습에 놀랐다. 어떤 이는 말한다. 열여덟 명이나 되는 자객이 리처드를 둘러쌌을 때 자객 하나로부터 도끼를 빼앗은 그가 단숨에 그 자객을 내리치고 두 사람을 쓰러뜨렸다고. 하지만 엑스톤이 뒤에서 내리치는 일격에 그만 원한을 품은 채 죽어버렸다고. 또 어떤 이는 하늘을 우러러보며 말한다. "그럴 리가, 그럴 리가. 리처드는 단식으로 스스로 목숨을 끊은 거야."라고. 어느 쪽이든 결코 반갑지 않다. 제왕의 역사는 비참의 역사다.

아래층 방은 옛날 월터 롤리가 유폐되었을 때 〈세계사〉를 기초한 곳이라고 전해진다. 그가 엘리자베트 시대의 반바지에 비단 양말을 무릎 위까지 동인 발을 꼬고 앉아 깃털 펜을 종이 위에 박은 채 갸우뚱 생각에 잠긴 모습을 상상해보았다. 그러나 그 방은 볼 수가 없었다.

남쪽으로 들어가 나선형 계단을 올라가면 유명한 무기 진열장이 있다. 자주 손을 보는지 전부가 번쩍번쩍 광을 낸다. 일본에 있을 때 역사책이나 소설로 막연히 알았던 것들이 일목요연 생생히 알아지는 게 매우 기쁘다. 그러나 그 기쁨은 일시적인 것으로 지금은 깨끗이 잊어버렸으므로 역시 매한가지다. 단 하나 머리에 생생히 남아 있는 게 있다면 갑옷이다. 그 중에서도 실로 경탄을 금치 못한 것은 분명 헨리 6세가 착용한 갑옷으로 기억하고 있다. 전체가 강철제로 여기저기 정교한 상감이 아로새겨져 있다. 더욱 놀라운 건 그 위대함을 말해주는 크기이다. 이런 갑옷을 입은 이는 적어도 체격이 항우장사만큼 큰 남자가 아니면 안 된다. 감복해서 이 갑옷을 바라보고 있는데 뚜벅뚜벅 발소리가 내 가까이 들려온다. 돌아다보니 비프 이터beef-eater(영국 왕궁 수위의 구칭-역주)다. 비프 이터라면 삼시 세끼 쇠고기라도 뜯고 있는 사람처럼 들릴지 모르겠지만 그런 사람이 아니다. 그는 런던탑 수위다. 실크햇을 구긴 듯한 모자를 덮어쓰고 미술학교 학생 같은 옷을 걸치고 있다. 두터운 소맷부리는 동여매고 허리께는 멜빵으로 질끈 조였다. 옷에도 무늬가 있다. 무늬는 아이누족 솜저고리에 그려져 있는 것 같은, 매우 단순한 직선을 배열해서 모나게 짜맞춘 것에 지나지 않는다. 그는 때에 따라 창을 들 때도 있다. 짧은 창날에 깃털을 꽂은 게 삼국지에라도 나옴직한 그런 창이다. 그 비프 이터 한 사람이 내 뒤에 멈춰섰다. 그는 별로 키가 크지 않다. 뚱뚱한 몸에 흰 수염이 덥수룩한 비프 이터였다. "선생은 일본사람이시지요?" 하고 미소 띠며 묻는다. 나는 현대 영국인과 이야기를 나누고 있다는 느낌이 전혀 들지 않는다. 그가 3, 400년 전 옛날에서 살짝 얼굴을 내밀었든지, 또는 내가 갑자기 3, 400년 전 옛날을 훔쳐본 듯 싶기만 하다. 나는 묵묵히 고개를 가볍게 끄덕거렸다. 이쪽으로 오시겠습니까? 하므로 따라가본다. 그는 손가락으로 일본제 낡은 갑옷을 가리키며, 봤소? 하는 득의의 눈짓을 한다. 나는 또 말없이 고개를 주억거렸다. 이건 몽고에서 찰스 2세에게 헌상한 것이라고 그가 설명해준다. 나는 세 번째로 끄덕거렸다.

백탑을 나와 보상탑에 간다. 도중에 노획한 대포가 죽 늘어놓여져 있다. 앞쪽에 약간의 철책이 둘러쳐 있고 철책 일부에 표찰이 매달려 있다. 보니까 사형장 흔적이다. 2년, 3년, 길 때는 10년씩이나 캄캄한 지하의 한 암실에 갇혀 있던 이가, 어느 날 갑자기 지상으로 끌려나오면 지하보다도 더 무서운 이 장소에 앉혀졌다. 오랜만에 푸른 하늘을 보고 기뻐하는 것도 잠시, 눈이 부셔 세상 어떤 빛깔도 아직 눈에 들어오지 않는 바로 그때 흰 도끼날이 훌쩍 하늘을 가른다. 흐르는 피는 살아 있을 때부터 이미 차디찼을 것이다. 까마귀 한 마리가 잽싸게 내려온다. 날개를 움츠리고 검은 부리를 날카롭게 세우며 사람을 본다. 한으로 응어리진 백년 검푸른 피가 새 몸을 빌려 언제까지나 이 불길한 땅을 지키는 것 같은 느낌이다. 바람에 느릅나무가 와삭와삭 움직인다. 나무 위에도 까마귀가 있다. 이윽고 또

한 마리가 날아오른다. 어디서 왔는지 모르겠다. 옆에 일곱 살쯤 되어 보이는 아들을 데리고 젊은 여자가 까마귀를 보며 서 있다. 희랍풍 코, 보석을 녹인 듯 반짝이는 눈, 하얀 목덜미의 부드러운 곡선이 적잖이 내 마음을 사로잡았다. 아이는 여자를 쳐다보며 사뭇 진기하다는 듯 "까마귀다 까마귀!" 하고 소리친다. 그리고는 "까마귀가 추워보이네, 빵을 주고 싶어." 하고 조르기 시작한다. 여자가 조용히 "저 까마귀는 아무것도 먹고 싶어하지 않아요." 하고 타이른다. 아이가 "왜?" 하고 묻는다. 여자는 긴 속눈썹 저 밑을 떠도는 눈빛으로 까마귀를 응시하며 "저 까마귀는 다섯 마리 있답니다." 할 뿐 아이의 물음에는 묵묵부답이다. 뭔가 골똘히 생각에라도 잠긴 듯 시침을 뚝 떼고 있다. 나는 이 여자와 저 까마귀 사이에 어떤 이상한 인연이라도 있는 게 아닐까 의심쩍어졌다. 그녀는 까마귀의 기분을 마치 제 자신의 기분처럼 말하며 세 마리밖에 안 보이는 까마귀를 다섯 마리나 있다고 단언한다. 수상쩍은 여자를 버리고 나는 혼자서 보샹탑으로 들어간다.

런던탑의 역사는 보샹탑의 역사로, 보샹탑의 역사는 비참의 역사다. 14세기 후반 에드워드 3세가 건립한 이 삼층탑 첫 방에 들어간 사람은 들어가는 그 순간 백대百代의 한으로 엉겨져 있는 무수한 기념들을 사방 벽에서 발견할 것이다. 모든 원한, 모든 분노, 모든 한탄, 모든 비통은 그 원한, 그 분노, 그 한탄,

그 비통의 극단에서 움튼 위안과 함께 91종류의 제사題詞 글로 남아 지금도 보는 이의 마음을 춥게 만들고 있다. 싸늘한 쇠붙이로 무정한 벽을 후벼파 자신의 불운과 업을 천지간에 새긴 사람은 과거라는 바닥없는 굴에 묻혀 있는데, 무상한 글씨만이 언제까지나 남아 사바세계의 빛을 보고 있다. 그들이 좋아서 스스로를 이렇게 우롱했을 리는 없을 것이다. 세상에는 반어反語라는 것이 있다. 하얗다고 한 것이 검은 것을 의미하고 작다고 한 것이 큰 것을 나타낸다. 모든 반어 가운데 자기도 모른 채 후세에 남기는 반어만큼 맹렬한 것이 그 어디 또 있으랴. 묘비니, 기념비니, 상패니, 훈장이니, 이것들이 존재하는 한 덧없는 물질에 살아 있던 시절을 그리워하게 하는 도구에 지나지 않는다. 나는 떠난다. 나를 전하는 게 남으리라는 생각은, 떠나는 나를 아프게 하는 매개물을 남긴다는 의미로 볼 때, 나 그 사람이 남는 의미가 아님을 잊어버린 사람의 말이라고 생각한다. 미래의 세상까지 반어를 전해 물거품 같은 육신을 비웃은 이가 한 일로 여겨진다. 나는 죽을 때 결코 어떤 말도 남기지 않겠다. 물론 죽은 후 묘비 따위로 사람을 성가시게 하는 일도 절대로 하지 않겠다. 육신은 불태우고 뼈는 가루로 만들어 세찬 서풍 몰아치는 날 드넓은 하늘을 향해 훌훌 뿌려달라고 하겠다. 나는 쓸데없는 걱정을 앞질러 했다.

글의 글씨체는 각양각색이다. 어떤 것은 긴 시간을 죽이느라

그랬는지 신중한 해서楷書, 어떤 것은 화를 못 이겨서인가, 벽을 북북 잡아 뜯으며 새긴 듯한 글씨도 있다. 또 어떤 것은 자기 가문의 문장紋章을 아로새겨 그 속에 고안한 글씨를 남겼고, 혹은 방패 모양을 그려 그 가운데 읽기 어려운 글귀를 남기고 있다. 글씨체가 다르듯 언어 또한 결코 일률적이 아니다. 영어는 물론이요, 이탈리아어와 라틴어도 있다. 왼쪽켠에 "내 소망은 예수 그리스도에게 있나니."라고 새겨져 있는 건 파스류라는 성직자의 문구다. 이 파스류는 1537년 처형되었다. 그 옆에 JOHAN DECKER라는 서명이 있다. 데커가 어떤 사람인지는 모르겠다. 계단을 올라가니 문 입구에 T.C.라는 게 있다. 이것도 이니셜만으로는 누구인지 전혀 감이 잡히지 않는다. 좀 떨어진 곳에 대단히 면밀한 게 있다. 우선 오른쪽 한귀퉁이에 십자가를 그려 치장을 해놓고 그 옆에 해골과 문장을 새겨 넣었다. 조금 가니 방패 속에 이런 구절을 써 넣은 게 눈에 뜨인다. "운명은 허무하게 나로 하여금 속절없는 바람에조차 호소하게 하노라. 시간이여 부서져라. 내 운명은 슬프게도 나를 외면하고 있노라." 연이어 "모든 사람을 존경하라, 중생을 가엾이 여기라. 신을 두려워하라. 왕을 공경하라."고 쓴 게 보인다.

이런 걸 쓰는 이의 마음은 어떤 것일까 상상해본다. 무릇 세상에 무엇이 고통스러운가 하면 소재가 없는 것만큼 고통스러운 건 없다. 의식의 내용에 변화가 없는 것만큼 고통스러운 건 없다. 멀쩡한 사대육신이 보이지 않는 동아줄에 감겨 꼼짝달싹할 수 없는 것만큼 고통스러운 건 없다. 산다는 건 활동하는 것임에도 불구하고 살면서 이 활동을 억눌러야 한다는 건 생의 의미를 빼앗기는 것과 같으며, 그 빼앗김에의 자각은 죽음보다 더한 고통이다. 이 벽 주위를 이렇게까지 덧칠한 사람들은 모두 이 죽음보다도 더한 고통을 맛보았던 것이다. 견딜 수 있는 한, 버틸 수 있는 한, 죽음보다 더 무서운 이 고통과 싸운 나머지, 앉지도 서지도 못하는 상태가 되었을 때 비로소 부러진 못이나 날카로운 손톱으로 무사 속에 일을 찾고, 태평 속에 불평을 흘리고, 평지 위에 파란을 그린 것이리라. 그들이 쓴 한 자 한 획은 대성통곡, 눈물바다, 그 외 자연이 허락하는 모든 몸부림이 스러진 뒤에도 여전히 지칠 줄 모르는 본능적 요구에 자신을 내맡긴 결과일 것이다.

또 상상해본다. 태어난 이상은 살아야만 한다. 결코 죽음이 두렵다는 말 따위는 하지 말고 오로지 일념으로 살아가지 않으면 안 된다. 살아야 한다는 건 예수·공자 이전의 길이며, 또 예수·공자 이후의 길이다. 어떤 논리도 필요치 않다. 오로지 살고 싶으니까 살아야만 하는 것이다. 모든 사람들은 살지 않으면 안 된다. 이 감옥과 이어진 사람들 또한 이 대도大道에 따라 살아야만 했다. 동시에 그들은 죽어야 할 운명을 눈앞에 두었었다. 어떻게 하면 살아남을 수 있을까, 시시각각 그들의 뇌리에 일어나는 의문이었다. 일단 이 방에 들어온 자는 반드시 죽는다. 살아 청천하늘을 다시 우러른 이는 천 명에 한 사람 있을까말까 하다. 그들은 빠르든 늦든 죽어야 한다. 하지만 고금에 걸친 대진리는 그들의 영혼을 일깨워 살라고 가르친다. 살아라, 어디까지나 살아라. 그래 그들은 할 수 없이 그들의 손톱을 갈았다. 날카로운 손톱 끝으로 단단한 벽 위에 一을 그었다. 그 뒤에도 진리는 끊임없이 속삭인다. 살아라, 어디까지나 살아라. 그들은 벗겨진 손톱이 아물기를 기다려 다시 二를 그었다. 도끼날에 살이 날고 뼈가 으스러지는 내일을 예기하며 그들은 차디찬 벽 위에 오로지 一로 二로 선으로 글씨로 살기를 원했다. 벽 위에 남은 어지러운 흠집들은 생을 탐하는 집착의 혼백이다. 상상의 날개를 여기까지 더듬노라니 실내의 냉기가 단숨에 등 뒤 털구멍에서 몸속으로 몰려드는 것 같아 나는 저도 모르게 오싹 몸을 떨었다. 그렇게 생각한즉 왠지 벽이 축축해 보인다. 손가락을 갖다대니 미끈 이슬에 미끄러진다. 손가락 끝이 새빨갛다. 벽구석으로 똑똑 물방울이 떨어진다. 바닥을 보니 그 물방울 흔적이 선명한 연지빛 무늬를 불규칙하게 포개고 있다. 16세기의 피가 스며나온 것이리라. 벽 저 깊은 곳에서 신음소리가 들린다. 신음소리가 점점 가까워질수록 그 소리는 밤을 잡아 흔드는 무서운 노래로 변한다. 이곳은 땅밑으로 통하는 굴로서 사람이 둘 그 안에 살고 있다. 귀신의 나라에서 불어오는 바람이 돌벽 틈을 빠져 나와 희미한 칸델라를 부채질한다. 그냥 있어도 어두운 굴 천장과 사방벽이 검누런 기름연기로 소용돌이치듯 일렁인다. 어렴풋이 들렸던 노랫소리는 굴속에 사는 한 사람이 내는 소리임에 틀림없다. 노래의 당자가 팔뚝을 훌쩍 걷어붙이고 큰 도끼를 녹로 숫돌에 열심히 갈고 있다. 그 옆에 도끼 한 자루가 내팽개쳐져 있는데 바람이 불 때마다 그 흰 날이 번쩍번쩍 빛을 되쏜다. 또 한 사람은 팔짱을 낀 채 숫돌이 돌아가는 걸 보며 서 있다. 칸델라가 덥수룩한 수염 속에 비쭉 내민 얼굴을 간단없이 비춘다. 그 얼굴이 진흙투성이 당근 같은 색을 하고 있다. "이렇게 매일처럼 배로 날라온다면 망나니도 제정신이 아니겠어." 수염이 말한다. "아이구 말도 마소. 도끼날 가는 것도 죽을 지경이라네." 노래꾼이 대답한다. 이건 키가 작고 눈이 쑥 들어간 검누런 사내다. "어젠 예쁜 걸 해치웠지." 수염이 아깝다는 듯 말한다. 그러나 곧 "아니지, 얼굴은 예쁘나 목뼈는 의외로 딱딱한 여자였어. 덕분에 이렇게 도끼날이 휘청 휘어져버렸지 뭐야." 거칠게 녹로를 발길질한다. 식식식, 숫돌소리에 섞여 불꽃이 번쩍번쩍 튄다. 숫돌을 갈던 망나니가 소리높여 노래를 부르기 시작한다.

안 베어지고 말고, 여자의 목은 사랑의 원한으로 날이 휘어진다네.

식식식 소리 외에는 아무것도 들리는 게 없다. 칸델라 불빛이 바람에 흔들리며 숫돌장이의 오른쪽 뺨을 비춘다. 검누런색 위에 붉은색이 덧칠해 있는 것 같다. "내일은 누구 차례야?" 이윽고 수염이 묻는다. "내일? 내일은 예의 할머니 차례지 뭐." 숫돌장이가 태연스레 대답한다.

　돋아나는 백발은 바람기가 물들인다네, 목이 떨어지고 나면 피가 물들인다네.

다시 목청껏 노래를 부른다. 식식식, 녹로가 돈다. 번쩍번쩍 불꽃이 튄다. "핫하하하, 이젠 됐겠지." 도끼를 머리 위로 번쩍 쳐들고 불빛에 날을 바짝 들여다본다. "할머니뿐이야, 다른 사람은 없어?" 수염이 또 질문을 던진다. "그리고 나서는 바로, 바로 그게 당하지." "가엾게도. 정말로 처치하나, 쯔쯧." "불쌍하지만 난들 어떡하나." 숫돌장이가 시커먼 천장을 보며 눈을 질끈 감는다.

홀연히 굴도 망나니도 칸델라도 가뭇없이 사라지고, 나는 보상탑 한가운데 망연히 멈춰 서 있다. 제정신이 들어 옆을 보니 조금 전 까마귀에게 빵을 주고 싶다던 사내애가 서 있다. 예의 수상쩍은 여자도 처음처럼 붙어 있다. 사내애가 벽을 보며 "엄마, 저기 개가 그려져 있어!" 하고 놀란 듯 외친다. 여자는 과거의 화신인 양 분명한 말투로 "개가 아니에요. 왼쪽이 곰, 오른쪽이 사자로 이건 더들리가의 문장이에요." 라고 대답한다. 실은 나도 개 아니면 돼지라고 생각하고 있었으므로 이 여자의 설명을 듣자 더욱더 여자가 이상스레 느껴진다. 그러고 보니 방금 더들리를 입에 올릴 때 그 말 속에 어쩐지 힘이 들어 있었다. 어쩌면 자기네 가문의 문장일지도 모르겠다. 나는 숨을 죽이고 두 사람을 주시한다. 여자가 더욱 설명을 계속한다. "이 문장을 새긴 사람은 존 더들리(에드워드6세 때의 실권자 노섬벌랜드 공작. 아들을 왕족인 제인 그레이와 결혼시키고 여왕으로 옹립하였으나 실패하여 처형당함–역주)예요." 마치 존이 자기 형제라도 되는 듯한 투다. "존에게는 네 명의 형제가 있었는데 곰과 사자 주위에 새긴 풀꽃이 그 형제들을 가리키고 있어요." 자세히 보니 과연 네 귀퉁이에 꽃인지 이파리인지가 유화 테처럼 곰과 사자를 에워싸고 있다. "여기 있는 건 Acorns로서 이건 Ambrose를 가리켜요. 이쪽에 있는 건 Rose로 Robert를 대표하구요. 밑쪽에 인동초가 그려져 있지요? 인동초는 Honeysuckel이니까 Henry로 보면 돼요. 왼쪽 위에 덩어리져 있는 건 Geranium으로 이건 G……." 이렇게 말한 뒤 여자는 아무 말이 없다. 힐끗 곁눈질을 해보니 산호 같은 입술이 전기에라도 감전된 듯 부들부들 떨고 있다. 살모사가 쥐를 노릴 때의 혓바닥 같다. 이윽고 여자가 이 문장 밑에 새겨져 있는 글을 낭랑하게 낭송했다.

Yow that the beasts do wel behold and se,

May deme with ease wherefore here made they be

Withe borders wherein……

4 brothers' names who list to serche the grovnd.

(대략적인 뜻은, 이 두 마리의 동물을 주의 깊게 보는 사람은, 왜 이

것들이 즐겨 대지를 추구한 네 형제의 이름을 나타내는 푸른 장식에

둘러싸여 여기에 그려져 있는지 쉽게 알 수 있을 것이다—역주)

여자는 이 구절을 태어나면서부터 매일매일 암송한 어조로

낭송을 끝냈다. 사실을 말할 것 같으면 벽에 있는 글씨는 읽기

에 아주 어렵다. 나 같은 사람은 목을 비틀어도 한 자도 못 읽

어낼 것 투성이다. 나는 갈수록 이 여자가 의심쩍어졌다.

왠지 기분이 으스스해졌으므로 여자를 버리고 앞쪽으로 빠

진다. 총부리가 있는 모퉁이로 가니 글씨인지 그림인지 뒤죽박

죽 씌어진 글 속에 정확한 획으로 작게 '제인'이라 쓰인 게 보

였다. 나는 불에 덴 듯 그 앞에 멈추어 섰다. 영국 역사를 읽은

이라면 제인 그레이(더들리의 계략으로 에드워드6세의 뒤를 이어

여왕으로 옹립되었으나 왕위계승권을 가진 메리1세에 의해 9일 만에

폐위되어 처형당함—역주)의 이름을 모르는 이는 아마 없으리라.

또 그 박명과 무참한 최후에 동정의 눈물을 흘리는 이 또한 적

지 않으리라. 제인은 시아버지와 남편의 야심 때문에 열여덟

꽃다운 나이를 죄없이, 또 아낌없이 형장에 팔았다. 짓밟힌 장미 꽃술에서 영원히 사라지지 않는 향기가 풍겨, 오늘날까지 역사책을 펼쳐드는 사람의 마음을 그윽하게 하고 있다. 희랍어로 플라톤을 읽어 일세를 풍미한 석학 애스컴마저 혀를 내둘렀다는 일화는, 이 시정詩情 넘치는 인물을 상상하는 데 좋은 재료로 적지 않은 사람들의 뇌리에 깊이 새겨져 있을 것이다. 나는 제인의 이름 밑에 우뚝 멈추어 움직이지 않는다. 움직이지 않는다고 하기보다 오히려 움직이지 못한다. 공상의 무대는 이미 열리고 있다.

처음은 양눈이 침침해서 사방이 잘 보이지 않는다. 이윽고 어둠 속 한 곳에 확 불이 당겨진다. 그 불이 점차 커지며 속에 사람이 움직이는 기색이 느껴진다. 그 다음, 그것이 점점 밝아지더니 마치 쌍안경 도수가 맞추어지듯 똑똑히 비쳐온다. 그런 뒤 무대 정경이 차츰 크게, 차츰 가깝게 다가온다. 정신이 번쩍 들어 바라보니 한복판에 젊은 여자가 앉아 있다. 왼쪽 끝에는 남자가 서 있는 것 같다. 둘 다 어디선가 본 듯 낯익어 고개를 갸웃거리는데 어느새 불쑥 다가와 내 코앞에 우뚝 서 있다. 남자는 앞서 굴속에서 노래를 부르던, 움푹 패인 눈에 검누런 얼굴을 한 키 작은 놈이다. 방금 간 도끼를 왼손에 짚고 허리춤에는 자그만 단검을 늘어뜨린 자세로 서 있다. 나는 저도 모르게 온몸이 오그라지는 듯하다. 여자는 흰 손수건으로 두 눈을 가린 채 두 손으로 목이 얹힐 받침대를 찾고 있는 듯한 형국이다. 목이 얹힐 받침대는 일본의 장작패기판만한 크기로 앞부분에 쇠고리가 달려 있다. 그 앞쪽에 지푸라기가 어수선히 흐트러져 있는 건 흐르는 피를 막기 위한 방책으로 보인다. 여자 두엇이 뒷벽에 매달려 정신없이 울고 있다. 시녀인 걸까. 흰 털을 댄 외투 안을 깃처럼 접어꺾은 법의를 질질 끄는 승려가 머리를 떨군 채 여자 손을 받침대쪽으로 이끈다. 여자는 눈처럼 새하얀 옷을 입고 어깨까지 치렁거리는 금발을 가끔 구름처럼 흔든다. 문득 그 얼굴을 보고 자지러지게 놀랐다. 눈은 보이지 않아도, 눈썹모양, 조붓한 얼굴, 나긋나긋한 목덜미선에 이르기까지 조금 전 본 여자 그대로이다. 무심코 가까이 달려가려 하던 발이 움찔, 한 발자국도 앞으로 나가지지 않는다. 여자는 간신히 참수대를 찾아내 양손을 걸친다. 입술이 씰룩씰룩 움직인다. 아까 사내애에게 더듬거리 문장을 설명했을 때와는 사뭇 다르다. 이윽고 목을 약간 숙이며 "내 남편 길버트 더들리는 이미 신의 나라에 갔는가?" 하고 묻는다. 어깨를 흘러내린 한줌 머리칼이 가볍게 출렁거린다. 승려는 "모르겠소." 하며 "아직도 진실의 길에 들어가려는 마음이 없는가?" 하고 묻는다. 여자가 험악한 기색으로 노려보며 "진실이란 나와 내 남편이 믿는 길이야말로 진실이오. 그대들의 길은 방황의 길, 틀린 길이오." 하고 되받는다. 승려는 아무 말이 없다. 여자가 더욱 차분히 가라앉은 모습으로 "내 남편이 먼저라면 뒤쫓아가리라, 나중이라면 권하여 함께 가리라. 정의로운 신의 나라에, 정의로운 길을 밟아 내 가리라." 말을 마치자 비호처럼 받침대 위에 목을 내던진다. 눈이 움푹 패인, 검누런 얼굴의 키작은 망나니가 무거운 도끼를 얏 하고 고쳐잡는다. 내 바지 무릎에 솟구친 핏줄기가 점점이 튀는 순간, 모든 광경이 홀연히 사라져버렸다.

사방을 돌아보니 사내애를 데리고 있던 여자는 어디로 갔는지 그림자조차 찾을 수 없다. 귀신에 홀린 듯한 얼굴로 망연자실 탑을 나온다. 돌아오는 길에 다시 종탑 아래를 지나노라니 저 멀리 높이 보이는 창문에서 가이 폭스(제임스1세를 폭사시키려 화약음모사건을 꾸미다가 발각되어 처형된 사람―역주)가 번개 같은 얼굴을 번개처럼 내밀었다. "아, 분하다, 한 시간만 더 빨랐더라면…… 이 세 개피 성냥알은 배 떠난 뒤로구나!" 하고 가슴을 두드리는 소리가 들려왔다. 스스로도 이거 내가 좀 어떻게 된 게 아닌가 싶어져 총총히 탑을 빠져 나온다. 탑교를 건너 뒤를 돌아다보니 북쪽 나라여서인가, 이날도 언제부터인지 비가 내리고 있다. 당겨를 바늘귀로 흘리듯, 가느다란 비가 온 도시의 홍진과 매연을 녹이며 자욱이 천지를 막는 가운데 지옥의 그림자처럼 불쑥 올려다보인 게 런던탑이었다.

무아지경에서 하숙집으로 돌아와 주인에게 오늘은 탑을 구경하고 왔노라 했더니, 주인이 까마귀가 다섯 마리 있지 않았소? 한다. 이런, 이 집주인도 그 여자의 친척인가, 내심 놀라는데 주인이 너털웃음을 지으며 "그건 신에게 바친 까마귀라오. 옛날부터 거기에서 그렇게 기르고 있어서 한 마리라도 부족하면 얼른 다른 곳에서 그 한 마리를 마련하지요. 그러니까 그 까마귀는 언제나 다섯 마리로 정해져 있답니다." 너무 간단히 설명하는 것이어서 내 공상의 한 부분은 런던탑을 본 그날 중에 깨어져버리고 말았다. 나는 또 주인에게 벽에 새겨져 있던 죄수들의 글에 대하여 말했다. 주인은 대수롭지 않다는 듯 "아, 그 낙서 말인가요? 쓸데없는 짓을 해서 애써 근사한 곳을 엉망으로 만들어버렸어요. 뭐 죄수들 낙서다 뭐다 하지만 꼭 그렇지만도 않아요. 개중엔 가짜도 상당히 있으니까." 하며 모른 척한다. 내가 마지막으로 아름다운 부인과 만난 것, 그 부인이 우리가 모르는 것들과 또 우리가 도저히 읽지 못하는 글씨를 줄줄 읽어내린 것 등을 신기하게 말하자, 주인은 크게 경멸하는 투로 "그야 당연하달밖에, 모두 그곳에 가기 전에 안내문을 읽고 가니까요. 그 정도 안다고 해서 뭐 조금도 놀랄 일은 아니지요. 뭐 굉장히 미인이었다구?—런던엔 미인이 꽤 많아요. 까딱 주의하지 않으면 위태롭지 아마." 하며 엉뚱한 곳으로 불똥을 튀긴다. 이걸로 내 공상의 후반이 또 망가졌다. 주인은 20세기 런던 사람이다.

앞으로는 사람들과 런던탑 이야기를 하지 않기로 작정했다.

또 두 번 다시 런던탑 구경은 가지 않기로 결심했다.

　이 단편은 사실처럼 죽죽 내려썼지만 실은 그 태반이 상상의 산물이므로 읽는 이는 그런 마음으로 읽기를 바란다. 탑의 역사에 관해서는 희곡적으로 재미있을 듯한 사건만 골라 삽입했으나 생각대로 되지 않았다. 군데군데 부자연스러운 흔적이 있는 것은 어쩔 수 없다. 그 가운데 엘리자베스(에드워드4세의 왕비)가 유폐 중인 두 왕자를 만나러 오는 장면과 두 왕자를 죽인 자객의 술회 장면은 셰익스피어의 역사극 〈리처드3세〉(에드워드4세의 동생으로 어린 조카 에드워드5세 형제를 유폐시키고 왕위를 찬탈함 ─ 역주) 속에도 있다. 셰익스피어는 클라렌스 공작이 탑 속에서 살해당하는 장면을 그릴 때는 정공법을 이용, 있는 그대로 묘사하고, 왕자를 교살하는 장면을 그릴 때는 암시적 수법을 이용, 자객의 말을 빌려 이면에서 그 모양을 묘사하고 있다. 일찍이 이 희곡을 읽었을 때 그 점을 제일 재미있게 생각했으므로 그 취향을 그대로 이용해보았다. 그러나 대화의 내용, 주위의 광경 등은 물론 내 공상으로 셰익스피어와는 아무 관계가 없다. 그리고 망나니가 노래 부르며 도끼를 가는 장면에 대해서는 미리 언급해 두건대, 그 취향은 전부 엔즈포스의 〈런던탑〉이란 소설에서 가져온 것으로, 나는 거기에 대해 사소한 창의도 요구할 권리가 없다. 엔즈포스는 도끼날로 치는 것을 솔즈베리 백작부인이 처형당할 때 일로 서술하고 있다. 내가 이 책을 읽었을 때 단두대에 쓸 도끼날을 가는 장면이 한두 페이지 있었다. 짧긴 했지만 매우 재미있었다. 그뿐 아니라 도끼를 갈면서 난폭한 노래를 태연자약 부르고 있다는 것이 짧은 행동이지만 작품을 생동시키는 희곡적 요소로 느껴져 여기에 그 취향을 그대로 답습해본 것이다. 단 노래의 의미나 문구, 두 망나니의 대화, 굴속 광경 등 전부는 내 공상에 의한 것이다. 계제에 엔즈포스가 옥문 배역에 시킨 노래를 소개해 두겠다.

The axe was sharp, and heavy as lead,

As it touched the neck, off went the head!

Whir-Whir-Whir-Whir!

Queen Anne laid her White throat upon the block,

Quietly waiting the fatal shock ;

The axe it severed it right in twain,

And so quick-so true-that she felt no pain.

Whir-Whir-Whir-Whir!

Salisbury's countess, she would not die

As a proud dame should-decorously

Lifting my axe, I split her skull.

And the edge since then has been notched and dull.

Whir-Whir-Whir-Whir!

Queen Catherine Howard gave me a fee,-

A chain of gold-to die easily ;

And her costly present she die nor rue,

For I touched her head, and away it flew!

Whir-Whir-Whir-Whir!

이 전장을 번역해 보려고 생각했지만 도저히 생각대로 되지 않고, 또한 너무 길어질 우려가 있기 때문에 그만두었다.

두 왕자가 유폐된 장면과 제인의 처형장면에 대해서는 들라로슈의 그림이 적잖이 내 상상을 도와주었다는 사실을 덧붙이며 감사를 표한다.

배에서 내린 죄수 중 와이어트란 이는 유명한 시인의 아들로 제인을 위해 군대를 일으킨 사람, 부자가 이름이 같으므로 혼돈을 피해 밝혀둔다.

탑 속의 여러 풍물은 좀더 자세하게 묘사하는 편이 독자에게 탑 소개와 그 땅을 밟는 듯한 현장감을 불러일으킨다는 것은 알지만 그런 목적으로 쓴 것도 아니며, 더욱이 시간이 많이 지나 확실한 풍물을 떠올리기가 매우 힘들다. 따라서 자칫하면 주관적 문구가 중복되어 어느 때는 독자에게 불쾌함을 주지나 않을까 여겨지는 부분도 있지만 이상과 같은 사정이므로 어쩔 수 없다.(1904년 12월 20일)

칼라일 박물관

　공원 한구석에서 행인을 상대로 연설을 하고 있는 사람이 있다. 길 저켠에서 가마솥모양 불룩 솟은 모자에 낡아빠진 외투를 새우등에 걸친 노인이 와서 그 앞에 걸음을 멈춘 뒤 연설자를 본다. 연설자가 뚝 연설을 거두절미하고 성큼성큼 이 시골 신사 앞으로 다가간다. 둘의 시선이 딱 부딪친다. 연설자가 말 끝을 흐리는 시골 사투리조로 자네 칼라일(영국의 유명한 역사가이자 비평가-역주)이 아닌겨, 하고 묻는다. 말씀대로 나는 분명 칼라일이여, 시골 신사가 흉내내듯 대답한다. 첼시의 세이지 sage, 賢者라고 사람들이 떠들어대는 게 자네인겨, 하고 묻는다. 허긴 세상에서는 나를 두고 첼시의 세이지라고 하는 모양이여. 세이지란 새 이름이 있는데, 인간이 세이지라니 별일도 다 있군, 하고 연설자가 껄껄 웃는다. 시골신사는, 그렇고말고, 고양이든 국자든 뭐 별 관계야 없겠지만 유난스레 현자입네 뭐네 이명異名을 붙이는 건, 요건 새입네 하고 별명 짓는 것과 같은 것이라구, 인간은 그저 인간 그 자체로서 그만일텐데, 라고 응수하며 이쪽도 껄껄 웃는다.

나는 저녁을 먹기 전 공원을 산책할 때마다 강변 의자에 걸터앉아 건너편을 바라다본다. 런던 고유의 짙은 안개는 특히 강가에 많다. 나는 벚나무 지팡이에 턱을 고인 채 정면을 응시한다. 그러자 멀리 강가로 난 길위를 빙빙 감싸돌던 안개자락이 차츰차츰 짙어지더니 오층집들이 주르르 늘어선 동네가 밑에서부터 점점 이 길게 뻗쳐진 놈 속으로 희미하게 사라져간다. 마지막에는 아득히 먼 미래의 세상을 눈앞으로 끌어내기라도 하듯 어둠에 침잠해 가는 하늘 가운데 희미한 다갈색 그림자만 남는다. 그때 이 다갈색 저 속으로 뚝뚝 둔한 빛이 물방울 떨어지듯 보이기 시작한다. 삼층 사층 오층이 동시에 가스등을 켠 것이다. 나는 벚나무 지팡이를 짚으며 하숙집 쪽으로 돌아온다. 돌아올 때는 반드시 칼라일과 연설자의 이야기를 떠올린다. 저 흐릿흐릿 어렴풋한 가스가 안개에 잦아드는 곳이 왕년에 시골신사가 살고 있던 첼시인 것이다.

칼라일은 없다. 연설자도 죽었으리라. 그러나 첼시는 이전처럼 존재해 있다. 아니, 그가 오래 산 집과 땅마저도 지금 옛 그대로 엄연히 보존되어 있다. 1708년 체인 로우가 형성된 이래 얼마나 많은 주인을 맞고 얼마나 많은 주인을 보냈는지는 모르겠으나 어쨌든 오늘날까지 옛 그대로 남아 있다. 칼라일 사후는 뜻있는 사람의 발의로 그가 생전에 사용한 기물과 도구, 책들을 모아 이것을 각 방에 안배하여 언제라도 방문자들이 볼 수 있는 편의마저 제공되었다.

문학자로서 첼시에 연고가 있는 이를 헤아려보자면 옛날로는 토머스 모어, 조금 내려오면 스몰렛, 더욱 내려오면 칼라일과 동시대의 헌트 등이 매우 저명하다. 헌트의 집은 칼라일의 집 근처로 실제로 칼라일이 이 집에 이사온 첫날 밤 그가 방문한 사실이 칼라일의 기록에 적혀 있다. 또 헌트가 칼라일의 부인에게 셸리의 석고를 바쳤다는 것도 잘 알려져 있는 일이다. 이외 엘리엇이 살던 집과 로세티가 살던 저택이 엎어지면 코닿을 듯 강가로 면한 거리에 있다. 그러나 이것들 모두는 이미 대가 바뀌어 실제로 사람이 들어가 살고 있으므로 구경은 할 수 없다. 단지 칼라일의 옛집만이 6펜스를 치르면 누구든, 또 언제든 마음대로 관람할 수 있다.

체인 로우는 강 연안 길을 남쪽으로 돌아가는 좁은 길로 칼라일의 집은 이 오른쪽 중간쯤에 위치해 있다. 번지는 24번지다.

매일같이 강을 사이로 안개 자욱한 첼시를 바라본 나는 어느 날 아침, 마침내 다리를 건너 이 유명한 암자를 두드렸다.

암자라고 하면 고색창연한 느낌이 있다. 적어도 소쇄하다든가 풍류라고 하는 의식이 따른다. 그러나 칼라일의 암자는 그런 고정관념적 화사한 이미지와는 거리가 멀다. 길에서 곧장 문을 두드릴 만큼 길가에 바짝 세워진 4층 정사각형 집이다.

튀어나온 곳도 들어간 곳도 없이 밋밋하게 곧추서 있다. 마치 큰 공장 굴뚝밑둥을 잘라 와서 거기에 천장을 덮고 창문을 붙인 듯 보인다.

이게 그가 북쪽 시골에서 처음 런던에 나와 뒤지고 뒤진 끝에 겨우 찾아낸 집이다. 그는 서쪽을 뒤지고 남쪽을 뒤진 뒤 햄프스테이트의 북쪽 끝까지 뒤졌으나 결국 적당한 집을 찾지 못한 채, 최후로 체인 로우에 와서 이 집을 보고서도 역시 금방 결정할 만한 용기가 없었다. 4,000만의 우자愚者와 천하를 저주한 그도 살 집에 한해서만은 입이 자물쇠처럼 다물어졌는지, 그 우자들 속에 지극히 당연히 계산될 부인을 향해 자세한 사정을 알려 그 의향을 확인했다. 부인의 답신에는 "말씀하신 셋 집은 두 집 모두 나쁘지 않을 듯 여겨지오나 제가 런던에 올라갈 때까지 양쪽 다 그냥 두기 원하오며, 만약 혹 그때까지 결정할 필요가 생길 시에는 어려우시더라도 혼자서 조처해주심을 앙망하나이다."라고 씌어 있었다. 칼라일은 책 위에서야 자기 혼자 전부를 알고 있는 양 말하지만 집을 정하는 것만은 부인의 조력 없이는 안 된다는 각오를 한 듯 부인이 상경할 때까지 수수방관 기다리고 있었다. 대엿새 지나자 부인이 왔다. 그래 이번에는 둘이서 또 동서남북을 돌아다닌 끝에 역시 체인 로우가 좋다는 결론이 났다. 두 사람이 이곳으로 이사 온 것은 1834년 6월 10일로 이사 도중에 하녀가 안고 있던 카나리아가 새장 속에서 지저귄 것까지 알려져 있다. 부인이 이 집을 택한 것은 이 집이 몹시 마음에 들어서였든가 아니면 적당한 게 없어 할 수 없어서였든가, 좌우지간 이 굴뚝같은 사각 집은 일년에 350엔의 집세로 이 새 가구의 부부를 맞아들인 것이다. 칼라일은 이 크롬웰 같은, 프리드리히대왕 같은, 또 공장굴뚝 같은 집 속에서 크롬웰을 저술하고 프리드리히대왕을 저술하고 디즈레일리의 주선에 의한 연봉을 물리치며 사각 사면에서 산 것이다.

나는 이 네모난 집 돌층계 위에 서서 도깨비 형상의 문고리를 콩콩 두드렸다. 좀 있자 안에서 쉰쯤 난 뚱뚱이 할머니가 나와서 들어오시라고 한다. 첫눈에 구경꾼으로 단정한 듯하다. 할머니는 이윽고 명부 같은 것을 꺼내 성함을, 하고 말한다. 나는 런던에 머무는 동안 네 번이나 이 집에 들러 네 번 다 이 명부에 내 이름을 기록한 기억이 있다. 이때는 실로 내 이름을 처음 적었다. 될 수 있으면 공들여 쓸 작정이었으나 여느 때처럼 매우 볼썽사나운 글씨가 되어버렸다. 앞쪽을 차례차례로 들쳐보니 일본인 이름은 한 사람도 없다. 그러자 일본인으로서 여기에 온 사람은 내가 처음이구나, 하는 별 시시한 사실이 막 기쁘게 느껴진다. 할머니가 이쪽으로, 하므로 왼쪽 문을 열고 마을로 향한 방으로 들어간다. 이곳은 옛날에 객실이었다고 한다. 이것저것 잡다히 늘어져 있다. 벽에는 그림이랑 사진이 잔뜩 걸려 있다. 대개는 칼라일 부부의 초상인 듯하다. 뒷방에 칼라일이 디자인해서 만들었다는 책장이 있다. 거기에 책이 산더미처럼 쌓여 있다. 어려운 책이 있다. 시시한 책이 있다. 낡은 책이 있다. 읽을 것 같지 않은 책이 있다. 그 외 칼라일의 80세 생일을 기념하여 주조했다는 은메달과 동메달이 있다. 금메달은 하나도 없는 것 같다. 메달이라는 메달은 모조리 보존되어 붙박힌 듯 태연히 남아 있는 걸, 받은 이의 연기 같은 수명과 대조해 생각해보니 묘한 느낌이 든다. 여기에서부터 이층으로 올라간다. 이곳에 또 큼지막한 책장이 있고 책이 또 예에 따라 잔뜩 쌓여 있다. 역시 읽을 것 같지 않은 책, 들어본 적도 없는 듯한 책, 필요할 것 같지 않은 책이 많다. 헤아려 본즉 135권이었다. 이 방도 한때는 객실로 썼었다고 한다. 비스마르크가 칼라일에게 보낸 편지와 프러시아 훈장이 있다. 〈프리드리히대왕전〉 덕분으로 보인다. 부인이 쓴 침대가 있다. 매우 투박한, 장식이라고는 일체 없는 것이다.

안내자는 어느 나라나 마찬가지인가보다. 할머니는 좀전부터 실내의 그림, 집기 등에 대해서 일일이 설명을 붙인다. 50년간 안내만을 전문으로 했을 리 만무한데 매우 숙련되었다. 몇 년 몇 월 며칠 이렇게 했다 저렇게 했다고 흡사 입에서 나오는 대로 주절거리는 듯하다. 이 유창한 변설에 고조가 있고 리듬

이 있다. 말솜씨가 재미있어서 그것만 듣고 있자 하니 무엇을 말하고 있는지 점점 어리둥절해졌다. 처음에는 되묻기도 하고 물어보기도 해보았지만 종당에는 성가셔져서 당신은 당신 마음대로 입을 놀리시라, 나는 내 마음대로 자유롭게 구경할테니까, 라는 태도를 취했다. 할머니는 사람들이 듣든 말든 입만은 반드시 움직이겠노라 작심이라도 했는지 별로 싫어하는 기색도 불성실한 티도 없이 몇 년 몇 월 며칠을 계속하고 있다.

나는 동쪽 창으로 목을 내밀어 잠깐 근처를 휘둘러보았다. 눈 아래로 열 평 정도의 뜰이 있다. 오른쪽, 왼쪽 또 맞은쪽도 돌담으로 높이 가로막혀 있고 그 형태 역시 사각이다. 사각은 어디까지나 이 집의 부속물로 여겨진다. 칼라일의 얼굴은 결코 네모가 아니었다. 그는 오히려 낭떠러지 도중에 움푹 패어 초원 위에 뻗친 듯 삐죽한 용모였다. 부인은 잘생긴 랏쿄(백합과의 다년초. 파 종류에 속하며 뿌리를 절여서 먹음 – 역주)처럼 보여진다. 지금 나를 안내하고 있는 할머니는 찐빵같이 동그랗다. 할머니 얼굴을 보며 내심 정말 동그랗구나 하고 감탄하는데 할머니는 또 몇 년 몇 월 며칠을 읊어댔다. 나는 다시 창으로 목을 내민다.

칼라일은 말한다. 뒤창문에서 멀리 바라다보면 보이는 건 무성한 이파리의 나무 그루터기, 푸른 들판, 그리고 그 사이사이 점철하는 물매 급한 빨간 지붕뿐. 서풍 부는 요즘 전망은 실로 쾌청하여 보기만 해도 어하 좋은 기분.

　나는 무성한 나뭇잎과 푸른 들판을 바라보고자 실은 뒤창문으로 목을 내민 것이다. 목은 이미 두 번씩이나 내밀었지만 푸른 것은커녕 아무것도 보이지 않는다. 오른쪽에 집이 보인다. 왼쪽에 집이 보인다. 건너편에도 집이 보인다. 그 위로 납빛 하늘이 가득 위장병 환자의 핼쑥한 얼굴처럼 마지못해 걸려 있을 뿐이다. 나는 목을 움츠려 창에서 안으로 고개를 집어넣었다. 안내자는 아직도 몇 년 몇 월 며칠을 목청 높여 낭송하고 있다.

　칼라일이 또 말하는 런던쪽을 바라보니 얼핏 눈에 들어오는 게 웨스트민스터 사원과 세인트폴의 높은 탑꼭대기뿐. 그 외 환상 같은 전당은 연기에 감긴 구름이 이리저리 일렁일 때마다 보였다말았다 숨바꼭질을 한다.

　'런던쪽'이란 이미 시대착오적인 말이다. 오늘 첼시에 와서 런던쪽을 보는 것은 대갓집 안에 앉아 집 쪽을 보는 것과 같은 이치로, 자기 눈으로 자기 부근을 바라보는 것과 별 차이가 없다. 그러나 칼라일 자신은 자기가 런던에 살고 있다는 생각은 추호도 하지 않았던 것이다. 그는 시골에 은거하여 수도 한복판에 있는 대사원을 멀리 바라본 셈이었다. 나는 세 번째 목을 내밀었다. 그리고 그의 소위 '런던쪽'으로 시선을 늘였다. 그러나 웨스트민스터는 보이지 않는다, 세인트폴도 보이지 않는다, 수만의 집, 수십만의 사람, 수백만의 소리는 나와 전당과의 사이에 여전히 서 있다, 여전히 감돌며 여전히 움직이고 있다. 1834년의 첼시와 오늘의 첼시는 전혀 다른 것이다. 나는 또 목을 끌어들였다. 할머니는 잠자코 내 뒤에 멈춰 서 있다.

삼층으로 올라간다. 방 한켠을 보았더니 차가운 칼라일의 침대가 가로놓여 있다. 푸른 커튼이 조용히 드리워져 있고 침실저 속은 적요할 정도로 어둑어둑하다. 나무는 어떤 나무인지 모르겠지만 세공은 그저 간단하고 소박하다는 것 이외 어떤 특색도 없다. 그 위에 몸을 뉘인 사람의 운명도 아울러 생각해본다. 옆에는 그가 늘 사용했던 목욕통이 옛 중국천자의 목욕가마 같이 애지중지 모셔져 있다. 목욕통이라고는 해도 실은 큰양동이 정도에 지나지 않는다. 그가 이 큰 양동이 속에서 런던의 풍진을 씻어냈는가 하자 더더욱 그 사람의 인품이 젖어 들어온다. 문득 머리를 쳐들자 벽 위에 그가 임종했을 때 떴다는 석회 마스크가 있다. 이 얼굴이로구나. 저 옛 부뚜막 높이만한 목욕통에 들어가고, 이 질박한 침대 위에서 자며 40년간 시끄러운 잔소리를 토하고 토한 얼굴이 이거로구나. 할머니의 청산유수 같은 언변이 전화통에서 요코하마 사람의 인사치레를 듣는 것처럼 들린다.

좋으시다면 올라가보시자고 할머니가 말한다. 나는 이미 런던의 먼지와 소리를 멀리 하계에 남겨둔 채 오층탑 꼭대기에 독좌해 있는 기분이었는지라 귓가에서 "올라가봅시다."란 재촉을 받고 나니 아직도 위가 있다는 게 이상해졌다. "예, 그러죠." 하고 동의한다. 올라가면 올라갈수록 수상쩍은 어떤 마음이 일어날 듯하므로.

사층에 닿았을 때는 망망한 느낌이 들어 아무것도 모르면서 무조건 기뻤다. 아니 기쁘다기보다는 형용할 수 없는 묘함을 느꼈다. 여기는 다락방이다. 천장을 보니 좌우가 낮고 중앙이 우뚝 말갈기 같은 모양이다. 그 등줄기에 창문이 하나 유리를 번쩍거리며 있다. 이 다락방에 새어드는 광선은 모두 머리 위에서 곧장 들어온다. 그리고 그 머리 위는 유리 한 장을 사이로 전세계로 통하는 넓은 하늘이다. 눈을 가로막는 것이란 티끌 한점 없다. 칼라일은 자신의 고안으로 이 방을 만들었다. 만들고는 이곳을 서재로 삼았다. 서재로 삼아서는 여기에 틀어박혔다. 틀어박혀보고 비로소 자신의 계획이 틀렸음을 깨달았다. 여름은 더워 있을 수 없고 겨울은 추워 있을 수 없다. 안내자는 낭독조로 여기까지 지껄인 뒤 나를 돌아보았다. 동그란 얼굴 밑에 미소가 얼핏 보인다. 나는 말없이 고개를 끄덕거린다.

칼라일은 무엇 때문에 이 하늘 가까운 다락방 경영에 고심했을까. 그는 그의 글이 나타내는 바와 같이 전광적電光的인 사람이었다. 그의 울화는 그의 신변을 둘러싸고 사양 없이 일어나는 음향을 무심하게 흘려보내며 저작에 골똘할 여유를 부여하지 않았던 것 같다. 피아노소리, 개소리, 닭소리, 앵무새소리,

일체의 소리란 소리가 전부 그의 예민한 신경을 자극해서, 그 오뇌에 견딜 수 없어졌을 때 마침내 그로 하여금 하늘과 가장 가깝고 사람과 아주 먼 공간을 이 사층 천장 밑에 구한 것이다. 그가 에이토킨 부인에게 보낸 서한은 말한다.

"이번 여름은 종일 창문으로 들리는 소리들에 고통받고 있습니다. 도저히 견딜 수 없어 창문 수리도 시도해보았지만 조금도 효과가 없어 다시 곰곰이 숙고한 결과, 집 맨꼭대기에 사방 널찍한 방을 들이기로 결정했습니다. 이중벽에, 광선은 천장에서 끌어들이기로 하고 환풍은 거기에 따라 궁리하면 지장이 없을 듯 사료됩니다. 계획대로 설치된다면, 가령 천하의 닭들이 일시에 전투개시 함성을 울린다 해도 일체 들리지 않을 듯합니다."

이처럼 예상되어진 서재는 2,000엔의 비용으로 순조롭게 착착 완성을 보아 예상대로의 효과를 올렸지만, 그와 동시에 생각지도 않은 장애가 다시 또 주인공의 귓가에서 일어났다. 과연 피아노소리도 그치고, 개소리도 그치고, 닭소리, 앵무새소리도 생각처럼 들리지 않게 되었으나 밑층에 있을 때는 미처 생각조차 못했던 사원의 종소리, 기차의 기적소리, 그리고 웅웅 멀리서 들려오는 하계의 소리가 저주처럼 그를 쫓아와 전처럼 그의 신경을 괴롭혔다.

소리. 영국에서 칼라일을 괴롭힌 소리는 독일에서 쇼펜하우어를 괴롭힌 소리이다. 쇼펜하우어는 말한다.

"칸트는 활력론을 저술했지만 나는 반대로 활력을 애도하는 글을 쓰려고 한다. 물건을 치는 소리, 물건을 두드리는 소리, 물건을 굴리는 소리는 전부 활력의 남용으로써 나는 이 때문에 매일매일 고통스럽다. 소리를 듣고도 아무렇지 않은 다수의 사람들은 내 말을 웃어넘길지 모른다. 그러나 세상의 이치도 못 느끼고, 사상도 못 느끼고, 시도 못 느끼고, 미술도 못 느끼는 이들이 있다면 정녕 이들이야말로 잊어서는 안 될 존재이다. 그들의 두뇌조직은 피폐할 대로 피폐해서 자각에 둔감한 모든 원인이 이에 있음을 증명해 준다."

칼라일과 쇼펜하우어는 실로 19세기의 좋은 한 쌍이다. 내가 이 같은 회상에 잠겨 있는데 예의 할머니가 어떻습니까, 그만 내려가실까요, 하고 재촉한다.

한 층씩 내려갈 때마다 하계에 가까워지는 기분이 된다. 명상의 껍질이 벗겨지는 것처럼 느껴지기도 한다. 계단을 다 내려와 마지막 난간에 기대어 거리를 바라보았을 때는 결국 언제나처럼 변함없는 속인으로 돌아가 있었다. 안내자는 아무렇지 않은 얼굴로, 부엌을 보시지요, 한다. 부엌은 길보다 밑에 있다. 지금 내가 서 있는 곳에서 또 대여섯 계단 아래로 내려가야 한다. 이곳은 지금 안내를 하고 있는 할머니의 살림집으로 쓰이고 있다. 구석에 큰 화덕이 있다. 할머니는 예의 낭독조로,

"1844년 10월 12일 유명한 시인 테니슨이 처음 칼라일을 방문했을 때 그들 두 사람은 이 화덕 앞에 마주 앉아 피차 담배만 피웠을 뿐 2시간 동안 한 마디도 말을 나누지 않았습니다."라고 말한다. 천상에 있으면서 음향을 싫어한 그는 지하에 들어와서도 침묵을 사랑한 것일까.

마지막으로 부엌문에서 정원으로 안내된다. 예의 사각 평지를 둘러보니 나무다운 나무 풀다운 풀은 하나도 보이지 않는다. 할머니의 말에 의하면 옛날에는 벚나무도 있었다, 포도도 있었다, 호두나무도 있었다고 한다. 칼라일의 부인은 어느 해 25전어치 호두를 땄다고 한다. 할머니는 말한다. "정원의 동남쪽 구석 1미터 반쯤 지하에는 칼라일의 애견 니로가 잠들어 있습니다. 니로는 1860년 2월 1일에 죽었습니다. 당시에는 묘 표식도 있었습니다만 애석하게도 그 후 없어져버렸습니다." 대단히 소상하다.

칼라일이 밀짚모자를 뒤로 구겨쓰고 잠옷바람으로 담배를 입에 문 채 소요한 게 이 정원이다. 한여름 그늘진 땅을 찾아 후줄근한 텐트를 치고 그 밑에 책상마저 들여놓고 여념없이 저술에 종사한 것도 이 정원이다. 별빛 반짝이는 밤, 마지막 한 개비 담배를 버린 후 그가 하늘을 우러러 "아, 그대와의 만남은 내 죽을 때까지 찰나에 지나지 않으려가. 전능의 신이 창조하신 무변광대한 극장, 눈에 넘치는 이 무한, 손길에 닿는 저 무한, 이것 역시 찰나에 사라지련가. 아직 나는 영원을 보지 못했 노라. 내 갈망은 헛된 욕망이련가. 내 절절이 그대를 알고자 하여도 내 지식은 이토록 미약하도다." 하고 부르짖은 것도 이 정원에서다.

나는 할머니의 수고에 보답하기 위해 할머니의 손바닥 위에 은화 한 닢을 놓았다. 감사하다는 목소리조차 낭독적이었다. 한 시간 후 런던의 먼지와 연기와 마차소리와 템스강은 칼라일의 집을 별세계와 같이 먼 저쪽으로 갈라놓았다.

취미의 유전

1

    날씨 탓으로 신神도 미쳐난다. "사람을 싹쓸이해서 굶주린 개를 구하라." 하고 구름 속에서 외치는 소리가 고꾸라질 듯 동해를 뒤흔들고 만주 끝까지 울려퍼졌을 때 일본인과 러시아인은 네잇, 읍하며 백 리나 뻗친 일대 도살장을 북방의 들판에서 벌였다. 그러자 망망한 평원이 끝나는 저 멀리, 헤아릴 수조차 없는 맹견떼가 비린내 진동하는 바람을 옆으로 뚫고, 앞으로 가르며 네 발 총알을 단방에 튕겨쏘듯 날려왔다. 미친 신이 덩실거리며 "피를 빨아라." 하고 소리치자 널름널름 내민 불꽃같은 혓바닥들이 어두운 대지를 비춤과 동시에 끄르륵끄르륵 목구멍을 타고 넘는 핏물 소리가 천지사방을 진동쳤다. 이번에는 검은 구름장을 쿵쿵 밟아대며 "살을 먹어라." 하고 신이 벽력치자, "살을 먹어라, 살을 먹어라!" 개떼들도 일제히 따라 짖어댄다. 이윽고 찍찍 팔목을 뜯어먹는다. 큰 입을 귀밑까지 쩍 벌려 시체 속에 머리를 처박는다. 정강이 하나를 입에 물고 찍 잡아 뜯는다. 겨우 살이 거의 없어졌는가 하는데 또 낮게 가라앉은 구름을 뚫고 무서운 신의 목소리가 들려왔다. "살 다음에는 뼈를 빨아라." 이거야말로 뼈다. 개 이빨은 살보다도 뼈를 물기에 안성맞춤이다. 미쳐난 신이 만든 개에는 미친 도구가 전부 갖추어져 있다. 오늘 이때를 예측하여 궁리궁리 만들어준 이빨이다. 갈아 갈아. 어금니를 뿌지직 갈아대며 뼈에 달라붙는다. 어떤 놈은 골을 후벼파서 빨고 어떤 놈은 짓부셔서 땅에 으깬다. 이빨이 안 서는 놈은 벌렁 누워서 핥으며 어금니를 간다.

　무서운 일이라고 여느 때처럼 공상에 잠기며 어느덧 신바시에 왔다. 보니 정거장 앞 광장은 사람물결로, 개선문을 통해 4미터 될까말까 한 길이 빠끔 열린 채 좌우로는 입추의 여지없이 사람들이 길게 늘어서 있다. 웬일일까?

　행렬 가운데는 어설픈 실크햇을 뒤로 젖혀 쓰고 귀 덕분에 눈이 가려지는 난을 면한 자도 있다. 센다이산 비단옷을 거북스레 걸치고 오톨도톨 가문家紋이 직조된 예복을 걸친 옆사람을 흘끗흘끗 훔쳐보는 작자도 있다. 프록코트는 그나마 알아보겠지만 끈없는 흰 운동화에 같은 흰 장갑을 낀 채, 좀 보시라고 금방이라도 말할 듯 으스대는 작자는 가관이다. 그리고는 스물에 하나꼴로 손에 쥐기 좋은 깃발을 세워들었다. 대개 보라색 바탕에 글씨를 하얗게 염색한 것인데 그 중에는 흰 바탕에 새까맣게 쓴 일필휘지도 보인다. 이 깃발만 본다면 이 군중의 의미도 알 것 같아서 제일 가까운 놈을 주의해 읽어보니 기무라 로쿠노스케 군의 개선을 축하하는 렌자쿠초 유지일동이라고 써 있었다. 아, 환영이구나, 그제사 알아차리고 보니 좀전의 이상한 차림의 신사도 어쩐지 멋져 보인다. 그뿐인가, 전쟁을 미친 신 탓인 양, 군인을 개에게 뜯어먹히러 싸움터에 간 것인 양 상상한 게 갑자기 미안해졌다.

실은 약속한 사람이 있어 정거장에 가는 길인데 정거장까지 도착하려면 반드시 이 군중을 뚫고 아무도 다니지 않는 길 한복판을 혼자 걷지 않으면 안 되었다. 설마 이 사람들이 내 시상詩想을 알 리야 없겠지만 그냥도 사람의 주목을 한몸에 받으며 걷기 힘든 판에, 자칫 개에게 뜯어먹힌 이의 가족되냐고 묻기라도 하는 날이면 필경 살아남지 못하리라. 발걸음이 헛놓여지는 걸 간신히 시치미 뚝 떼고 빠른 걸음으로 정거장 돌층계 위까지 왔을 때는 조금 숨이 가빴다.

정거장 안에 들어가보니 여기도 환영인파로 약속장소까지 쉬이 갈 수 없다. 겨우겨우 일등 대합실에 갔는데 이번에는 약속한 친구가 아직 와 있지 않다. 난로 옆에서 빨간테 모자를 쓴 장교가 무엇인지 열심히 이야기하며 가끔 대검을 쩔그렁거렸다. 그 곁에 실크햇이 둘 서 있는데 그 하나가 궐련 연기에 길게 감겨 있다. 맞은편 구석에 흰목도리를 두른 젊은 부인이 쉰쯤 난 부인과 옆사람 눈치를 살펴가며 소곤소곤 낮게 이야기하고 있다. 그 순간 줄무늬 하오리(일본옷 위에 입는 짧은 겉옷-역주)에 사냥모를 비스듬히 쓴 남자가 와서, 입장권은 살 수 없어요, 개찰장 안이 만원이에요, 라고 급거 알린다. 아마 언제나 집을 들락날락하는 친한 사이인 모양이다. 실내 중앙에 놓인 테이블 주위에는 기다림에 지친 무리가 옹기종기 모여 신문이랑 잡지를 뒤적거리고 있다. 진지하게 읽고 있는 사람이 극히 적으므로 뒤적거리고 있다는 표현이 적당할 것이다.

약속한 친구는 좀체 오지 않는다. 조금 지루했기 때문에 잠시 밖에 나가보려고 출입문을 미는데 양복을 빼입은 콧수염 남자가 엇갈리며, "금방입니다, 2시 45분이니까." 한다. 시계를 보니 2시 30분이다. 이제 15분만 있으면 개선용사가 보인다. 이런 기회는 쉽지 않다. 내친김이라면 실례일지 모르겠으나 실제로 나처럼 도서관 이외의 공기를 별로 맡아본 적이 없는 인간은 환영을 위해 일부러 신바시까지 올 기회가 없다. 때마침 잘되었다. 보고 가도록 하자.

일등대합실을 나와 보아도 역시 장내는 길거리와 마찬가지로 행렬이 늘어서 있고 그중에는 일부러 구경나온 서양인도 섞여 있다. 서양인까지 올 정도라면 제국신민인 이몸은 물론 환영해 마땅하다. 만세 하나쯤이야 의무로라도 외쳐 보리라. 간신히 행렬 속으로 비집고 들어갔다.

"당신도 친척분을 환영하러 나오셨소?"

"예, 마음이 조급해 견딜 수가 없어서 그만 점심도 안 먹고 와서…… 기다린 지 벌써 두 시간 정도 됩니다."

그러나 배는 고파도 기력은 상당히 왕성한 것 같다. 거기에 서른 전후의 부인이 와서,

"개선 병사는 모두 여기를 지나가나요?" 하고 걱정스레 묻는다. 소중한 사람을 놓치게 되면 큰일이라고 금방이라도 말할 듯한 태세이다. 배고픈 남자가 곧장 그 말을 받아,

"예, 모두 지나갑니다. 한 사람도 남김없이 모조리 지나가니까 2시간이든 3시간이든 여기만 꼭 서 있으면 틀림없습니다." 한다. 상당한 자신가로 보인다. 그러나 점심도 먹지 말고 기다리라고까지는 말하지 않았다.

기차의 기적소리를 형용해서 천식에 걸린 고래 같다고 한 프랑스 소설가가 있는데, 과연 그럴듯한 표현이라고 생각하고 있으려니 긴 뱀처럼 꿈틀거리며 온 기차가 오백여 명의 건아를 한번에 플랫폼 위에 토해냈다.

"도착한 모양이오." 하고 한 사람이 목을 길게 내뻗자,

"뭐, 여기 꼭 서 있기만 한다면 틀림없으니까." 하고 배고픈 남자는 태연스레 움직일 염을 않는다. 이 남자로 볼 것 같으면 도착을 하든 하지 않든 틀림없으리라. 그렇긴 해도 배고픈 셈

치고는 침착하기 그지없다.

이윽고 저쪽 플랫폼 위에서 만세소리가 들린다. 그 목소리가 파동처럼 차례차례 울리며 가까워 온다. 예의 남자가 "뭐, 아직, 틀림없……" 말을 꺼내는 찰나 끝이 보이지 않게 양 옆에 늘어선 무리가 일제히 만세를 외친다. 그 소리가 채 끝나기 전에 한 사람의 장군이 거수경례를 붙이며 내 앞을 지나갔다. 검게 탄 얼굴에 희끗희끗한 수염의 자그마한 사람이다. 좌우 사람들이 장군의 뒷모습을 배웅하며 만세를 외친다. 나도—묘한 이야기지만 실은 만세를 외친 게 머리털 난 이래 한번도 없는 것이다. 만세를 부르지 말라고 누구한테 지적받은 기억은 추호도 없다. 또 만세를 외쳐서 나쁘다는 주장이 있어서도 물론 아니다. 그러나 이 장소에 이렇게 임해 막상 큰소리를 내려 해보니 안 된다. 돌멩이가 기관지를 콱 틀어막은 듯 아무리 씨근거려도 울대에 만세가 달라붙어 요지부동이다. 아무리 분발해도 나와주지 않는다—그러나 오늘은 내보리라 하고 좀전부터 결심하고 있었다. 실은 빨리 그때가 오기를 은근히 기다리고 있었을 정도다. 옆자리 선생은 아니지만 뭐 틀림없으리라 안심하고 있었던 것이다. 천식에 걸린 고래가 짖은 그 순간부터, 아 해보자 하고 각오까지 한 정도이므로, 주위사람들이 와아 외치자마자 그 꼬리에 붙어 제꺽 외쳐보리라고 실은 혀끝까지 밀어내고 있었던 것이다. 그 찰나 장군이 지나갔다. 장군의 햇빛에 탄 모습이 보였다. 장군의 희끗희끗한 수염이 보였다. 그 순간 벼르고 있던 만세가 그만 딱 중지해버렸다. 왜?

왜인지 알 리가 있겠는가. 왜라든지 어째서라는 건 사건이 지나고 나서 냉정한 두뇌를 회복했을 때 당시를 회상하며 비로소 얻는 지식에 불과하다. 이유를 알 정도라면 처음부터 주의해서 만세가 나오지 않는 그곳을 후벼팠을 것이다. 예기치 않은 순간적 움직임에 분별을 할 수 있다면 인간의 역사는 무사할 것이다. 내 만세는 내 지배권 밖에 초연히 멎었다고 말해야만 한다. 만세가 멈춤과 함께 가슴속에 형용키 어려운 파동이 복받쳐오르자 두 눈에서 두 방울 눈물이 떨어졌다.

장군은 태어나면서부터 검은 피부의 남자일지도 모른다. 그러나 요동의 바람에 날리고 봉천의 비에 젖으며 사하의 햇빛에 단근질을 당한다면 대개의 사람들은 검어진다. 원래 검은 사람은 더욱 검어진다. 수염도 그와 같을 것이다. 출정하고 나서 은빛털이 몇 가닥 늘어났으리라. 오늘 처음 본 그들의 눈에는 옛적 장군과 지금 장군을 비교할 재료가 없다. 그러나 손꼽아 오늘을 기다린 부인이 본다면 기필코 놀라리라. 전쟁은 사람을 죽이든가 아니면 사람을 늙게 하는 것이다. 장군은 굉장히 여위었다. 이것도 고생 탓일지 모르겠다. 생각해보면 장군의 신체 중 출정 전과 변하지 않은 게 있다면 체구 정도일 것이다. 나 같은 자는 책 속에 묻혀 서재 이외에 어떤 일이 일어나는지 모르고 지내는 천하태평꾼이다. 평소 전쟁에 관한 기사를 신문에서 읽지 않은 바도 아니다. 또 그 상황을 시적으로 상상해 본 적이 없는 것도 아니다. 그러나 상상은 어디까지나 상상으로 신문은 옆으로 보나 모로 보나 종이조각에 불과하다. 그러므로 아무리 전쟁이 계속되어도 전쟁다운 느낌이 없다. 그 태평한 인간이 불쑥 정거장에 잘못 섞여들어 제일 먼저 본 게 햇빛에 탄 얼굴과 하얗게 물든 수염이다. 전쟁은 눈앞에 보이지 않지만 전쟁의 결과——분명 결과의 한 편린, 그것도 활동하는 결과의 한 편린이 동공을 스치고 사라졌을 때는 이 한 편린에 촉발되어 만주벌판을 뒤덮은 대전쟁의 광경이 어른어른 뇌리에 그려져 왔다.

게다가 이 전쟁의 그림자라고도 할 한 편린의 주위를 둘러싼 게 만세라는 환호소리다. 이 소리가, 즉 만주벌판에 일어난 돌격 함성의 반향이다. 만세의 의의는 글자 그대로 만세에 불과하지만 함성이 되면 상당히 분위기가 다르다. 함성은 와아! 만으로, 만세처럼 의미도 무엇도 없다. 그러나 그 의미 없는 곳에 매우 깊은 정이 담겨져 있다. 인간의 음성은 애매한 것, 탁한 것, 맑은 것, 굵은 것 가지각색이어서 그 언어 상태 또한 분류할 수 없을 만큼 각양각색이지만 하루 스물네 시간 중 스물세 시간 오십분까지는 모두 의미 있는 말을 쓰고 있다. 옷입는 건, 먹는 건, 담판건, 흥정건, 인사건, 잡담건, 건件이라 이름붙는 그 모든 것이 전부 입에서 토해 나온다. 마지막에는 건이 없다면 입에서 나올 말이란 게 없다고까지 생각된다. 그곳에 불쑥 건은커녕 의미조차 모르는 음성을 낸다는 것은 예삿일이 아니다. 낸다한들 별 볼 일 없는 목소리를 사용하는 것은 경제주의에서 보더라도 공리주의에서 보더라도 아귀가 맞지 않게끔 되어 있다. 그 아귀가 맞지 않는 목소리를 무례하게 다른 분에게 들려주어서 아무 이유 없이 죄없는 고막에 누를 끼치는 것은 만부득이한 일이 아니면 안 된다. 함성은 이 만부득이함을 바짝 달이고 졸여 통조림으로 만든 소리다. 죽을까 살까, 사바일까 지옥일까, 절대절명 속에서 몸을 떨 그때 자연히 횡경막 저 밑에서 터져나오는 지성至誠의 소리다. 살려달라고 말하는 순간에도 성심은 있을 것이다. 죽이겠다고 부르짖는 순간에도 성심이 없는 것은 아닐 것이다. 그러나 의미가 통하는 그 양만큼 성심의 질은 낮아진다. 의미가 통하는 말을 쓸 정도로 여유와 분별이 있는 동안은 일심불란一心不亂의 경지에 달했다고 말할 수 없다. 함성에는 이런 인간적 요소가 삽입되지 않는다. 와아! 일 뿐이다. 이 와아!에는 경박도 없을뿐더러 사려도 없다. 이理도 없을뿐더러 비非도 없다. 속임수도 없을뿐더러 흥정도 없다. 철두철미 와아!일 뿐이다. 하나로 뭉쳐진 정신이 한꺼번에 파열해서 온천지 공기를 진동시키며 와아! 울릴 뿐이다. 만세는 살려줘, 죽여버릴 테다 따위 그런 초라한 의미를 가져서는 안 된다. 와아! 그 자체가 곧장 정신이다. 영혼이다. 인간이다. 진심이다. 그리하여 인간의 숭고함에 귀기울여 이 지성을 들을 줄 알 때 비로소 향수할 수 있는 것이다. 귀 속의 귀, 소리 속의 소리로 수십 명 수백 명 수천 수만 명의 지성을 단번에 들을 수 있을 바로 그때 이 숭고한 느낌은 비로소 무상절대의 깊은 경지에 들어가는 것이다—내가 장군을 보고 흘린 상쾌한 눈물은 이 경지의 반응이리라.

장군의 뒤를 따라 올리브색 신식 군복을 입은 장교가 두엇 지나간다. 이들은 마중을 나온 모양으로 그 표정이 장군과는 아주 다르다. 어렸을 적부터 사람은 사는 장소와 환경에 저절로 감화된다는 맹자의 말씀을 익히 들어 왔지만, 전쟁에서 돌아온 사람과 아닌 사람의 얼굴 모습이 이렇게도 달라보이는지 한층 감개가 깊어진다. 한번 더 장군의 얼굴이 보고 싶어 까치발을 해보았으나 허사다. 오직 바깥에 무리진 수만 시민이 목청껏 질러대는 함성만이 정거장 유리창을 부술 정도로 와와 들려올 뿐이다. 내 전후좌우의 사람들이 간신히 대열을 빠져나와 입구쪽으로 우르르 몰려간다. 보고 싶어하는 것은 나와 동감으로 보인다. 나도 검은 물결에 떼밀려 2, 3미터 돌층계 쪽으로 밀려갔는데, 그뿐 앞쪽으로 나아갈 수가 없다. 이럴 때는 내 성질상 언제나 손해를 보게 마련이다. 요세寄席(에도시대부터 재담, 만담, 야담 등 대중예능을 흥행하는 상설연예장—역주)가 끝나 출입문을 나올 때, 기다리고 있던 전차에 탈 때, 인파 속에서 표를 살 때, 뭐든 여러 사람과 경쟁할 때는 대개 최후로 뒤처진다. 이번 경우에도 선례를 어기지 않고 시종 사람들 뒤로 처졌다. 그것도 예사 꼴찌가 아니다. 앞사람을 아득히 바라보는 꼴찌이 므로 외롭다. 장례식 음식에 눈이 팔려 기회를 놓쳤을 때라면 유구무언이겠지만 제국의 운명을 가르는 활동력의 단편斷片을 보지 못하고 놓친다는 것은 유감이다. 무슨 수를 써서라도 보고 싶다. 광장을 뒤덮은 만세소리는 이때 사방에서 큰 파도가 해안에 부서지는 기세로 내 고막을 울려왔다. 더 이상 참을 수 없다. 무슨 일이 있어도 꼭 봐야만 한다.

문득 떠오른 게 있다. 작년 봄, 아자부의 사루초를 지나노라 니 높다란 기와담에 둘러싸인 넓은 저택 안에서 무슨 재미있는 편놀이라도 하는지 낭자한 웃음소리가 들렸다. 나는 그때 어떤 장난기에서였는지 살짝 그 저택 안을 들여다보고 싶어졌다. 정 말로 장난기 때문이 틀림없다. 장난기가 아니었다면 그런 바보 같은 짓을 할 리가 없다. 원인이야 어찌됐든 보고 싶은 것은 보아야 직성이 풀리는지라 원인 여부에 의해 변화, 출몰한다고 우기기에는 이유가 닿지 않는다. 그러나 지금 말한 대로 높다 란 담벽 저쪽에서 웃고 있기 때문에 벽에 구멍을 뚫지 않는 바 에야 어찌할 도리가 없다. 주위의 상황에서 본다는 건 도저히 엄두도 내지 못한다는 판단이 내려지자 더욱 보고 싶어진다.

어리석은 이야기지만 나는 얼핏이라도 그 저택 안을 보지 않는 한 이 동네를 떠나지 않으리라고 결심했다. 그러나 주인에게 양해도 없이 낯선 사람이 집안으로 슬며시 들어가는 것은 도둑이나 할 소행이다. 그렇다고 해서 인사를 청하고 들어간다는 것은 더욱 싫다. 이 집 사람들에게 누를 끼치지 않고, 더욱이 내 인격을 살리면서 정정당당히 볼 수 없다면 께름칙하다. 그러려면 높은 산 위에서 내려다보든가 기구 위에서 바라보는 것밖에 좋은 방안이 없다. 그러나 양쪽 다 당장 이 자리에 적용될 성질의 것이 아니다. 오냐, 그렇다면 이쪽도 생각이 있다. 고등학교 시절 연습한 높이뛰기를 응용해서 훌쩍 뛰어오르는 순간 슬쩍 보리라. 이것은 묘책이다. 때마침 다니는 사람도 없고, 있다 한들 자기가 자기 발로 뛰어오르는데 잔소리 들을 일은 없다. 해보자, 중얼거리며 갑자기 양 다리에 힘을 주어 힘껏 뛰어올랐다. 그러자 숙련의 결과는 무서운 것으로 저 담 위로 목이—목만인가, 어깨까지가 예상대로 쑥 나왔다. 이 순간을 놓치면 도저히 목적을 달성할 수 없으므로 핑 도는 눈을 억지로 떠 여기다 싶은 곳을 바라보니, 여자 넷이 테니스를 치고 있었다. 내가 뛰어오른 걸 신호로 네 여자가 기다렸다는 듯 호호호 자지러지게 웃었다. 이런, 하는데, 털썩 조금 전처럼 땅 위에 섰다.

　이건 누가 들어도 해학이다. 모험의 주인공인 본인조차 너무 바보스러웠다고 여기는 터라 지금까지 아무에게도 말하지 않았을 정도로 스스로 우스꽝스러움을 인정하고 있다. 그러나 해학이라든가 진지함이라든가 하는 것은 상대와 경우에 따라 변화하는 것으로 높이뛰기 그 자체를 해학과 결부시키는 건 당치도 않은 핑계이다. 여자들이 테니스 치는 곳을 향해 이쪽이 뛰어올랐으므로 해학이 될 수도 있겠지만, 로미오가 줄리엣을 보기 위해 뛰어오른 정도로는 해학 운운할 수 없다. 로미오 수준으로서는 아직 해학을 못 벗어난다고 한다면 나는 더욱 한 걸음 앞으로 내딛겠다. 이 개선장군, 영명 혁혁한 위인을 우러르고자 뛰어오르는 건 해학이 아니다. 그래도 해학일지 모른다? 그런들 뭐 대수인가. 보고 싶은 건 누가 뭐라고 해도 보고 싶으니까 뛰어오르자. 그래, 그게 좋겠다. 뛰어오르는데 우물쭈물할 필요는 없다. 마침내 또 선례에 따른 일축을 시험해보기로 작정했다. 우선 모자를 벗어 겨드랑이에 꼭 끼워넣는다. 이전에는 경험부족으로 발이 인력작용에 끌려 땅 위로 떨어지는 바람에, 산 지 얼마 안 된 중절모가 인사도 없이 공중제비를 한 후 2미터쯤 밖으로 굴러떨어졌다. 그것을 때마침 빈 인력거를 끌고 지나던 인력거꾼이 주워 웃으며 내민 걸 기억하고 있다. 이번에는 그런 실수 따위는 하지 않겠다. 이렇게 하면 틀림없으리라고 모자를 꽉 누른 채, 손톱 끝으로 포석을 튕기는 기분으로 암암리에 자세를 가다듬었다. 꼴찌의 행운은 가까이에 방해물이 없다는 것이다. 잠시 약해진 환성은 밀물이 밀려와 바위에 부딪치듯 주위에 다시 끓어오른다. 지금이다. 분연히 결심하고 양 발이 몸속에 뛰어들 기세로 두 발을 세차게 흔들며 뛰어올랐다.

휘장을 걷은 사륜마차가 옆을 향해 개선문을 빠져 나가려 하는 가운데—있었다—있었다. 예의 검은 얼굴이 들끓는 목소리에 둘러싸여 과거의 기념같이 화려한 군중 속에 빛나고 있었다. 장군을 마중 나온 의전병의 말이 만세소리에 놀라 앞발을 높이 쳐드는 모습이 보였다. 장군의 마차 위에 걸린 보라색 깃발이 갑자기 휙 쓸리는 게 보였다. 신바시로 접어드는 모퉁이의 삼층 여관 창에서 회색 기모노를 입은 여자가 하얀 손수건을 흔드는 게 보였다.

보였다고 생각하는 것보다 더 빨리 내 발은 다시 정거장 일각 위에 닿았다. 모든 게 한 순간의 작용이다. 번쩍 비친 번갯불이 밑도 끝도 없이 사방을 밝게 비춘 뒤가 평소보다 어둡게 보이듯 나는 멍하니 땅에 내렸다.

장군이 사라진 뒤는 군중도 자연히 혼란스러워져 여태까지의 정숙함이 없다. 열을 지은 무리 한쪽이 무너지자 근엄한 검은 실크햇들이 한꺼번에 움직이기 시작해서 진했던 곳이 점점 옅어져간다. 재빠른 패들은 이미 돌아가는 듯 보인다. 그곳에 장군과 함께 기차에서 내린 병사가 삼삼오오 떼지어 장내에서 나온다. 군복은 절었고 게이톨의 긴 대님 대신 노란 라샤천을 접어 정강이에 빙빙 감았다. 하나같이 덥수룩한 수염에 검은 모습이다. 이것도 전쟁의 한 편린이다. 야마토 다마시이大和魂 (일본민족 고유의 정신–역주)를 주조해 만든 제작품이다. 실업가도 필요없다. 신문쟁이도 필요없다. 기생도 필요없다. 나처럼 책과 씨름하는 사람은 물론 필요없다. 오로지 이 수염을 제멋대로 기르고 추저분하기가 거지 저리 가라 하는 기념물이 아니고서는 적합하지 않다. 그들은 일본의 정신을 대표할 뿐만이 아니라 넓게는 인류 일반의 정신을 대표하고 있다. 인류의 정신은 수판으로 튕겨지지 않으며, 샤미센으로 울려지지 않으며, 검은 펜으로 써지는 것도 아니며, 백과사전 안에서 찾아질 수 있는 것도 아니다. 오로지 이 병사들의 검은 모습, 초라하기 그지없는 그 모습 안에 뚜렷한 자취를 찾아볼 수 있다. 고행 중의 석가는 머릿기름을 발라서는 안 된다. 금반지를 껴서도 안 된다. 쓰레기통에서 주운 걸레를 이은 듯한 누더기 한 장을 걸치고 있을 뿐이다. 그마저도 전신을 덮기에는 부족하다. 가슴께를 끊임없이 불어치는 북풍한설에 앙상한 갈비뼈 마디마디가 자유롭게 읽힐 정도이다. 이 석가가 고귀하다면 이 병사도 고귀하다고 할 수 있다. 옛날 몽고의 난 당시 요시무네가 불광국사佛光國師에게 한말씀 청했을 때, 국사는 단지 이렇게만 일갈했다. "위세를 떨쳐 쏜살같이 돌진하라." 이 지저분한 병사들이 불광국사의 일갈에 접했을 리 만무할텐데 쏜살같이 돌진하라는 선가의 참구에 있어서 요시무네와 고금의 그 방법에 일치해 있다. 그들은 돌진이 끝나면 넓디넓은 기분으로 집으로 돌아가는 고매한 영혼의 소유자들이다. 천상天上에도 가고 천하天下에도 가고, 끝까지 가 마지않은 바닥의 저 기백을 우리가 존경하는 이상, 이 세상 어디에도 존경할 것이라고는 이미 존재하지 않는다. 검은 얼굴! 그 중에는 일본인인가 의심스러울 정도로 검은 사람도 있다―멋대로 자란 수염! 종려빗자루를 다듬잇돌로 친 듯한 수염―기백은 그 속에 한량없이 고이고 모여 넘실넘실 금방이라도 차고 넘칠 듯하다.

병사의 한 무리가 나올 때마다 군중은 만세를 외쳐준다. 그들 중 어떤 이는 예의 검은 얼굴에 미소를 가득 담고 기쁜 듯 지나간다. 어떤 병사는 곁눈질 한번 없이 느릿느릿 걸어간다. 정말 환영인지, 긴가민가하는 얼굴도 가끔 보인다. 또 어떤 병사는 자기를 환영하는 깃발 밑에 서서 득의만만하게 늦게 나오는 동료를 바라보고 있다. 혹은 돌층계를 내려가자마자 마중 나온 가족들에게 얼싸안겨, 너무 불시여서 인사조차 잊어버린 채 이 사람 저 사람 닥치는 대로 악수를 하는 이도 있다. 출정 중 만주에서 익힌 것이리라.

그 중에―이게 예상밖으로 이 작품을 쓰는 동기가 되었는데―28, 9세 되어 보이는 하사관이 하나 있었다. 얼굴은 다른 사람들에게 지지 않을 정도로 검고 수염도 제 기능만큼 한껏 자란 게 아마 작년부터 못 깎았으리라 얼추 짐작이 가는데 이 목구비 하나만은 다른 무리와 비교도 안 될 정도로 근사하다. 그뿐인가, 죽은 친구 고우浩님과 형제로 착각할 정도로 아주 닮았다. 실은 이 남자가 혼자 층계를 내려왔을 때 하마터면 착 각하고 뛰어갈 뻔했다. 그러나 고우님은 하사관이 아니다. 지 원병 출신의 보병 중위다. 게다가 전사하여 지금은 하쿠산白山 의 절에 일년 넘게 안치되어 있다. 그러므로 아무리 고우님이 라고 우기도 싶어도 우길 도리가 없다. 단지 인정은 묘한 것으 로 이 하사관이 고우님 대신 여순에서 전사하고 고우님이 이 하사관 대신 무사히 돌아왔다면 얼마나 좋았을까. 모친도 뛸 듯이 기뻐하시리라고, 들킬 염려가 없으므로 혼자 멋대로 상상 하며 바라보았다. 하사관도 뭔가 미심쩍은 듯 열심히 주위를 두리번거리고 있다. 다른 병사들처럼 곧장 신바시 쪽으로 사라 지려는 기색도 없다. 뭘 찾고 있을까. 혹 도쿄출신이 아니라 잘 모른다면 가르쳐주고 싶다. 더더욱 눈을 못 뗀 채 지키고 있으 려니 어디를 어떻게 뚫고 나왔는지 예순쯤 된 할머니가 뛰어나 와 갑자기 하사관의 소매에 매달렸다. 하사관은 체구는 그저 보통이지만 키만은 보통보다 훨씬 크다. 이에 반해 할머니는 여느 사람보다 훨씬 작은 키에 나이 탓으로 허리가 약간 구부 러져 있어서 안았는지 안겼는지 형용할 수가 없다. 만약 내가 알고 있는 국어사전적 지식을 총동원해서 그 중 이 모양을 표현하는 가장 적당한 말이 있다고 한다면 반드시 매달리다가 뽑힐 것이다. 이때 하사관은 마치 분실물을 찾아낸 듯 할머니를 내려다본다. 할머니는 겨우 미아를 찾아냈다는 듯 아래에서 하사관을 올려다본다. 이윽고 하사관이 걷기 시작한다. 할머니도 걷기 시작한다. 역시 매달린 채이다. 주위에 서 있던 구경꾼들이 만세 만세, 하고 두 사람을 환호한다. 할머니는 만세소리가 전혀 귀에 들어오지 않는 기색이다. 매달린 하사관 얼굴을 밑에서 쳐다보며 아들에게 이끌려간다. 할머니의 짚신과 아들의 징 박은 군화가 어지럽게 뒤섞였다 떨어지고 다시 뒤섞이면서 꾸불꾸불 신바시 쪽으로 멀어져간다. 나는 고우님을 떠올리며 비애와 짚신과 군화 그림자를 배웅했다.

2

고우님! 고우님은 작년 11월 여순旅順에서 전사했다. 26일은 바람이 세차게 부는 날이었다고 한다. 요동벌판을 회오리치며 검은 태양을 송두리째 바다로 밀어붙일 듯한 태풍 속에 송수산松樹山 돌격은 예정대로 행해졌다. 시간은 오후 1시다. 엄호를 위해서 아군이 쏘아대는 대포가 적의 보루 귀퉁이를 관통하자,

뿌옇게 솟아오르는 흙먼지를 신호로 엄보掩堡를 뛰쳐나온 병사가 몇백인지 모르겠다. 개미집을 차서 뒤엎었을 때처럼 산지사방 흩어져 전면의 경사를 기어오른다. 멀리 바라다보이는 산중턱은 적이 설치한 철조망으로 발들일 틈이 없다. 그곳을 사다리를 둘러메고 흙포대를 짊어지고 가지각색으로 빠져나간다. 공병이 절단한 4센티 될까말까 한 길은 앞을 다투는 재빠른 이들과 뒤에서 밀어붙이는 이들의 힘에 의해 파도처럼 출렁인다. 여기서 바라보면 그냥 한줄기 검은 강이 산을 가르고 흘러내리는 것 같다. 이 검은 것 속으로 적의 탄환이 빗발치듯 쏟아지고 모든 게 사라졌다고 여길 만큼 짙은 연기가 솟아오른다. 성난 태풍이 연기를 옆으로 발기발기 찢어 저 먼 하늘로 채간다. 나중에는 여전히 검은 게 떼지어 꿈틀거리고 있다. 이 꿈틀거리는 것 속에 고우님이 있다. 화로를 사이에 두고 고우님과 이야기하고 있을 때면 고우님은 커다란 남자다. 가무잡잡한 피부에 검은 수염의 멋진 남자다. 고우님이 입을 열어 진지하게 말할 때면 상대방 머릿속은 고우님으로 가득 찬다. 오늘 일은 물론 내일 일도 잊고, 듣기에 정신 팔린 자기조차 잊어버린 채 고우님과 하나가 된다. 고우님은 그런 위대한 남자다. 어디에 가더라도 고우님과 함께라면 안심, 당연히 사람 눈에 뜨이게 되어 있다고 여기고 있었다. 그러므로 꿈틀거리고 있다는 식의 천한 동사는 고우님에 대해 쓰고 싶지 않다. 그렇지만 할 수 없다.

사실 꿈틀거리고 있다. 삽 끝에 파헤쳐진 개미떼 중의 한 마리처럼 꿈틀거리고 있다. 갑자기 물세례를 받은 새끼거미처럼 꿈틀거리고 있다. 그 어떤 인간도 이렇게 되면 끝장이다. 거대한 산, 거대한 하늘, 천리를 휘몰아치는 바람, 사방을 휩싼 연기, 대포 총부리에서 작렬하는 총알—이것들 앞에서는 그 어떤 위인도 위인으로서 존재할 수 없다. 가마니에 꼭 채운 메주콩 한 알처럼 무의미해 보인다. 아아, 고우님! 도대체 어디서 무얼 하고 있는가, 어서 평소의 고우님처럼 단판에 로스케를 놀래켜다오. 검은 무리는 대포알을 맞을 때마다 확 사라진다. 사라졌는가 하면 자욱한 연기 속에 또 움직이고 있다. 사라지다가 움직이다가 하는 사이, 구렁이 담넘어가듯 앞뒤를 꾸불탕거리며, 게다가 전체가 한덩어리로 점점 위로 올라간다. 금방 적의 보루이다. 고우님은 맨먼저 뛰어들어가야 한다. 연기 사이로 보니 검은 머리 위에 깃발 같은 게 나부끼고 있다. 바람이 센 탓일까, 밀치락달치락하는 탓일까, 곧추 서보인 게 기우뚱 휘어진다. 떨어졌다고 놀라는데 또 높이 올려진다. 그리고는 또 비스듬히 기울어진다. 고우님이다, 고우님이다. 고우님임에 틀림없다. 많은 무리가 모여 밀고 밀리는 소란 가운데 만약 한 사람이라도 눈에 띄는 이가 있다면 고우님임에 틀림없다. 자신의 아내는 천하의 미인이다. 이 천하의 미인이 많은 사람이 모인 자리에 나가 옆자리 부인과 겨룰 필요도 없이 뛰어나지 않는다면 말이 되지 않는다. 자신의 아이가 자신의 집에서 으스댈 동안은 세상에 둘도 없는 도련님이다. 이 도련님이 교복을 입고 학교에 가면 골목 구멍가게 아들놈과 자리를 나란히, 그것도 그 사이에 간격이 전혀 없으면 미진한 느낌이 들 것이다. 고우님에 대한 내 마음도 꼭 이런 것이다. 고우님은 어디에 가더라도 평소의 고우님답지 않으면 성에 차지 않는다. 절구 속에 뒤섞여진 토란알처럼 뭐가 뭔지 데굴데굴해 있다면 아무래도 고우님답지 않다. 그러므로 뭐든 괜찮다. 깃발을 흔들든가 칼을 들어보이든가 어쨌든 이 혼란 속에서 미미해도 좋으니 사람 눈에 뜨이는 행동을 고우님께 바라고 싶다. 싶다 정도가 아니다. 반드시 할 것이 틀림없다. 만의 하나 고우님이 두각을 나타내지 못할지도 모른다는 식견 없는 일은 예상조차 할 수 없는 것이다―그러므로 저 기수는 고우님이다.

검은 덩어리가 적의 보루 밑까지 왔기 때문에 당장 보루 벽을 기어오를 것이라고 관망하고 있는데, 갑자기 긴 뱀 머리가 딱 9센티쯤 잘려 없어졌다. 이건 이상하다. 대포알을 먹고 쓰러진 것으로는 보이지 않는다. 저격을 피하기 위해 땅에 엎드렸다고도 보이지 않는다. 무슨 일일까? 그러자 머리 잘린 뱀이 또 딱 9센티쯤 사라져버렸다. 이거 묘하다고 바라보니 차례차례 밑에서 기어오르는 같은 무리가 같은 장소에 오자마자 순식간에 없어진다. 게다가 보루 벽에는 아무도 달라붙어 있지 않다. 참호다. 적의 보루와 우리 군대 사이에는 이 방해물이 있어, 이 방해물을 넘지 않는 한 그 누구도 적진 가까이 갈 수 없다. 그들은 힘겹게 철조망을 뚫고 오르막을 기어올라 보루가 빤히 보이는 이 참호까지 와서는 모조리 저 깊은 홈 속으로 뛰어든 것이다. 을러멘 사다리는 벽에 걸치기 위해서, 짊어진 흙 포대는 참호를 메우기 위한 것으로 보였다. 참호가 어느 정도 메워졌는지는 모르겠지만 앞쪽에서부터 차례로 뛰어들어 없어지고 뛰어들어 없어지고 하는 동안 마침내 고우님의 순서가 왔다. 드디어 고우님이다. 정신 바짝 차려야 한다. 높이 들어올린 깃발이 옆으로 펄렁이며 갈기갈기 찢길 만큼 세찬 바람을 받은 후, 갑자기 휙 쓰러져 보인 순간 고우님의 그림자가 순식간에 사라졌다. 드디어 뛰어들었다! 때를 같이하여 이룡산二龍山 쪽에서 쏘아댄 대포가 대여섯 발, 공중을 울리는 강풍을 뚫고 일제히 산중턱에 맞아 산을 뒤흔들 듯 울려퍼진다. 튀어오르는 흙먼지가 쓸쓸한 초겨울 해를 집어삼키며 보이는 모든 것을 덮어버린다. 고우님은 어찌 되었는지 모르겠다. 제정신이 아니다. 저기 연기 솟아오르는 밑바닥이려니 하고 일념으로 어림잡아 지켜본다. 소나기가 멀리서 몰려올 때같이, 빽빽이 겹쳐진 검은 점이 보인다. 세찬 바람이 그것을 휘몰아가려고 안간힘을 쓰지만 그것은 전혀 꼼짝을 않는다. 약 2분간 눈에 불이 나도록 눈을 비벼보았지만 장님이 된 듯 통 분간을 할 수 없다.

그러나 이 연기가 걷히면—만약 이 연기가 흩어진다면 반드시 보일 것이다. 고우님의 깃발이 참호 저쪽으로 햇빛을 반사하며 기세좋게 달리는 것을 틀림없이 볼 것이다. 아니 참호 저쪽 높다란 보루 위에서 팔락팔락 흔들리고 있을 것임에 틀림없을 것이다. 딴 사람이라면 몰라도 고우님이라면 그까짓 정도야 반드시 하고 말리라. 어서 빨리 연기가 걷히면 좋겠다. 왜 아직 안 걷힐까. 점령한 적진 오른쪽, 비쭉 솟은 곳이 어슴푸레 보이기 시작했다. 두껍게 쌓아올린 가운데 석벽도 보이기 시작했다. 그러나 사람 그림자는 없다. 아이고, 이미 저쯤에서 깃발이 펄럭여야 할텐데 어찌된 셈일까. 그렇다면 아직 벽 저 아래쯤에 있음에 틀림없다. 연기가 빗자루로 쓸어내리듯 위에서 아래로 점차 걷혀온다. 고우님은 어디에도 보이지 않는다. 이래서는 안 된다. 우렁이처럼 꿈지럭거리던 딴 무리도 아직 잠잠한 기색이다. 더더욱 안 된다. 금방이라도 나올지 모른다. 10초가 흘렀다. 5초가 10초로 바뀌고 10초가 20, 30으로 겹쳐지는데도 누구하나 참호 위로 뛰어나오지 않는다. 나오지 않을 것이다. 참호에 뛰어든 이들은 참호를 뛰어건너기 위해 뛰어든 게 아니다. 죽기 위해서 뛰어든 것이다. 그들의 발이 참호바닥에 떨어지자마자 숨어 있던 적진의 기관포가, 지팡이를 끌며 대울 타리 곁을 달릴 때 같은 소리를 내며 눈 깜짝할 새 그들을 사살했다. 사살당한 이들이 뛰어나올 리가 없다. 돌로 꼭 누른 단무

지처럼 겹겹이 쌓여 사람 눈에 닿지 않는 갱내에 쓰러진 이에게 건너편으로 뛰어오르는 걸 바라는 건 무리다. 쓰러진 사람인들 왜 일어나고 싶지 않겠는가. 일어나고 싶기에 뛰어든 것이다. 아무리 일어나고 싶어도 수족이 말을 듣지 않는다면 못 일어난다. 눈이 보이지 않는다면 못 일어난다. 몸뚱이에 구멍이 뚫렸다면 못 일어난다. 피가 안 통해져도, 머리가 으깨져도, 허리가 부러져도, 몸이 막대기처럼 굳어져도 일어날 수 없다. 이룡산에서 쏘아댄 포연이 멈췄을 때만 못 일어나는 게 아니다. 쓸쓸한 해가 여순 바다에 떨어지고 외로운 서리가 여순 산에 내려도 일어날 수가 없다. 러시아 장군 스텟세일이 성문을 열고 스무 문 대포 전부를 일본에 넘겨도 일어날 수가 없다. 러일강화조약이 성립되고 노기 장군이 경사스레 개선해도 일어날 수가 없다. 백년 삼만육천날, 천지간의 모든 걸 내걸고 환영하러 나와도 일어날 수가 없다. 이것이 저 참호 속에 뛰어들어간 이들의 운명이다. 그리고 또한 고우님의 운명이다. 꿈틀꿈틀, 올챙이처럼 움직이고 있던 것들은 갑자기 바닥모를 구멍 속으로 떨어져 세상빛과는 먼 저 어둠 속으로 사라져 갔다. 깃발을 흔들든 흔들지 않든, 사람 눈에 뜨이든 뜨이지 않든, 이렇게 되고 보면 변한 것이란 아무것도 없다. 고우님이 열심히 깃발을 흔든 것은 좋았지만 참호바닥에서 역시 딴 병사들과 마찬가지로 차디차게 식어 있었다고 한다.

스텟세일은 항복했다. 강화조약은 성립되었다. 장군은 개선했다. 군대도 환영받았다. 그러나 고우님은 아직 구멍 속에서 올라오지 않는다. 우연히 신바시에 가서 검은 모습의 장군을 보고, 검은 모습의 하사관을 보고, 키작은 하사관의 모친을 보고 눈물까지 흘리며 유쾌함을 느꼈다. 동시에 고우님은 왜 참호에서 올라오지 않을까 했다. 고우님에게도 어머니가 있다. 저 하사관의 어머니처럼 작은 키가 아니며 또 짚신을 신은 것도 본 적이 없으나, 만약 고우님이 무사히 전장에서 돌아와 어머니가 신바시로 마중을 나왔다고 한다면 역시 저 할머니처럼 매달릴지 모르겠다. 고우님도 플랫폼 위에서 뭔가 미심쩍은 얼굴을 하고 군중을 비집고 나타날 어머니를 기다렸을 것이다. 그걸 생각하면 불쌍한 건 참호에서 나오지 못하는 고우님보다 세상바람을 맞고 있을 어머니다. 참호에 뛰어든 것은 어찌됐든 뛰어들어 버리면 그것으로 끝이다. 사바세계의 날씨가 쾌청하든 흐리든 상관할 바 없으리라. 그러나 남겨진 어머니는 그렇게 되지 않는다. 아, 비가 온다, 방안에 박혀 고우님을 떠올린다. 아, 개었다, 밖에 나가 고우님의 친구를 만난다. 환영국기를 내건다. 그놈이 살아 있다면, 하고 어리석어진다. 공중탕에서 방년의 아가씨가 등을 밀어준다. 이런 며느리가 있다면, 하고 옛꿈을 그린다. 이래서는 살아 있음이 고통이다. 그것도 자식이 여럿 있다면 하나쯤 없어져도 나중에 위로해주는 자식이 또 있다. 그러나 모자 단 둘의 가족에 반이 결여된다면 조롱박이 반으로 짝 갈라진 것과 다름없이 결코 붙여지지 않는다. 하사관의 어머니처럼 노인네가 매달릴 사람이 아무도 없다. 어머니는 지금이라도 고우이치浩—가 돌아온다면, 하고 주름투성이 손마디를 하룻밤에 쫙 피며 매달릴 그날을 애타게 기다렸던 것이다. 이 매달릴 본인이 깃발을 들고 기세 좋게 참호 속에 뛰어들어서는 이날 이때까지 올라오지 않는다. 백발은 늘었는지 모르겠지만 장군은 환호 속에 돌아왔다. 피부는 검어졌어도 하사관은 득의만만 플랫폼 위에 뛰어내렸다. 백발이 됐든 까맣게 탔든 돌아오기만 한다면 매달림에 아무 지장이 없다. 오른쪽 팔에 붕대를 감고 왼쪽다리에 의족이 달렸어도 돌아오기만 한다면 괜찮다. 괜찮다고 하는데 고우님은 여전히 구멍에서 올라오지 않는다. 그렇게 올라오지 않으면 마지막에는 어머니가 그 뒤를 따라 구멍 속으로 뛰어들지 모른다.

다행히 오늘은 한가하므로 고우님 집에 가서 오랜만에 어머니를 위로해드릴까? 위로하러 가는 건 좋지만 그곳에 가면 갈 때마다 울어서 난처하다. 저번에는 한시간 반을 계속 울어대서 마지막에는 위로는커녕 변변히 인사조차 못해 처신이 말이 아니었다. 그때 어머니는, 하다못해 마음씨 착한 며느리라도 있었더라면 이럴 때 힘이 되었을 거라고 열심히 며느리 타령을 해서 나를 곤혹스럽게 만들었다. 일단 끝난 일이므로 포기하시라고 실례천만의 말을 건네자, 자네한테 꼭 보여주고 싶은 게 있다네 해서, 뭡니까 하고 물으니 고우이치의 일기라고 한다. 죽은 친구의 일기는 실로 재미있을 것이다. 원래 일기란 그날 그날 일어난 일만을 적는 게 아니라, 그때그때의 마음까지 숨김없이 내뱉는 것이므로 어떠한 친구의 일기라도 허락없이 읽어서는 안 되겠지만 어머니가 승낙한다―아니 상대방으로부터 의뢰받은 이상은 역시 흥미 있는 일임에 틀림없다. 그러므로 어머니가 읽어보라고 했을 때는 매우 흥미가 일어 이건 꼭 읽어보겠습니다, 라고까지 말하려 했지만 혹시 또 일기 때문에 우는 일이 일어나서는 큰일이었다. 도저히 내 수완으로는 빠져나올 구멍이 없다. 게다가 시간을 정해 어떤 사람과 만날 약속을 한 시각도 임박해 있었으므로, 이건 두었다가 다음번에 다시 와서 천천히 보겠습니다, 하고 도망쳤을 정도였다. 이런 이유로 방문은 약간 곤란한 상태다. 그렇기는 하지만 일기를 읽고 싶지 않은 건 아니다. 살짝 울리는 것이라면 싫다고 하지 않겠다. 원래 나무나 돌로 만들어지지 않은 바에야 남의 불행에 한 방울 동정쯤이야 남 못지않게 나타낼 줄 아는 남자지만, 어찌된 영문인지 빈말을 잘 못하기 때문에 응대에 곤란을 느낀다. 어머니가, 글쎄 자네 들어보시게, 하며 훌쩍거리면 어떻게 위로해야 할지 쩔쩔맨다. 여기에 억지로 중간중간 말을 넣으려 하면 일껏 마음먹은 위로의 호의가 수포로 돌아갈 정도가 아니라 생각지도 못한 결과를 일으켜 불난 집에 부채질하는 격이 된다. 이래서는 위로하러 왔는지 부추기러 왔는지 상대방도 납득이 가지 않을 것이다. 가지만 않는다면 약효야 듣든말든 독이 퍼질 리 없으니까 위험하지는 않다. 방문은 어쨌든 그런 것으로, 우선 오늘은 보류하도록 하자.

방문은 미루기로 했어도 어제의 신바시 사건을 떠올리니 아무래도 고우님 일이 마음에 걸려 견딜 수 없다. 무슨 방도를 찾든 친우의 명복을 빌어주어야 한다. 추도시 한 수를 읊을 주제도 못된다. 글솜씨가 있다면 평소의 친교를 그대로 기술하여 잡지에라도 투고하겠지만 이런 솜씨로는 그것도 어림없다. 뭐 없을까? 으음, 있다 있어, 절을 찾아가는 게다. 고우님은 송수산 참호에서 여태 올라오지 않고 있지만 그 기념 머리카락은 멀리 바다를 건너 고마고메의 잣코인寂光院에 이장되었다. 거기에 가서 성묘를 하려고 니시카와초의 집을 나섰다.

겨울이 시작되고 있다. 고하루小春(음력 10월을 일컬음. 따뜻한 봄처럼 좋은 날씨가 계속되는 데서 유래함-역주)라면 말만 들어도 홍시처럼 기분이 좋아진다. 특히, 금년은 예년에 없이 따뜻해서 얇은 솜 하오리 하나만으로 나서도 기분이 사뭇 상쾌하다. 끝이 뭉툭 닳은 스틱을 휘둘러가며 잣코인이라 씌어진 칠 벗겨진 감청색 다이시류大師流(홍법대사를 개조로 하는 서도의 한 파-역주) 현판을 바라보며 문을 들어서자, 절은 각별한 장소여서 경내가 적요하고 티끌 한 점 없이 깨끗이 청소되어 있다. 기쁜 일이다. 고운 적토가 질척거리지도 버석거리지도 않은 채 맑은 햇빛을 머금은 풍경만큼 고마운 것도 없다. 니시카타초는 학자 동네일지는 몰라도 풍취 있는 집은 물론이거니와 가라앉은 흙빛조차 보이지 않을 정도로 최근 주택이 늘어났다. 학자가 그만큼 불어났는지, 혹은 학자가 그만큼 비풍류적인지 미처 연구를 해보지 않아 모르긴 하지만, 이렇게 탁 트인 경내에 오니 평소 학자 동네에 만족을 표하던 눈에 스님들의 생활이 어쩐지 부러워졌다. 문 좌우로 사방 60센티쯤 되어 보이는 적송이 의연히 버티고 서 있다. 아마 백년 전부터 그처럼 버티고 있었으리라. 의젓한 모습이 믿음직하다. 시월 상달의 소나무 낙엽이라고 옛적에는 읊었다는데 잎떨어진 모습이 조금도 보이지 않는다. 그저 이리저리 엉킨 뿌리가 깨끗한 땅 속에서 옹이투성이 뼈를 슬며시 드러내고 있을 뿐이다. 노스님인지 애기스님인지 교무스님인지, 아니면 불목하니인지가 아마 원을 세워 하루 세 번쯤 비질을 하는 것이리라. 소나무를 좌우로 보며 반 마장쯤 걸어가면 가장 막다른 곳이 본당, 그 오른쪽이 스님들의 거처다. 본당 정면에도 금박 현판이 걸려 있고 새똥을 훔쳐낸 자국이 얼룩덜룩 남아 필자의 신성에 찬물을 끼얹는다. 네모 나무기둥에는 휘갈겨쓴 초서 주련이 어디 읽을 수 있다면 한번 읽어보라는 듯 시치미 뚝 떼고 걸려 있다. 과연 읽을 수 없다.

그 읽을 수 없는 것을 자세히 살펴보니 대단한 명필이 쓴 것임에 틀림없다. 어쩌면 왕휘지일지도 모르겠다. 근사하면서 읽을 수 없는 글씨를 볼 때면 나는 반드시 왕휘지일지도 모른다는 생각을 한다. 그렇지 않으면 옛스러운 묘한 감흥이 일어나지 않기 때문이다. 본당을 오른쪽으로 끼고 옆으로 돌아가면 묘원이 있고 묘원 입구에는 둔갑은행나무가 있다. 단 둔갑이란 말은 내가 붙인 게 아니다. 소문에 의하면 이 근처에서 잣코인 둔갑은행나무라면 모르는 이가 없다고 한다. 그러나 뭐가 둔갑을 하든 이렇게 크고 높게는 될성부르지 않다. 세 팔로 겨우 껴안는다는 거목이다. 예년 같으면 지금쯤 이미 이파리를 떨어뜨리고 바람 속에서 앙상히 웅웅거리고 있을 테지만, 금년은 파격적인 날씨 탓으로 높다란 가지가 전부 아름다운 잎을 달고 있다. 밑에서 우러러보니 넘실거리는 황금구름이 온화한 햇빛을 받아 여기저기 자라둥처럼 번쩍이는 게 눈부실 정도다. 멋지다. 그 구름덩이가 바람도 없는데 팔랑팔랑 떨어져내린다. 물론 얇은 이파리여서 떨어져도 소리가 있을 리 없다. 떨어지는 간격 역시 대단히 길다. 가지를 떠나 땅에 닿을 동안, 혹은 해를 바라보고 혹은 해를 등지며 갖가지 빛깔을 내뿜는다. 시시각각 변하기는 하지만 급한 티 하나 없이 지극히 넉넉하게, 지극히 단아하게 떨어져 내린다. 그러므로 보고 있으면 떨어지는 게 아니다. 공중에서 한들한들 유희를 하고 있듯 여겨진다. 정한하다─삼라만상 가운데 움직이지 않는 게 제일 정하다고 하는 것은 틀린 생각이다. 움직이지 않는 큰 면적 속에 한 점이 움직이니까 한 점 이외의 고요함을 이해할 수 있다. 더욱이 그 한 점이 움직인다는 느낌을 과중하지 않도록, 아니 그 한 점의 움직임 그 자체가 적멸을 머금고, 게다가 다른 부분의 정숙함을 되돌아보기에 족할 만큼 나풀거린다면─그거야말로 가장 정한한 느낌을 주는 것이다. 은행잎이 한 점 바람도 없는데 떨어지는 풍정은 바로 이 소식이다. 끝없는 이파리가 밤낮없이 떨어져서 나무 밑은 검은 땅이 보이지 않을 정도로 부채꼴 작은 이파리로 덮여 있다. 제아무리 노스님이라 한들 여기까지는 손이 미치지 못한 모양이다. 잠시 비질의 번뇌를 피했든가, 아니면 산더미 같은 낙엽을 풍류로 바라보며 그냥 내버려두었든가. 어쨌든 아름답다.

잠시 둔갑은행나무 밑에 서서 아래위를 보며 멈춰 있다가 나무를 떠나 이윽고 묘원 안으로 들어갔다. 이 절은 꽤 유서 깊은 절인 듯 여기저기 커다란 연좌대 위에 붙박힌 석탑이 보인다. 오른쪽에 울타리를 두른 것은 매화원 세키카쿠 대거사라고 쓰인 걸로 보아 아마 성주거나 성주의 직속 무사쯤 되는 이의 묘이리라. 그중에는 지극히 단순하고 작은 것도 있다. 자운동자라는 해서楷書가 새겨져 있다. 어린애니까 당연히 작을 터이다. 다른 비석도 잔뜩 있다. 계명도 가지가지인데 약속이나 한 듯

하나 같이 옛날 것 투성이다. 요즘이라고 인간이 죽지 않게 되었을 리 없다. 역시 옛날처럼 걸맞는 망자亡者가 해마다 손님이 되어 저 칠 벗겨진 편액 밑을 빠져 나올 것이다. 그러나 그들은 일단 둔갑은행나무 밑을 통과하면 갑자기 낡은 부처님(일본은 죽은 사람을 부처님이라고 부름 – 역주)이 되어버린다. 뭐든 은행 탓으로 돌릴 수는 없겠지만, 대개의 시주가들이 주지의 간청으로 묘지를 더 이상 넓히지 않은 채 선조 대대의 묘 속에 새 부처님을 안치하기 때문이리라. 고우님도 그렇게 안치된 사람 중의 하나다.

　고우님네 묘는 오래 되었다는 점에서 이 유서 깊은 묘원 안에서 단연 넓은 축에 속한다. 언제 고우님네 묘가 만들어졌는지 모르겠지만, 뭐랄까, 고우님 아버지가 들어가시고, 할아버지가 들어가시고, 또 그 할아버지가 들어가 계시므로 결코 새로운 묘라고는 할 수 없다. 오래된 대신 경치 좋은 곳을 차지하고 있다. 이웃 절을 경계로 한 단 높게 쌓은 언덕 위에 세 평 평지가 있고 돌층계 두 개를 밟으면 보이는 막다른 곳 중간에 할아버지, 아버지, 고우님이 나란히 자고 있는 가와카미가河上家 대대의 산소가 있다. 매우 알기 쉽다. 둔갑은행나무를 지나 한 길로 쭉 뻗은 길을 북쪽으로 조금만 걸으면 된다. 나는 익숙한 곳이었기 때문에 여느 때처럼 예의 길을 따라 반 정도 와서 문득 아무 생각 없이 바야흐로 내가 성묘하러 갈 묘지쪽을 바라보았다. 보니, 어느새 누군가가 와 있다. 누구인지는 모르겠지만 돌아앉아 열심히 합장을 하고 있는 모습이다. 대체 누구일까? 정체는 모르지만 멀리서 봐도 남자가 아닌 것만은 분명하다. 모양새로 쳐도 분명 여자다. 여자라면 어머니일지도 모르겠다. 나는 무심한 성질이어서 여자의 옷차림 따위에는 전혀 주의하지 않지만 어머니는 대개 흑공단 오비(일본 옷에서 허리에 두르는 띠-역주)를 매고 있다. 그렇지만 이 여자의 오비는—뒤에서 보려니 더욱 사람 눈을 끈다. 여자의 등 가득 넓게 매어진 오비는 결코 검은 게 아니다. 현란하게 반짝이는, 아름답기 그지없는 것이다. 젊은 여자다! 나는 부지중 입 속에서 부르짖었다. 이렇게 되면 내 처신이 다소 거북하다. 앞으로 가야 할지 뒤로 돌아가야 할지 조금 망설이며 멈추어섰다. 여자는 그것도 모르고 주저앉은 채 열심히 가와카미가 대대의 묘에 두 손을 모으고 있다. 아무래도 가까이 가기가 거북하다. 돌아가려고 해도 도망칠 정도로 무슨 나쁜 짓을 한 기억이 없다. 어떻게 할까 헤매고 있는데 여자가 우뚝 일어섰다. 뒤켠은 이웃 절의 죽순대밭으로 한기가 돌만큼 푸른색이 무성하다. 그 물방울이 듣는 듯 깊은 대숲 앞에 우뚝 섰다. 배경이 북쪽 응달이어서 컴컴한 가운데 여자 얼굴이 하얗게 빛난다. 큰 눈에 볼이 홀쭉하고 목덜미가 긴 여자다. 무심히 늘어뜨린 오른손이 손수건자락을 잡고 있다. 눈처럼 하얀 손수건이 검은 대숲 속에 선명히 보인다. 아, 하는 짧은 경탄 속에 비친 것이란 도려낸 듯 선명한 얼굴과 손수건뿐이었다. 내가 이 나이가 되도록 본 여자는 부지기수다. 길거리에서 전차에서 공원에서, 또 음악회, 극장, 시장 등에서 상당히 많이 보았다고 해도 좋다. 그러나 이렇게 놀란 적은 한번도 없다. 이렇게 아름답다고 느낀 적 또한 한번도 없다. 나는 고우님을 잊어버리고, 성묘하러 온 목적도 쑥스럽다는 것마저도 잊어버린 채 하얀 얼굴과 하얀 손수건을 뚫어지게 바라보았다. 여태까지 뒤에 사람이 있는 줄 몰랐던 여자도 돌아가려고 돌아선 순간 멍하니 서 있는 내 모습이 눈에 들어온 듯, 돌층계 위에 멈추어 섰다. 밑에서 올려다본 내 눈과 위에서 내려다본 여자의 시선이 십센티 거리로 딱 부딪쳤을 때 여자의 시선이 얼른 밑을 향했다. 그러자 어디까지나 하얀 볼에, 볼 저 안에서 붉은색을 녹여 흘리듯 진한 빛깔이 걷잡을 수 없이 배어나왔다. 보고 있노라니 이게 얼굴 전부 가득히 퍼져 귓불까지 빨갛게 보였다. 이거 딱한 일을 했다. 둔갑은행나무 쪽으로 되돌아갈까, 아니 그러면 오히려 몰래 뒤를 밟아 온 꼴이 된다. 그렇다고 멍하니 보고 있어서야 더욱 실례다. 죽기를 각오하고 싸우면 활로가 보인다는 병법을 들은 적이 있지만, 이건 힘껏 전진할 방법이 없다. 성묘를 하러 왔으니까 별로 이상할 게 없다. 이렇게 우물쭈물하니까 수상쩍은 것이다. 그제야 결심하고 예의 스틱을 고쳐잡고 뚜벅뚜벅 여자 쪽으로 걷기 시작했다. 그러자 여자도 고개를 숙인 채 걸음을 옮겨 돌층계 밑에서 도망치듯 내 옆을 지나간다. 질좋은 향수냄새가 풍긴다. 그 향기가 시월 상달에 달아오른 겹하오리 등속으로 배어드는 것 같다. 여자가 지나간 뒤 그제사 안심하고 자신으로 돌아온 듯 침착해졌기 때문에 어떤 여자일까 싶어 다시 돌아다본다. 그러자 공교롭게 또 눈과 눈이 부딪쳤다. 이번에는 내가 층계 위에 서서 스틱을 짚고 있다. 여자는 둔갑은행나무 밑에서 가던 길을 멈추고 엇비슷이 몸을 비틀어 이쪽을 올려다보았다. 은행잎은 바람도 없는데 더욱 팔랑팔랑 여자 머리 위로, 소맷부리 위로, 오비 위로 떨어져 내린다. 시각은 한시 아니면 한시 반이다. 때마침 작년 고우님이 강풍 속에 깃발을 들고 엄보에서 뛰어나온 때이다. 하늘은 잘 벼린 검을 번뜩이는 것처럼 맑게 개어 있다. 가을하늘이 겨울로 변할 때처럼 높게 보일 적도 없다. 얇은 천 같은 구름의, 살짝 얼비치는 그림자조차도 눈동자 속에 떨어지지 않는다. 날개가 있어 날아오른다면 하늘 끝까지 날아오를 것 같다. 그러나 어디까지 날아올라도 끝이 없는 게 이 하늘이다. 무한이라는 느낌은 이런 하늘을 바라보았을 때 더욱 깊게 일어난다. 이 무한히 먼, 무한히 아득한, 무한히 고요한 하늘을 둔갑은행나무가 인사도 없이 찢고 솟아 금빛 구름을 뭉개고 있다. 그 곁에 잣코인의 기와지붕이 역시 창공의 일부를 옆으로 베어내며, 몇십만 장이 포개져 있는지도 모를 새까만 비늘을 따뜻한 햇빛에 반사하고 있다—오랜 하늘, 오랜 은행, 오랜 가람, 오랜 분묘가 적막하게 존재하는 틈으로 아름다운 여자가 서 있다. 아주 대조적이다. 대밭을 뒤로 지고 섰을 때는 그저 하얀 얼굴과 하얀 손수건밖에 들어오지 않았으나 이번에는 한껏 차려입은 옷 색깔과 그 옷 가운데를 둥글게 동인 오비 색이 두드러지게 눈에 뜨인다. 무늬라거나 옷감 따위는 나같이 풍류를 모르는 자로서는 유감스럽게도 기술할 수 없지만 색조만은 확실히 화려한 것이다. 이런 퇴색한 경내에 1분도 있어서는 안 될 성질의 것이다. 만약 있다면 그건 어디선가 자칫 잘못 섞여 들어온 것임에 틀림없다. 백화점 진열장 한쪽을 잘라 산속 별장의 바지랑대에 건 형국인 것이다. 대조의 극치란 이런 것이리라—여자는 둔갑은행나무 밑에서 몸을 뒤로 살짝 돌려 내가 성묘할 묘소를 확인하고 싶어하는 눈치였는데, 공교롭게 내쪽에서도 여자에게 미심쩍은 게 있어 층계 위에서 되돌아 바라보았기 때문에 결연히 본당 쪽으로 구부러졌다. 은행잎이 팔랑팔랑 떨어져 검은 땅을 가린다.

나는 여자의 뒷모습을 멀찍이 바라보며 이상한 대조라고 생각했다. 옛날 오사카의 스미요시 신사에서 기생을 본 적이 있다. 그때는 늦가을 빗속에 처연히 선 트레머리가 여느 때보다 곱게 내 눈에 비쳤다. 하코네 화산에서 방년의 서양 처녀와 만난 적이 있다. 그때는 기둥처럼 끓어오르는 김의 무시무시한 광경이 한참 온화하게 안위의 염을 내 뇌리에 안겨주었다. 모든 대조는 대개 이런 두 결과 이외 달리 어떤 것도 일으키지 않는 것이다. 기왕의 날카로운 느낌을 문질러 둔하게 하든가, 또는 새롭게 눈앞에 나타난 물상을 평소보다 명료하게 뇌리에 새기든가, 이게 보통 우리들이 예측하는 대조다. 그러나 지금 본 대상은 추호도 그런 느낌을 불러일으키지 않았다. 상반의 대조도 아니며 합일의 대조 또한 아니다. 오랜 외로움의 소극적인 마음상태가 사라진 풍경은 더욱 아니다. 그렇다고 저 아름다운 옷에 감싸인 여자 모습이 음악회나 가든 파티에서 만나는 다른 어떤 여자보다도 월등했다는 것도 아니다. 내가 잣코인의 문을 두드려 얻은 정서는 뜬세상을 걷는 연령이 역행해서 부모미생이전父母未生以前으로 거슬러올라갔다고 여겨질 만큼 오랜, 쓸쓸한, 고색창연한, 슬픈, 무어라 딱히 표현할 수 없이 아련한 소극적 정서다. 이 정서는 대숲을 뒤로 불쑥 선 여자 위에 내 눈이 집중되었을 때 추호도 모순된 느낌을 주지 않았을 뿐만 아니라, 낙엽 속에서 뒤돌아본 모습을 바라본 순간에는 오히려 한층 깊이를 가했다. 옛 가람과 칠 벗겨진 현판, 둔갑은행나무와 움직이지 않는 소나무, 뒤섞여 나란히 선 석탑—죽은 사람의 이름을 새기고 죽은 석탑과 꽃 같은 가인佳人이 융합해서 일단의 기氣로 흘러 원숙무애圓熟無礙한 일종의 감동을 내 신경에 전한 것이다.

이런 무리를 듣는 독자는 결코 납득이 가지 않을 것이다. 그건 글쟁이의 거짓말이라고 웃어넘길 이도 있으리라. 그러나 사실은 거짓말이라 하더라도 사실이다. 문인이든 비문인이든 쓴 것은 쓴 그대로 에누리 없는 걸 적은 것이다. 만약 글쟁이가 나쁘다면 미리 양해를 구하겠다. 나는 글쟁이가 아니다. 니시카와초에 사는 일개 학자다. 만약 의심스럽다면 이 문제를 가지고 학자의 지식으로 설명해보이겠다. 독자는 셰익스피어의 비극 맥베스를 알고 있으리라. 맥베스 부부가 공모해서 던컨왕을 침실 속에서 죽인다. 그 직후 문을 세차게 두드리는 사람이 있다. 그러자 문지기가 두드리네, 두드리네, 웅얼거리며 등장해서 주정뱅이처럼 혀꼬부라진 소리로 실없는 말을 중언부언 뇌까린다. 이게 대조다. 대조라도 상식적인 대조가 아니다. 살인한 옆에서 도도이쓰都々逸(속요의 하나. 7·7·7·5조로 내용은 주로 남녀간의 애정에 관한 것임-역주) 노래를 부를 정도의 대조다. 그런데 묘한 것은 이 해학의 삽입으로 여태까지의 처참한 광경이 다소 부드러워진다든가, 이 대목에 이르러 일단 여유가 생기는 감을 준다든가, 혹은 해학이 사건의 배열 상태에서 평소보다 배의 기이함을 주는 것도 아니다. 그렇다고 또 아무 효과가 없느냐 하면, 천만의 말씀이다. 극 전체를 통한 무시무시함과 두려움이 이 일단의 해학으로 해서 고조에 달하는 것이다. 더욱 확대해 말한다면 이 경우에는 해학 그 자체가 공포고 경악이며, 모골이 송연한 느낌 그 자체다. 그 이유를 말할 것 같으면 우선 이러하다.

우리들의 사물에 대한 관찰력이 종래의 경험에 의해 지배된다는 것은 설명이 필요도 없는 사실이다. 경험의 세력이 빈도가 높거나 낮은 경우에 받는 감동의 양에 따라 고하, 증감하는 것도 의심할 나위 없는 사실일 것이다. 부잣집에 태어나 언제나 분부대로, 말씀대로 하겠노라고 떠받들어지는 경험이 쌓이고 쌓인다면, 천하인간이 모두 자기에게 머리를 조아리기 위해 태어났다고 믿게 된다. 돈으로 술을 사고 돈으로 첩을 얻고 돈으로 저택, 친구, 벼슬을 산 무리는 돈만 있으면 안 되는 게 없다고 금고를 끼고 앉아 거드름을 피운다. 한번의 경험으로서는 역시 모른다. 하쿠야초의 대화재로 재산 일체를 날린 주인이라면 먼 이다바시에서 울리는 화재경보에도 파랗게 질릴지 모른다. 노비대지진 때 집더미 속에서 구사일생으로 살아난 사람은 정오를 알리는 사이렌에도 혼비백산할 것이다. 정직한 사람이 생애 딱 한번 도둑질을 했다면 그를 의심할 친구는 아무도 없을 것이며, 농담을 밥먹듯 하는 남자가 십년 만에 어쩌다 진담을 했다면 누구 하나 그 말을 믿지 않을 것이다. 요컨대, 우리의 관찰력이란 종래의 타성으로 해결짓는 것이다. 우리의 생활은 천차만별이어서 우리의 타성도 장사에 의해, 직업에 의해, 나이에 의해, 기질에 의해, 성별에 의해 제가끔 다를 것이다.

그것처럼 연극을 볼 때나 소설을 읽을 때도 전편에 흐르는 일종의 분위기가 있어 이 분위기가 독자, 관객의 마음에 반응하면 역시 일종의 타성이 된다. 만약 이 타성을 구성하는 요소가 맹렬하면 할수록 타성 그 자체도 견고하기 그지없어 도저히 빠져나오지 못하는 경향을 초래하게 될 것이다. 맥베스는 마녀, 독부, 흉한의 행동을 극명하게 묘사한 비극이다. 첫머리에서부터 읽어 문지기의 해학에 이르면, 어느새 독자의 마음에 일어나는 유일한 타성은 공포심 한마디에 귀착해 버린다. 과거가 이미 공포이며 미래 역시 공포일 것이라는 예측은 저절로 스스로를 옭아매 다음에 나타날 어떤 사건도 으레 이 공포심과 관련시켜 해석하려고 한다. 배멀미를 한 자는 육지를 밟고 나서도 대지가 울렁인다고 생각하며, 겁쟁이 참새는 허수아비만 봐도 예의 그 노인인가 의심한다. 맥베스를 읽는 사람 역시 공포심이란 한 마디의 노예가 되어 두려움을 느끼지 않을 대목까지 열심히 의심해마지 않는다. 무엇이든 공포화하려고 조바심치는 그 앞에 나타나는 문지기의 막간극은 보통 막간극이 갖는 희극적 요소로는 받아들여지지 않는다.

　세상에 풍어諷語(빙빙 돌려서 하는 말-역주)라는 게 있다. 풍어는 전부 표리이면의 의의를 지니고 있다. 선생을 바보 별명으로, 대장을 필부 별호로 쓰는 것은 누구나 알고 있으리라. 이 필법으로 간다면 사람 앞에 겸손한 것은 더욱더 사람을 바보

취급한 우대법으로, 사람을 칭찬하는 것은 노골적으로 사람을 매도하는 게 된다. 표면의 의미가 강하면 강할수록 뒤에 숨겨 있는 함축도 점점 깊어진다. 인사 한번으로 사람을 우롱하기보다 슬리퍼를 쳐들고 사람을 야유하는 쪽이 더 심각하지 않을까. 이 심리를 한 발 발전시켜 생각해보자. 우리들이 사용하는 대개의 명제는 반대 의미로 해석되게끔 될 것이다. 과연 어떤 쪽 의미로 한 말일까 의심스러울 때, 예의 타성이 발동하여 어렵사리 판단해준다. 해학의 해석도 마찬가지라고 생각한다. 해학 뒤에는 진실이 숨어 있다. 박장대소 저쪽에는 뜨거운 눈물이 담겨 있다. 농담 저 밑에는 망령의 처연한 울음이 들린다. 그렇다면 공포심이라는 타성을 양성한 눈으로 문지기의 해학을 읽는 이는 그 해학을 정면에서 해석한 것일까, 이면에서 관찰한 것일까. 이면에서 관찰했다고 한다면 주정뱅이의 헛소리 속에 모골이 송연한 두려움이 있었을 터이다. 원래 풍어는 정어正語 (정면에서 말한 작위 없는 말—역주)보다 비꼬는 만큼 정어보다도 심각하고 맹렬한 법이다. 벌레만 보면 기겁을 하는 미인의 근성을 통찰해서, 독사의 화신 즉 이건 선녀라고 판단한다면, 판단한 순간 그 죄악은 비슷한 어떤 죄악보다도 한층 두려움을 불러일으킨다. 전부 인간의 풍어이기 때문이다. 어떤 경우에는 대낮의 유령이 정석적 유령보다 더 무섭다. 풍어이기 때문이다. 폐사廢寺에서 하룻밤을 보냈을 때, 뜰 앞 삼나무 밑에서 갓포레('갓포레 갓포레 아마차데 갓포레' 하고 박자를 맞춰가며 추는 춤 – 역주)를 추는 이가 있다면 이 갓포레는 대단히 <u>으스스</u>할 것이다. 이것도 일종의 풍어이기 때문이다. 맥베스의 문지기와 산사의 갓포레는 그야말로 동격이다. 맥베스의 문지기가 풀려진다면 잣코인의 미인도 풀릴 터이다.

　꽃 중의 여왕이라 불리는 목단꽃조차 질 때는 그 부귀한 색이 초라하기 그지없다. 미인박명이란 격언이 있을 정도니까 그녀의 수명도 쉽게 안심할 수는 없다. 그러나 묘령의 아가씨는 대체로 활기에 넘쳐 있다. 앞길이 희망으로 빛나 보기만 해도 밝은 기분이 든다. 그뿐인가, 화려한 옷하며 눈부신 오비하며, 번쩍 띄는 색조에 감싸여 있기 때문에 어디를 어떻게 봐도 화려하다, 근사하다, 봄이 만발이다. 그 한 사람이—더더욱 아름다운 그 한 사람이 잣코인 묘지 속에 섰다. 가라앉은, 퇴색한, 침정한 주위 풍물 속에 섰다. 그러자 그 상큼한 눈, 그 눈부신 자태가 홀연히 본래 면목을 바꾸어 쓸쓸한 주위로 녹아들어 경내의 적막감을 한층 깊게 했다. 천하에 묘지만큼 차분한 곳은 없다. 그러나 이 여자가 묘 앞에서 발돋움했을 때는 묘보다도 차분히 가라앉아 있었다. 노랗게 물든 은행잎이 외롭다. 더욱이 둔갑까지 하므로 더욱 외롭다. 그러나 이 여자가 둔갑은행나무 밑에서 옆얼굴을 살짝 돌려 멈추어섰을 때는 은행의 정精이 나뭇가지에서 빠져나왔다고 할 만큼 외로웠다. 우에노의 음악회가 아니면 어울리지 않는 차림을 하고 제국호텔 야회에라도 초대받음직한 이 여자가 왜 이 같은 주위 광경과 어우러져 적막한 느낌을 더하게 할까. 이것도 풍어이기 때문이다. 맥베스의 문지기가 두렵다면, 잣코인의 이 여자도 외로워야 마땅하다.

묘를 보니 붙박이 꽃병에 국화가 가득 꽂혀 있다. 무덤 울바자에 핀 소국은 온통 하얀 것 일색이다. 이것도 방금 전 여자의 소행임에 틀림없다. 집에서부터 꺾어왔는지 도중에서 사왔는지는 모르겠다. 혹시 명함이라도 꽂아놓지 않았을까 하고 국화 잎 뒤까지 살펴보았지만 아무것도 없다. 도대체 어떤 여자일까? 나는 고등학교 때부터 고우님과 친하게 지낸 사람 중 하나이다. 걸핏하면 고우님네 집에 가서 묵었기 때문에 고우님네 친척이라면 손바닥 들여다보듯 대개 알고 있다. 그러나 아무리 손을 꼽으며 차례차례 헤아려도 이런 여자는 통 기억이 나지 않는다. 그렇다면 남일지 모르겠다. 고우님은 남에게 호감을 주는 성격이어서 교제범위가 꽤 넓었지만 여자친구가 있다는 이야기는 아직 한번도 들은 적이 없다. 하긴 교제를 했다고 해서 꼭 내게 보고하리라는 보장은 없다. 그러나 고우님은 그런 일을 숨기는 성격이 아니며, 혹 다른 사람에게 숨겼다고 해서 내게까지 숨길 리 만무하다. 이렇게 말하면 이상하지만 나는 가와카미가의 속사정을 상속인인 고우님 못잖게 자세히 알고 있다. 그리고 그것은 모두 고우님이 내게 말해준 것이다. 그러므로 여자와의 교제라고 해도, 만약 실제로 있었다고 한다면 진작 내게 말했음에 틀림없다. 말하지 않은 걸로 보아 모르는 여자다. 그러나 모르는 여자가 꽃까지 들고 고우님 산소에 참배하러 올 리가 없지 않은가. 이건 수상쩍다. 좀 멋쩍지만 뒤쫓아가 이름만이라도 물어볼까. 이것도 묘하다. 한술 더 떠 몰래 뒤를 밟아 가는 곳을 확인할까. 그렇다면 그것은 탐정이다. 그런 비열한 짓은 하고 싶지 않다. 어떻게 하면 좋을지 묘 앞에서 생각에 빠졌다.

고우님은 작년 11월 참호에 뛰어들어간 이래 이날 이때까지 올라오지 않는다. 가와카미가 대대의 묘를 스틱으로 두드려도 손으로 뒤흔들어도 고우님은 역시 참호 밑바닥에 자고 있을 것이다. 이런 미인이, 이런 아름다운 꽃을 들고 찾아오는 줄도 모른 채 자고 있을 것이다. 그러므로 고우님은 그 여자의 내력은 커녕 이름도 물을 필요가 없다. 고우님이 물을 필요가 없는 것을 내가 탐구할 필요는 더더욱 없다. 아니 그래서는 안 된다. 이런 논리로 그 여자의 신원을 조사하는 것은 옳지 않다. 그러나 그것은 틀린 것이다. 왜? 왜는 추적해보고 나서 설명하기로 하고, 지금 입장에서는 반드시 캐물어야 한다. 뭐든 묻지 않으면 직성이 풀리지 않는다. 갑자기 돌층계를 한달음에 뛰어내려둔 갑은행나무 낙엽을 흩뜨리며 잣코인 문을 나와서 우선 왼쪽을 보았다. 없다. 오른쪽에도 안 보인다. 재빨리 네거리까지

뛰어가 눈을 한껏 뜨고 동서남북을 둘러보았다. 역시 안 보인
다. 마침내 놓치고 말았다. 할 수 없다. 어머니를 만나 물어봐
야지, 어쩌면 사정을 아실지도 모르겠다.

3

6조(대략 6평 반 정도-역주) 다다미의 객실은 남향으로 반들반
들 윤이 나는 툇마루 끝에 질좋은 삼목 수건걸이가 걸려 있다.
추녀머리에 손씻는 물통을 쇠고리에 매달아 늘여뜨려 놓은 것
도 멋스러운데, 그 밑에 잘 가꾼 속새풀 한 무더기가 있어 더욱
분위기를 돋운다. 대나무로 촘촘히 간살을 엮은 울바자 저너머
는 2·30평 차밭으로 그 사이에 매화나무가 서너 그루 보인다.
울바자에 널어놓은 하얀 버선이 뒤집혀서 말려져 있고 그 옆에
물뿌리개가 거꾸로 박혀 있다. 그 울 밑에 소국이 무리무리 구
슬같이 흰 꽃을 다투고 있는 것을 보고 "예쁘군요." 하고 어머
니에게 말을 걸었다.

"금년은 의외로 따뜻해서 오래 간다네. 저것은 자네, 고우이
치가 제일 좋아한 국화라서……."

"아, 하얀 걸 좋아했던가요?"

"하얗고 조그마한 게 제일 예쁘다고 그 아이가 직접 뿌리를

사와서 일부러 심은 것이라네."

"예, 그런 사연이 있었군요."

말은 이렇게 했지만 속으로는 어쩐지 께름칙했다. 잣코인의 꽃병에 꽂혀 있던 게 바로 똑같은 이런 종류의 국화다.

"아주머니, 요즘도 산소에 자주 가십니까?"

"아니, 얼마 전부터 감기 기운이 있어 대엿새 누워 있었다네. 정말 고우이치한테 면목이 없어. 집에 있다고 잊을 리야 있을까마는 나이를 먹으니 목욕조차 귀찮아져서."

"가끔은 바깥에 나가시는 게 약이랍니다. 요즈음은 날씨도 좋구요."

"고맙네. 친척들도 걱정을 해서 이모저모 마음들 써주지만 아무래도 기운이 통 없어. 게다가 이런 할멈을 일부러 데리고 가줄 사람도 별로 없구."

이렇게 되면 나는 언제나 말문이 막힌다. 어떤 말로 위로해주어야 할지 감이 잡히지 않는다. 별 수 없이, 예에, 말꼬리를 길게 얼버무리는데 어머니는 그게 조금 불만인 듯하다. 아차 했지만 달리 해줄 속시원한 말이 없는지라 매화나무 이쪽저쪽을 날아다니는 박새를 바라보고 있었다. 어머니는 말허리를 잘리자 아무 말이 없다.

"친척 중에 젊은 아가씨라도 있으면 이런 때 좋은 말벗이 될 것 같습니다만."

어눌한 나로서는 대견한 말이라고 스스로 흡족해 하며 말했다.

"웬걸, 공교롭게도 그런 아가씨조차 없는 신세라네. 있다 한들 남의 자식이라 역시 눈치 봐야 할테고…… 며느리라도 보았다면 이럴 때 얼마나 마음 든든할까. 정말 애석하기 그지없네."

아이고, 또 며느리 말이 나왔다. 올 때마다 며느리가 안 나온 적이 없다. 장가갈 나이의 아들에게 며느리를 들이겠다는 건 부모로서 당연한 일이겠지만 죽은 아들을 두고 며느리 못 본 것을 애석해하는 건 다소 말이 되지 않는다. 인정은 이런 것인지 모르겠다. 아직 노인이 되지 않아 그 마음을 모르는 것일까, 아무리 생각해도 일반적 상식과는 동떨어져 있는 것 같다. 물론 혼자 외롭게 사는 것보다 마음에 드는 며느리의 시중을 받으며 같이 사는 쪽이 누가 보더라도 바람직할 것이다. 그러나 며느리 입장이 되어볼 필요가 있다. 결혼한 지 반 년이 채 못 되어 남편이 출정한다. 겨우 전쟁이 끝났는가 하는데 어느새 남편이 전사해 있다. 스물이 채 될까말까, 청상이 되어 시어머니와 둘이 살며 일생을 보낸다. 이런 잔혹한 일이 어디 또 있단 말인가. 어머니 말씀은 노인네 입장으로 본다면 무리없는 호소지만, 그러나 매우 자기 중심적인 소원이다. 이러니까 노인은 안 된다고 내심 북북 불평이 일었으나, 쓸데없는 항의를 하면 또 기분을 상하게 해드릴 위험이 있다. 어쨌든 위로하러 와서 언제나 실수를 하는 건 별로 역량이 없다는 증거다. 대강 입 다물고 있는 게 상책이라고 오히려 반대 방향으로 말을 틀었다. 나는 정직을 생명으로 하는 남자다. 그러나 사회에 존재하며 원망을 듣지 않고 세상을 살려면 아무래도 거짓말이 하고 싶어진다. 정직과 사회생활을 양립할 수 있다면 당장 거짓말은 그만둘 작정으로 있다.

"정말로 애석한 일을 하셨습니다. 대체 고우는 왜 색시를 들이지 않았습니까?"

"그게 아니라네. 여기저기 찾고 있는 중에 여순에 가게 되었지 뭔가."

"그렇다면 본인도 장가갈 작정이었다는 말입니까?"

"그거야……"

했지만 그뿐으로 입을 다물어버린다. 거동이 약간 수상쩍다. 어쩌면 잣코인 사건의 실마리가 잠복해 있을지도 모르겠다. 고백하거니와, 나는 이때 고우님에 관한 일도 어머니에 관한 일도 생각하고 있지 않았다. 단지 그 수상쩍은 여자의 내력과 고우님과의 관계를 알고 싶다는 마음으로 머리가 가득했다. 이날의 나는 평소처럼 동정적 동물이 아니라 매우 냉정한 호기심의 야수라고 일컬어도 좋을 정도로 형편없이 변해 있었다. 인간도 그날그날 형편에 따라 여러모로 변한다. 악인이 된 이튿날은 선인으로 변하고, 소인배의 낮 다음에는 군자의 밤이 온다. 그 사내의 성격이라면 전부 꿰뚫었다고 허풍을 떠는 선생이 있지만 그건 헛똑똑이다. 그날그날의 자기를 연구할 능력이 없기 때문에 그런 방약무인한 잠꼬대를 토하며 희희낙락하는 것이다. 탐정만큼 비열한 직업은 세상에 또 없다고 스스로도 믿고 남 앞에서도 선언하길 주저하지 않던 내가 순전히 탐정적 태도로 사물과 대하게 된 것은 진실로 어처구니없는 현상이다. 일순 말을 더듬던 어머니가 결연한 어조로,

"그 일에 대해서 고우이치가 자네한테 뭔가 얘기한 게 없는가?"

"며느리 말입니까?"

"그렇다네. 누군지 좋아하는 여자가 있다는 말을."

"아뇨."

대답은 이렇게 했지만 이 질문이야말로 실은 내 쪽에서 어머니에게 물어보아야 할 문제였다.

"아주머니한테는 뭔가 얘기했을 테지요?"

"웬걸."

기대는 이것으로 잘려졌다. 별 수 없이 또 눈을 뜰 쪽으로 던지니 박새는 이미 어딘가 날아갔고, 예의 하얀 국화가 물기 머금은 검은 흙에 비쳐 눈이 부시다. 그때 문득 떠오른 게 일전의 일기다. 어쩌면 어머니도 모르고 나도 모르는, 그 여자에 관한 일이 씌어 있을지도 모른다. 설혹 확실히는 적혀 있지 않더라

도 구석구석 찾으면 무엇인가 실마리가 있을 것이다. 어머니는 여자라서 이해할 수 없는 게 있을지 몰라도 내가 본다면 이것일지도 모른다는 짐작쯤은 할 수 있을 것이다. 이건 재촉해서 일기를 읽어볼 만한 것이다.

"저, 그 왜 저번에 말씀하신 일기 있잖습니까, 그 속에 뭔가 씌어 있지 않았습니까?"

"응, 그걸 보지 않았을 때는 아무 생각도 못했네만 그만 보고 말아서……."

어머니가 갑자기 울먹인다. 또 울려버렸다. 이러니까 곤란하다. 곤란하긴 해도 무엇인가가 씌어 있는 것만은 분명하다. 이렇게 되면 울든지 말든지 그런 일은 아무래도 괜찮다.

"일기에 뭐가 씌어 있습니까? 그거야말로 꼭 봐야겠는데요."

기세좋게 말한 게 두고 생각해도 얼굴 뜨겁다. 어머니가 일어나 안으로 들어간다.

이윽고 장지문을 열고 꺼풀 끼워진 수첩을 들고 나온다. 표지는 녹색 가죽인데 얼핏 봐서는 종이 표지 같은 형태다. 말없이 일기를 받아 들고 막 속을 펼치는데 현관문이 드르륵 열리며 계십니까? 라는 소리가 들린다. 공교롭게 손님이다. 어머니가 허둥지둥 빨리 감추라는 손짓을 해서 나는 얼른 일기를 품속에 넣은 뒤, "집에 가지고 가서 읽어봐도 되겠습니까?" 하고 물었다. 어머니가 현관 쪽을 보며 "그렇게 하시게." 한다. 이윽고 하녀가 와서 뭐라고 하는 분이 오셨다고 알린다. 뭐라고 하는 분을 만날 필요는 없다. 일기만 있으면 안심이니 어서 돌아가 빨리 읽고 싶다. 그래 그쯤에서 인사를 드리고 히사카타마치 거리로 나온다.

덴츠인 뒤를 빠져나와 오모테초 언덕길을 내려오면서 생각했다. 아무리 해도 소설이다. 그러나 소설에 가까울 뿐 왠지 부자연스럽다. 하지만 지금부터 사건의 진상을 밝혀 전체 윤곽이 명료해지기만 한다면 이 부자연은 저절로 소멸될 것이다. 어쨌든 재미있다. 반드시 탐색―탐색이라고 하면 어쩐지 불유쾌하다―탐구로 해두자. 반드시 탐구해봐야 한다. 그러자 더더욱 어제 그 여자의 뒤를 밟지 않은 게 후회스럽다. 만약 앞으로 그 여자와 만날 수 없다면 이 사건은 결코 밝혀질 것 같지 않다. 쓸데없는 사양을 해서 허망하게도 중요한 것을 놓친 게 분하고 아깝다. 원래 품위를 너무 존중하거나 너무 고상하면 사서 이런 일이 생기는 법이다. 인간은 어딘가 도둑 기질이 없으면 성공하기 어렵다. 신사도 물론 좋지만 신사 체면을 손상하지 않을 범위 내에서 도둑 근성을 발휘하지 않으면 모처럼의 신사가 신사로서 통용이 되지 않는다. 도둑 기질이 없는 순수한 신사는 대개 길가에 쓰러져 죽을 것이다. 좋다, 지금부터 좀 천해져보자.

이런 쓸데없는 생각을 하며 야나기초 다리 위까지 오자 스이도바시 쪽에서 인력거 한 대가 기세좋게 하쿠산白山 쪽으로 내

달린다. 인력거가 내 앞을 스쳐가는 시간이란 눈깜빡하는 몇 초여서 내가 문득 명상의 눈을 들어 인력거 위를 보았을 때는, 이미 타고 있는 손님은 눈앞에서 사라지고 있었다. 그러나 그 사람의 얼굴은? 아차, 잣코인이다, 정신이 번쩍 들었을 무렵은 이미 저만큼 가고 있었다. 이거다, 천하게 되는 것은 바로 이거다. 뭐라든 상관없으니 뒤를 밟아보자. 게타(일본의 나막신-역주) 코를 힘껏 그쪽으로 돌렸지만 도보로 인력거 뒤를 밟는다는 건 천해도 너무 천하다. 멀쩡한 정신으로 그런 바보짓을 할 사람은 어디에도 없을 것이다. 인력거, 인력거, 어디 인력거가 없을까. 사방을 두리번거렸지만 공교롭게 한 대도 보이지 않는다. 그 사이 잣코인은 그림자도 안 보일 정도로 멀리 달려가고 있다. 이젠 틀렸다. 미쳤다 여겨질 정도로 천하게 되지 않으면 세상은 성공할 수 없는 모양이다. 허탈하게 니시카와초로 돌아왔다.

즉각 서재에 틀어박혀 품속에서 예의 일기장을 꺼냈으나 저녁 무렵이어서 읽기 어렵다. 실은 집에 오는 도중 참지 못하고 여기저기 들쳐보았는데, 연필로 휘갈겨 쓴 것이어서 밝은 곳에서도 쉬이 알 수 없었다. 램프를 켠다. 하녀가 저녁을 먹으라고 알려왔지만 밥은 나중에 먹겠다고 쫓아버린다. 그런데 막상 처음부터 차례차례 읽어보니 전부 진중에서 일어난 일뿐이다. 게다가 바쁜 틈틈이 시간을 쪼개 적은 듯 거의 한두 마디에 불과하다. '바람, 갱 안에서 식사. 주먹밥 두 개 흙투성이'라는 게 있다. '밤새 감기 기운, 발열. 진찰 못 받고 언제나처럼 근무'라는 게 있다. '텐트 밖 보초 탄알에 맞음. 텐트 쪽으로 쓰러진다. 핏자국 남기다', '5시 대공격. 중대 전멸. 실패로 끝나다. 유감!!!' 유감 밑에 !가 세 개나 그어져 있다. 물론 기억을 위한 비망록이기 때문에 글다운 곳이 하나도 없다. 글귀를 수식하거나 몇 번씩 다듬은 흔적도 전혀 보이지 않는다. 그러나 그 점이 매우 재미있다. 그저 있는 그대로를 있는 그대로 옮긴 게 매우 마음에 들었다. 특히 속인이 사용하는 장사적壯士的 투가 없는 게 기쁘다. 분노가 하늘을 찌른다든가, 야수 같은 러시아인이라든가, 원수의 간을 서늘하게 했다든가 등 젠체하고 값싼 표현은 어디에도 써 있지 않다. 문체가 매우 마음에 들었다. 역시 고우님이라고 감탄했으나 가장 중요한 잣코인 사건은 아직 나오지 않는다. 계속 읽어가던 중 넉 줄쯤 쓰고 위에서 줄을 그어 지운 곳이 나타났다. 이런 곳이 수상한 것이다. 이걸 해독하지 않는다면 몸살이 나리라. 수첩을 램프 밑에 바짝 들이대고 비춰본다. 둘째 줄 선 밑에 어떤 글씨가 삼분의 이쯤 비어 있다. 우郵라는 글씨 같다. 그 뒤 젖먹던 힘을 다 짜서 겨우겨우 우체국 석자를 정리했다. 우체국 위의 글씨는 ㅎㄱ만 보인다. 이건 도대체 무얼까. 삼분 정도 램프와 의논한 끝에 드디어 알아냈다. 혼고本鄕 우체국이다. 여기까지는 겨우 해독해냈지만 그 외는 뒤집어보아도 거꾸로 보아도 도저히 읽을 수 없다. 마침 내 단념한다. 그 후 두세 페이지 읽어가던 중 갑자기 일대 발견 과 조우했다. '2, 3일 한숨도 못 잔 탓에 근무 중 갱내에서 선 잠. 우체국에서 만난 여자의 꿈을 꿈.'

나도 모르게 가슴이 두근거렸다. '그냥 2, 3분 슬쩍 얼굴만 본 여자가 이제 와서 꿈에 나타나다니 이상하다.' 이 대목부터 갑자기 언문일체다. '꽤 쇠약해 있는 증거이리라. 그러나 쇠약 하지 않더라도 그 여자의 꿈이라면 꿀지도 모르겠다. 여순에 와서 이걸로 세 번째다.'

나는 일기를 탁 치며 이거다! 하고 부르짖었다. 어머니가 며 느리 며느리, 하고 입버릇처럼 말하는 게 무리도 아니다. 이걸 읽었기 때문이다. 그걸 모르고 자기 중심적이라느니 잔혹하다 느니 혼자 멋대로 평한 이쪽이 나빴다. 실로 이런 여자가 있다 면 부모로서 단 하루라 하더라도 맺어주고 싶은 게 당연할 것 이다. 어머니의 며느리 타령을 여태까지 오해하여, 전부 자신의 외로움을 달래기 위해서라고만 해석한 것은 내 인식 부족이었 다. 그것은 자기 위주로 한 말이 아니다. 귀여운 자식이 전사하 기 전, 단 반 달이라도 원없이 살게 하고 싶었다는 그런 수수께 끼이다. 과연 남자는 무사태평한 족속이다. 그러나 모르는 일이 라면 별 수 없지 않은가. 그것은 일단 접어두고 원래 잣코인의 그녀인지 혹은 그것과 전혀 별개로 고우님이 우체국에서 만났다는 여자는 다른 여자인지, 이게 의문이다. 이 의문에 단정은 아직 내릴 수 없다. 이 정도 재료로 그렇게 빨리 결론을 내린다면 비약이 지나칠 것이다. 주저는 되지만 상상의 여지없이는 일체의 판단이 서지 않는다. 고우님이 우체국에서 그 여자와 만났다고 치자. 그냥 놀러 우체국에 갈 리가 없고 보면 우표를 사든지 채권을 교환하든지 할 것이다. 고우님이 우표를 편지에 붙이는 동안 옆에 있던 그 여자가 어떤 순간에 보내는 사람의 주소 성명을 보지 않았다고는 단정할 수 없다. 그 여자가 고우님의 주소 성명을 그때 외웠다 치고, 여기에 소설적 요소를 반쯤 가미한다면 잦코인 사건은 전혀 일어나지 않는다고도 할 수 없다. 여자 쪽은 그것으로 풀렸다 하더라도 고우님 쪽이 불가사의하다. 어째서 잠깐 만난 걸 그렇게 몇 번씩 꿈에서 본단 말인가. 아무래도 좀더 확실한 근거가 필요할 것 같아 더욱 읽어가니 이런 게 씌어 있다. '근세의 전략에 있어 성의 공략은 지난한 것 중의 하나로 열거된다. 우리 공격군의 사상자가 많은 것은 지극히 당연하다. 요 두세 달 사이 내가 알기만으로도 성 밑에 쓰러진 장교가 부지기수이다. 죽음이 곁에서 덮쳐온다. 나는 밤낮으로 양군의 포성을 들으며 이제일까 저제일까, 차례가 오는 것을 기다린다.' 실로 죽음을 각오하고 있었음이 보인다. 11월 25일 부분에는 이렇게 써 있다. '내 운명도 드디어 내일로 박두했다.' 이번에는 언문일치다. '군인이 전장에서 죽는 건 당연한 일이다. 죽는 건 명예다. 어떤 점에서 본다면 살아 본국에 돌아가는 건 죽어야 할 때 죽지 않고 살아남은 것이다.' 전사 당일을 보면, '오늘이 마지막 생명이다. 이룽산을 무너뜨리는 대포소리가 끊임없이 울린다. 죽으면 저 소리도 들리지 않으리라. 귀는 들리지 않게 되더라도 누군가 내 묘를 찾아와 주리라. 그리고 하얗고 자그마한 국화를 바쳐주리라. 잣코인은 적요한 곳이다.'라고 씌어 있다. 그 다음에 '강한 바람이다. 드디어 지금부터 죽으러 간다. 총탄에 맞아 쓰러질 때까지 깃발을 흔들 작정이다. 어머니가 외로우시리라.' 일기는 여기에서 뚝 끊어져 있다. 끊어지는 것은 당연하다.

　나는 전율하며 일기를 덮었으나 더욱 그 여자가 알고 싶어 참을 수 없다. 그 인력거가 하쿠산 쪽을 향해 달려간 것으로 미루어 필경 하쿠산 방면 여자임에 틀림없다. 하쿠산 방면이라면 혼고우체국에 올 가능성이 높다. 그러나 하쿠산은 넓다. 이름도 모르는 사람을 찾아 헤매는 게 그리 간단할 리 없다. 어쨌든 오늘밤에 해결될 간단한 문제가 아니다. 체념하고 저녁을 먹은 뒤 오늘밤은 이만 자기로 했다. 실은 책을 읽어도 뭐가 씌어 있는지 멍해서 바다를 대하는 기분이었으므로 부득이 이부자리에 들어갔는데, 그것도 뜻같지 않아 밤새 잠을 설쳤다.

　이튿날 학교에 가서 평소대로 강의를 했지만 예의 사건이 마음쓰여 여느 때처럼 수업에 열중할 수 없었다. 강사실에 와서도 다른 직원들과 말할 기분이 들지 않는다. 학교가 끝나는 것을 지루하게 기다려 그 길로 잣코인에 가보았지만 여자의 모습은 보이지 않는다. 어제의 국화가 여전히 대숲에 선명하게 비쳐 눈송이처럼 보일 뿐이다. 그 후 하쿠산에서 하라마치, 히야시초 근처를 빙빙 돌아다녔으나 역시 어떤 실마리도 찾지 못했다. 그날 밤은 피로 때문에 잠은 잘 잤다. 그러나 아침이 되어 수업이 산만해지는 것은 어제와 마찬가지였다. 사흘째 되던 날, 동료 교사 하나를 붙잡아, 자네 하쿠산 방면에 미인이 있는 거 아는가? 하고 물었더니, 응 많이 있지, 왜 이사하려구? 한다. 돌아가는 길에 학생 하나를 따라잡아, 하쿠산 쪽에 사는가 물어보았더니, 아뇨, 모리카와초입니다, 라는 대답이다. 이런 황당한 짓거리로 시작될 턱이 없다. 역시 평소처럼 침착하게, 유유자적 탐구해야겠다고 결심했다. 그래 그날밤은 번민도 초조도 없이 여느 때처럼 조용히 서재에 들어가 얼마 전부터 조사하고 있는 걸 계속하기로 했다.

근래 내가 조사하고 있는 사항은 유전이라는 대문제이다. 본래 나는 의사도 아니며 생물학자도 아니다. 그러므로 유전이라는 문제에 관하여 전문적 지식은 물론 가지고 있지 않다. 가지고 있지 않다는 바로 그 점이 내 호기심을 도발해서, 근래 우연한 일로 이 문제에 관한 기원발달의 역사라든가 최근의 신 학설 등을 얼추 알고 싶다는 희망을 일으켜 그 뒤 이 연구를 시작한 것이다. 유전이라고 한마디로 몰아붙이면 매우 단순한 것 같지만 점점 조사해보니까 상당히 복잡한 문제로 이거 하나만 연구하고 있어도 충분히 일생이 소비되는 일이다. 멘델리즘이다, 위스만 이론이다, 헤츠켈 논쟁이다, 그 제자 헤르토이츠히의 연구다, 스펜서의 진화심리설이다, 여러 사람들이 갖가지 말을 하고 있다. 거기서 오늘밤은 늘 하던 대로 서재에 앉아 최근 출판된 영국의 리드라는 사람의 저술을 읽을 계획이었다. 처음 두세 장은 아무 생각없이 넘겼다. 그러자 어느 순간, 저 일기 속의 일이 책을 읽지 말라고 속삭여온다. 이래서는 안 된다고 또 한 장을 펼치자 이번에는 잣코인이 덮쳐온다. 겨우 그걸 내쫓고 대여섯 장 무난히 통과했다 하는데, 어머니의 느슨히 풀어진 쪽머리와 덧옷차림이 페이지 위에 나타났다. 읽을 작정으로 결심하고 앉은터라 못 읽을 리는 없다. 그렇지만 페이지와 페이지 사이로 막간극이 끼어든다. 그래도 모른 척 페이지를 넘기려니 이 막간극과 본문의 간격이 점점 좁혀져 간다. 나중에는 어디가 막간극이고 어디가 본문인지 뒤죽박죽 얽혔다. 이런 몽롱한 상태로 오륙 분 읽어가는데 문득 머릿속에 전기가 통하는 것처럼 번쩍이는 게 있다. '그렇다, 이 문제는 유전으로 풀 문제다. 유전으로 푼다면 꼭 풀릴 것이다.' 나도 모르게 내 입을 뛰쳐나온 말이다. 지금까지는 그저 이상하다, 소설적이다, 어쩐지 납득이 안 간다, 뭔가 의혹을 씻을 방법은 없을까, 그러려면 본인을 붙잡아 물어볼 수밖에 다른 방법이 없다, 라고만 속단하여, 그 결과 친구에게 놀림을 받거나 넝마주이처럼 여기저기 배회한 것이다. 그러나 이런 문제는 본인의 지배권 밖에서 일어나는 문제여서 설령 본인을 방문하여 사실을 밝힌다 해서 불가사의가 풀릴 턱이 없다. 본인에게 얻어 듣는 사실 그 자체가 불가사의한 이상, 내 의혹이 기세를 누그러뜨릴 여지란 있을 수 없다. 옛날에는 이런 현상을 인과라고 일컬었다. 인과는 체념하는 자, 우는 아이와 횡포한 마름에게는 이길 수 없다는 자의 전유물로 값이 매겨져 있다. 과연 인과로 치부하고 내버려둔다면 인과로 끝날지 모른다. 그러나 20세기 문명은 이 인因을 규정짓지 않으면 납득하지 않는다. 더구나 이런 연극적·몽환적 현상의 인을 규정짓는다는 것은 유전에 의거하지 않으면 불가능할 것이다. 본래대로라면 그 여자를 붙들어 일기 속 여자와 같은 사람인지 아닌지를 밝힌 위에 유전연구를 시작하는 게 순서지만, 본인이 있는 곳조차 잘 모르는 지금 상태로서는 이 순서를 거꾸로 그들의 혈통에서부터 음미, 밑에서 위로 더듬는 대신 옛날에서부터 지금을 역산하는 것밖에 방법이 없다. 어느 쪽이든 결과야 같은 쪽으로 귀착할 터이므로 상관없다.

　그러면 어떻게 두 사람의 혈통을 알아볼 것인가. 여자쪽은 정체를 모르니까 우선 남자쪽부터 조사해본다. 고우님은 도쿄에서 태어났으니까 에돗코(에도에서 태어나 성장한 사람-역주)다. 들은 바에 의하면 고우님의 아버지도 에도江戸(도쿄의 옛이름-역주)에서 태어나 에도에서 죽었다고 한다. 그렇다면 아버지도 에돗코다. 할아버지도, 할아버지의 아버지도 에돗코다. 이렇게 보면 고우님네 일가가 대대로 도쿄에서 산 듯한데, 실은 에도상인도 아니며 막부의 신하도 아니다. 이것도 들은 이야기지만 고우님네 집안은 기슈紀州(와카야마켄 일대로 도쿠가와 일족이 살았다-역주)의 가신家臣이었는데 에도로 발령을 받아 그만 대대로 여기에서 살게 되었다고 한다. 기슈의 가신이라는 것만 알아도 실마리는 충분하다. 기슈의 가신이 몇백인지는 모르겠으나 현재 도쿄에 살고 있는 집은 그리 많지 않을 것이다. 더욱이 그 여자처럼 멋진 옷을 입을 신분이라면 옛 영주의 집에 무상출입하는 가문임에 틀림없다. 영주네 집에 드나든다고 하면 그 이름이야 금방 알 수 있다. 이게 내 가정이다. 만약 그 여자가 고우님네와 같은 번藩(에도시대의 영주의 지배영역 및 지배기구의 총칭-역주)이 아니라면 이 사건은 당분간 결말이 나지 않는다. 그냥 내버려두고 잣코인에서 우연히 해후하기를 막연히 기다릴 수밖에 방법이 없다. 그러나 내 가정이 들어맞는다면, 그 뒤는 대개 내 생각대로 발전해 나갈 것이다. 내 생각으로는 아무래도 고우님의 선조와 그 여자의 선조 사이에 뭔가 있어, 그 인과로 이런 현상이 일어나는 것 같다. 이게 두 번째 가정이다.

이렇게 뜯어맞추고 보니 점점 흥미진진하다. 단순히 자신의 호기심을 만족시키는 것만이 아니다. 목하 연구하는 학문에 대하여 더욱 흥미 있는 재료를 공급하는 공헌적 사업이 된다. 이렇게 태도를 바꾸니까 정신이 갑자기 상쾌해진다. 여태껏 개인지 탐정인지, 자신이 저질로 몰락한 감이 있어 그게 머릿속에 불쾌함을 계속 조장해왔는데, 이 가정으로 출발할 것 같으면 당당하기 그지없는 몸이다. 학문상의 연구범위에 속해 마땅하다. 조금도 께름칙할 게 아니라고 마음을 고쳐먹었다. 무슨 일이든 마음을 고쳐먹으면 아무것도 아닌 것이다. 나쁘다 생각되면 당장 마음을 고쳐먹는 게 현명하다.

다음날 학교에서 와카야마켄 출신 동료 모씨를 향해, 자네 고향에 노인으로서 옛 영주네 역사에 대해 자세히 아는 사람이 있는가, 하고 물었더니 그 동료는 고개를 끄덕이며 있다고 한다. 그래 그 인물에 대해 삼가 들어보니, 원래는 가신이었으나 지금은 가령家令(메이지유신 이후 황족, 귀족의 집안관리를 도맡아 하는 이를 이름 – 역주)으로 개명하여 여전히 살고 있다고 뭐라 묘한 대답을 한다. 그렇다면 더욱 안성맞춤이다. 평소 영주네 저택에 출입하는 인물의 성명과 직업을 모두 꿰뚫고 있을 것이다.

"그 노인은 필시 여러 가지 옛날 일을 기억하고 있을테지?"

"응, 뭐든 알고 있어, 유신 때는 활약이 대단했다지 아마, 창의 명수로서."

창 따위는 서툴러도 상관없다. 옛날 성 안에서 일어난 신기한 소문과 기이한 이야기를 망령들지 않은 채 기억하고 있으면 족한 것이다. 잠자코 듣고 있자 하니 이야기가 옆길로 샐 듯하다.

"아직도 가령으로 일할 정도라면 기억력이야 확실할테지?"

"너무 확실해서 곤란할 정도라구. 집안사람들이 모두 쩔쩔매. 이미 여든 가깝지만 인간도 생각보다는 튼튼하게 제조될 수 있는 거라구. 본인에게 들으면 전부 창술 덕분이라 하네만. 그래 매일 아침 일어나는 즉시 창을 번쩍 쳐들고는……."

"창도 좋지만, 그 노인한테 소개 좀 시켜주게나."

"언젠든 말만 하라구."

그러자 옆에서 귀동냥을 하고 있던 동료가, 일전에는 하쿠산의 미인을 찾더니 이번에는 기억력 좋은 노인네를 찾는가, 자네 바빠도 보통 바쁘지 않네 그려, 하며 웃었다. 이쪽은 웃을 겨를이 없다. 그 노인을 만나기만 하면 내 감정鑑定이 맞는지 안 맞는지 대개 짐작이 갈 것이다. 한시바삐 만나고 싶다. 동료가 편지로 그쪽 사정을 물어보겠다고 한다.

이삼일 무소식이다가, 만나볼테니 내일 3시경 와달라는 답이 드디어 왔다고 동료로부터 들었을 때는 몹시 기뻤다. 그날 밤은 멋대로 이리저리 사건의 발전모양을 그려보며, 적어도 7할 정도는 내가 상상한 사실이 명명백백하게 드러나리라고 생각했다. 그럼에 따라 나의 이 사건에 대한 행동이—행동이라기보다 오히려 착상이 꽤 정교하다, 일자무식꾼이라면 도저히 이런 점에 생각이 미칠 리 없다, 학문을 했다고 해도 재기가 없는 사람이라면 이렇게 활동력 있는 응용을 할 수가 없다, 라고 득의만만해졌다. 다윈이 진화론을 발표했을 때나 해밀턴이 4원수元數를 발명했을 때도 아마 이런 기분이었으리라고 상상을 펼친다. 자기 집 떫은 감은 떫어도 과일가게에서 산 사과보다 맛있는 법이다.

이튿날은 수업이 오전뿐이어서 약속시간을 지루하게 기다린 끝에 아자부까지 기세좋게 인력거값 25전을 투자해가며 노인과 만났다. 노인의 이름은 일부러 밝히지 않겠다. 한눈에 봐도 근력 좋은 할아버지다. 흰 수염을 길게 늘어뜨리고 가문이 찍힌 검은 하오리 밑에 하치오지산 하카마를 입고 있다. "아하, 자네가 모씨의 친구인……" 하며 동료의 이름을 말한다. 마치 어린애 취급이다. 지금부터 대발명을 하여 학계에 공헌하려는 내게 대해서는 더욱 안하무인격이다. 나중에 생각해보니 그쪽이 거만스러운 게 아니라 이쪽 자존심이 너무 높아 심상한 접대모양이 안하무인으로 보인 것 같다.

그로부터 두세 건 세상사람과 같은 식의 응답을 마치고 마침내 본론에 들어갔다.

"이상한 질문입니다만, 옛날 영주님네 밑에 가와카미라는 사람이 있었습니까?"

나는 학문을 하지만 사람 응대에는 익숙하지 않다. 영주라는 보통 말을 피해 영주님네라는 존칭어를 쓴 건 노인을 존경해서이다. 이럴 때 뭐라 해야 하는지 실은 잘 모른다. 노인은 일순 웃은 것 같다.

"가와카미―가와카미란 사람이야 있지. 가와카미 사이조라고 연락책을 맡고 있었네. 그 아들이 고고로라는 이로 역시 에도 근무로―지난번 여순에서 전사한 고우이치의 부친일세―자네 고우이치와 친구 사이인가, 이거, 이거. 아니 불쌍해서―모친이 아직 계시지 않는가……" 하고 혼자서 말한다.

가와카미 일가 일을 들을 심산이라면 일부러 아자부까지 출장올 필요가 없다. 가와카미를 입에 올린 것은 가와카미 대對 모씨와의 관계를 알고 싶기 때문이다. 그러나 그 모씨의 이름을 모르기 때문에 이야기를 꺼낼 방책이 없다.

"그 가와카미에 대해 뭔가 재미있는 이야기는 없으십니까?"

노인은 묘한 얼굴로 나를 뚫어지게 바라보다가 이윽고 답답하게 입을 열었다.

"가와카미? 가와카미에도 지금 말한 대로 몇 사람이나 있어. 어떤 가와카미를 묻는 겐가?"

"어떤 가와카미든 상관없습니다."

"재미있는 일이라면 어떤 것을?"

"어떤 것도 괜찮습니다. 약간 자료가 필요해서요."

"자료? 무엇에 쓸려구." 성가신 노인네다.

"조금 조사해보고 싶은 것이 있어서요."

"그래? 고고로라는 이는 상당히 비분강개파로, 유신 때 아주 난폭했다네—어느 날 긴 칼을 차고 나한테 따지러 와서……."

"저어, 그런 쪽이 아니라 뭐랄까, 집안에서 일어난 일로 지금도 재미있다고 사람들이 기억할 만한 사건 같은 건 없습니까?"

노인이 말없이 생각에 잠긴다.

"고고로라는 사람의 부친은 어떤 성격이었습니까?"

"사이조 말인가. 이건 또 그야말로 상냥해—자네가 알고 있는 고우이치를 빼다박았지, 정말 빼다박았어."

"그렇게 닮았습니까?" 하고 나는 나도 모르게 큰 소리를 냈다.

"그럼, 실로 한판처럼 빼다박았어. 그래, 그때는 유신도 모를 때라 세상이 조용했을뿐더러 직책이 연락책이라 돈을 뿌리며 풍류도 꽤 즐긴 모양이네."

"그 분에 대하여 뭔가 염문이라도—염문이라면 좀 묘합니다만—뭔가 없습니까?"

"아니, 사이조에 대해서는 가엾은 이야기가 있다네. 그때 같은 가신 중에 오노다 다테와키란 200석 봉록 무사가 있었는데,

때마침 가와카미네 집과 마주보고 살았다네. 그 다테와키에 딸이 하나 있어 이게 또 일대에서 소문난 미인이었다네."

"아하!" 순풍에 돛단 듯 착착 실마리가 보인다.

"그래 양가가 이웃사촌으로 아침저녁 내왕을 했는데, 내왕하는 사이에 그 딸이 사이조를 사모하게 되었지. 죽어도 사이조한테 시집가겠다고 난리를 피워서—아이고, 딸자식이란 애물단지야—꼭 그쪽으로 보내달라고 매일 우는 게야."

"그래서 그쪽으로 시집갔습니까?" 성적은 양호하다.

"그래 다테와키가 사람을 넣어 사이조 부친의 의향을 들어보니, 사이조도 실은 그 딸한테 몹시 장가들고 싶어한다는 게야. 결혼날짜까지 잡을 정도로 모든 게 순조롭게 착착 진행되어……."

"천만다행입니다." 말은 이렇게 했지만, 이렇게 착착 결혼해버려서는 다소 곤란하다고 내심 조마조마하게 듣고 있다.

"거기까지는 좋았는데, 그만 차질이 생겼지 뭔가."

"넷?" 그렇게 되어야 한다고 생각한다.

"그 무렵 조정에서 보낸 서슬 퍼런 가신에 역시 사이조와 같은 연배의 자식이 있었는데, 이 아들이 또 다테와키네 딸을 연모해서 청혼을 해본즉, 사이조쪽과 약속한 후라 제아무리 서슬 퍼런 가신이어도 이것만은 어떻게 해볼 재간이 없어. 그런데 그 아들이 어릴 때부터 영주님 품 안에서 자라다시피하여 영주님 마음에 쏙 든 몸이라, 어떻게 했는지 영주님 뜻으로 다테와키네 딸을 그쪽으로 시집보내라는 명령이 떨어졌다네."

"저런, 가엾게도." 하고 말했지만, 자신의 예측이 착착 맞아들어가니 실로 유쾌하기 짝이 없다. 이런 식이라면, 가령 친우가 죽을 듯한 흉사일지라도 자기 예언만 적중한다면 기쁠지 모르겠다. 옷을 두툼히 입지 않으면 감기에 걸린다고 충고했을 적에, 충고받은 본인이 자기 말을 듣지 않고, 게다가 펄펄 원기왕성하면 기분이 나쁘다. 어떤 수를 써서라도 감기에 걸리게 하고 싶어진다. 인간은 이렇게 이기적이어서 나 하나를 야단쳐될 일이 아니다.

"실로 가엾은 일로, 윗분이 명령한거라 내약이 있네 없네 말씀드릴 형편이 못 되었지. 그래 다테와키가 딸한테 인과를 설명하고 마침내 가와카미쪽과 파혼을 했다네. 양가가 종전처럼 나란히 있다는 건 아무래도 거북할 것 같아 다테와키는 고향 근무로, 가와카미는 에도에 그냥 남는 걸로 처리한 게 우리 아버지라네. 가와카미가 에도에서 돈을 뿌린 건 순전히 그런 연유로, 상처를 달래기 위해서였을 거야. 그리고 이 일은 지금이니까 이야기하지 당시는 여차하면 양가 체면에 관한 일이라 쉬쉬했어. 그래 의외로 사람들이 모르고 있다네."

"그 미인 얼굴은 기억하고 계십니까?" 하고 나로서는 대단히 중요한 질문을 던져본다.

"기억하구말구. 나도 그때는 젊었으니까. 젊은이한테는 미인이 제일먼저 눈에 뜨이는 법일세." 하며 주름투성이 얼굴에 주름을 그득 만들며 껄껄 웃었다.

"어떤 얼굴입니까?"

"어떤 얼굴이냐고 물으면 갑자기 형용이 안돼. 그러나 혈통이란 묘해서 지금의 오노다네 여동생이 많이 닮았어.—거 왜 아시지 않을까, 역시 대학출신이니까—공학박사 오노다를."

"하쿠산 쪽에 살고 계시지요?"

이젠 안심이라고 생각해 말을 뱉으며 노인의 기색을 살피니.

"역시 알고 계셨는가. 하라마치에 있네. 그 아가씨도 아직 시집은 안간 모양이네만.—영주님네 영양 말벗을 하러 자주 놀러온다네."

됐다, 됐어, 이쯤 듣는다면 충분하다. 하나부터 열까지 내가 감정한 그대로다. 이런 유쾌한 일이 어디 또 있단 말인가. 잣코인은 이 오노다의 영양임에 틀림없다. 스스로도 이렇게 기민한 재주가 있으리라고는 여태 생각하지 못했다. 내가 평소 주장하는 취미의 유전이라는 이론을 증거 세우기에 완전한 예가 나왔다. 로미오가 줄리엣을 첫눈에 알아본다. 그리고 이 여자가 틀림없다고, 선조의 경험을 수십 년 뒤에 인식한다. 엘렌이 란셀롯을 처음 만나 바로 이 남자라고 외곬으로 생각한다. 역시 태어나기 이전의 기억과 정서가 긴 시간을 거쳐 머릿속에 재현된다. 20세기의 인간은 산문적이다. 잠깐 보고 금방 빠지는 남녀를 보고 경박하다고 한다, 소설이라고 한다, 그런 바보가 어디 있느냐고 한다. 바보든 뭐든 사실은 왜곡시킬 수 없으며 거꾸로 뒤집을 수도 없다. 불가사의한 현상을 모를 때라면 몰라도 안 뒤에도 그런 일이 있을 수 있겠느냐 냉정히 간과하는 것은, 간과하는 쪽이 바보다. 이렇게 학문적으로 조사해보면 어느 정도는 20세기를 만족시키기에 충분한 설명이 따르는 것이다. 여기까지 의기양양하게 생각하다가 다시 생각해보니 조금 곤란한 일이 있다. 이 노인의 얘기에 따르면, 이 남자는 오노다의 영양도 알고 있다. 고우님이 전사한 것도 알고 있다. 그렇다면 이 두 사람은 같은 번의 연고로 이 집에 수시로 들락거리며 서로 얼굴을 익힌 사이일지도 모르겠다. 경우에 따라서는 이야기를 나눈 적도 있을지 모른다. 그렇다면 내가 표방하는 취미의 유전이라는 새 학설도 그 논거가 다소 박약해진다. 두 사람이 단 한 번 혼고우체국에서 만난 것으로 해두지 않으면 모양새가 좋지 않다. 고우님이 도쿠가와가德川家에 출입한다는 이야기는 결코 들어본 적이 없으므로 안심해도 좋으리라. 더욱이 일기에 그렇게 적혀 있으니까 틀릴 턱이 없다. 그러나 만약을 위해 주의깊게 물어두기로 마음을 굳혔다.

"방금 고우이치의 이름을 말씀하신 듯합니다만, 고우이치가 생전에 영주님네 집에 자주 갔었습니까?"

"웬걸, 그냥 이름만 들었을 정도로—부친이야 이미 얘기한 대로 나와 밤새 격론을 벌일 만큼 친한 사이지만 아들은 대여섯 살때만 봐서—실은 고고로가 너무 빨리 죽는 바람에 영주님네 집에 출입할 기회가 끊겨버려서—그 후는 전혀 만난 적이 없다네."

그럴 것이다. 그렇지 않으면 이치가 맞지 않는다. 첫째, 내 이론의 증명과 관계된다. 우선 이것이라면 안심. 덕분에, 하며 인사를 드리고 일어나자 노인은 이런 묘한 손님은 처음 본다고 생각했는지, 나를 보내며 현관에 선 채, 내가 문을 저만큼 나와 뒤돌아볼 때까지 배웅하고 있었다.

그 후일담은 추려서 간단히 말하겠다. 나는 앞에서도 말한 바와 같이 글쟁이가 아니다. 글쟁이라면 지금부터가 크게 솜씨를 발휘할 대목이겠지만, 나는 학문과 독서에 전념하는 신분이어서 이런 소설 같은 일을 언제까지 쓰고 있을 틈이 없다. 신바시에서 군대의 환영을 보고, 그 감개에서 고우님을 떠올리고, 그 후 잣코인의 불가사의한 현상에 부딪쳐 그 현상을 학문상 생각하여 다소나마 설명이 가능했다는 줄기가 독자에게 수긍된다면 이 한 편의 목적은 끝나는 것이다. 실은 쓰기 시작했을 때, 너무 기쁜 나머지 쓸데없는 기세를 올려 이것저것 정밀하게 서술해왔는데, 익숙하지 않은 일이라 쓸데없는 서술과 불필요한 감상이 삽입되어 다시 읽어보니 자신도 이상할 정도로 너무 소상하다. 그 대신 여기까지 쓰고 나니 그만 싫어졌다. 지금 까지의 필법으로 그 이후를 묘사하려면 또 5, 60매 정도 쓰지 않으면 안 된다. 머지않아 학기말 시험도 있고 게다가 예의 유 전설 연구가 기다리고 있기 때문에 그런 붓을 들 시간이 없다. 그뿐인가, 원래 잣코인 사건의 설명이 이 글의 골자였는지라 간신히 여기까지 붓을 움직여 왔고, 이제는 안심이다 하니까 갑자기 허탈해져서 계속할 기력이 사라졌다.

노인과 만난 뒤에는 사건의 순서상 오노다라는 공학박사와 만나야 한다. 이건 곤란할 것도 없다. 예의 동료로부터 또 소개 장을 받아들고 찾아갔더니 흔연히 만나주었다. 두서너 번 방문 하는 사이 어떤 기회에 박사의 여동생과 만나게 되었다. 여동 생은 내 추측대로 잣코인이었다. 여동생과 만났을 때, 얼굴이 라도 붉히면 어쩌나 걱정했는데 의외로 담박하고 추호도 평소 와 다른 티가 없는 것에 적이 묘한 느낌을 받았다. 여기까지는 술술 일이 잘 풀려왔지만 단 하나 곤란한 것이 어떻게 고우님 이야기를 꺼내야 좋을지, 그 방법이다. 물론 예민한 문제여서 함부로 물을 수 없다. 그렇다고 그냥 있으려니 왠지 성에 차지 않는다. 나 개인으로 말할 것 같으면 이미 학문상의 호기심을 만족시킨 이상 더 깊이 들어가 시시한 수사를 덧붙일 필요가 없다. 그러나 어머니는 여자인 만큼 바닥의 바닥까지 깡그리 알고 싶어 하신다. 일본은 서양과 달라 남녀의 교제가 자유롭

지 않기 때문에 독신인 나와 미혼인 그 여동생이 마주앉아 이
야기를 나눌 기회가 좀체로 오지 않는다. 설사 있다 하더라도
함부로 말을 꺼내었다가는 공연히 남의 처녀를 부끄럽게 만들
든가, 아니면 모른다고 딱 잡아떼는 장면과 부딪칠지 모른다.
오빠가 있는 앞에서는 더욱 말하기 힘들다. 말하기 힘들다는
타령을 하기보다 결연히 말을 하는 게 현명할지도 모르겠다.
성묘사건을 박사가 알고 있다면 모르지만 혹 모르고 있다면,
나는 자청해서 사람의 비밀을 폭로하는 무례를 범하는 격이 된
다. 그렇게 되면 제아무리 유전학을 휘둘러도 결말이 나지 않
는다. 스스로 재주가 많다고 득의만만했던 나도 여기에 이르러
서는 크게 진퇴양난에 빠졌다. 결국 사정을 자세히 밝혀 어머
니에게 의논했다. 그런데 여자는 꽤 지혜롭다.

　어머니는, "요즘 외아들을 여순에서 잃고 아침저녁 외로워하
며 살고 있는 할머니가 있다. 위로하고자 해도 남자로서는 잘
되지 않으니 틈 있을 때 가끔 여동생을 놀러보내 주실 수 없는
지, 하고 자네 쪽에서 한번 박사님한테 부탁해 보게." 라고 한
다. 당장 박사쪽에 가서 앵무새 흉내내듯 뜻을 전하자 박사는
두 말 없이 그 자리에서 승낙해 주었다. 이렇게 해서 어머니와
아가씨는 자주 만난다. 만날 때마다 사이가 좋아진다. 같이 산
책을 한다, 밥을 먹는다, 마치 며느리처럼 되었다. 마침내 어
머니가 고우님의 일기를 꺼내 보였다. 그때 아가씨가 뭐라고

했는가 하면, 그래서 제가 산소에 갔습니다, 라고 대답했다는 것이다. 왜 하필이면 흰 국화를 묘에 바쳤느냐고 묻자 흰 국화가 제일 좋아서라는 인사였다.

나는 검은 모습의 장군을 보았다. 할머니가 매달리는 하사관을 보았다. 와아! 하는 환성을 들었다. 그리고 눈물을 흘렸다. 고우님은 참호에 뛰어든 채 올라오지 않는다. 누구하나 고우님을 마중하러 나온 사람이 없다. 천하에 고우님을 생각하고 있는 사람은 어머니와 아가씨뿐일 것이다. 나는 이 두 사람의 오순도순 정다운 모습을 목격할 때마다, 장군을 보았을 때보다도, 하사관을 보았을 때보다도, 더 맑고 깨끗한 눈물을 흘린다. 박사는 아무것도 모르는 듯하다.

문조 文鳥

10월, 와세다로 옮기다. 가람 같은 서재에서 혼자 점잔뺀 얼굴을 턱에 괴고 있노라니 미에키치(당시 도쿄제국대학 영문과 3학년의 스즈키 미에키치鈴木三重吉. 1882~1936. 소설가 · 동화작가—역주)가 와서, 새를 길러보시지요, 한다. 거 좋지, 선선히 대답했다.

그러나 다짐삼아, 무얼 기르누? 하고 물었더니 문조文鳥입니다, 라는 대답이었다.

문조는 미에키치의 소설에 나올 정도니까 예쁜 새임에 틀림없을 것이다. 그래서, 그럼 사주게, 하고 부탁했다. 그런데 미에키치는 꼭 길러보시지요, 하고 같은 말만 되뇌인다. 응, 산다구 사. 역시 턱을 괸 채 중얼거리노라니 미에키치는 입을 다물어 버렸다. 이때 비로소, 아마 턱을 괴고 있는 것에 정나미가 떨어졌을지도 모르겠다는 생각이 들었다.

그러자 3분이 채 됐을까말까, 이번엔 새장을 사시지요, 하고 말을 꺼내기 시작했다. 이 또한 좋지, 하고 대답하자 꼭 사시라는 다짐 대신 새장 이야기를 늘어놓기 시작했다. 꽤 복잡한 설명이었지만 미안하게도 전부 잊어버렸다. 그저, 좋은 건 20엔 정도 한다는 대목에 이르러 불쑥, 그렇게 비싼 게 아니어도 되잖은가 했을 뿐이다. 미에키치는 싱글거렸다.

그런 뒤 도대체 어디서 사느냐고 물었더니, 뭐 어느 새장사 집에도 있습니다, 라고 실로 평범한 대답을 했다. 새장은? 하고 되묻자, 새장 말입니까? 그 뭐랄까요. 뭐 어딘가 있겠지요, 라고 마치 구름잡듯 두루뭉실하기 그지없는 말을 한다. 하지만 자네 그렇게 막연해서야 어디 믿을 수 있겠는가? 하고 힐책하는 듯한 얼굴을 지었더니 미에키치는 이마에 손을 얹고, 잘은 모르지만 고마코메에 새장 명인이 있는 모양인데, 노인이라니 어쩌면 이미 죽었을지도 모르겠습니다, 라고 한다. 마음이 매우 허전해졌다.

어찌됐든 일단 말을 꺼낸 이상 책임을 지는 건 당연한 일이므로 즉각 만사를 미에키치에게 맡기기로 했다. 그랬더니 지체 없이 돈을 내라고 손을 내민다. 돈은 틀림없이 주었다. 미에키치는 어디서 샀는지 세 번 접히는 비단지갑을 휴대하고서는 남의 돈이든 제 돈이든 죄다 이 지갑 속에 넣는 버릇이 있다. 나는 미에키치가 5엔 지폐를 틀림없이 이 지갑 밑에 쑤셔넣는 걸 목격했다.

이리하여 돈은 분명 미에키치의 손에 넘어갔다. 그러나 새는 커녕 새장도 좀체 사올 염을 않는다.

그러는 동안 가을이 깊어질 대로 깊어졌다. 미에키치는 자주 온다. 걸핏하면 여자 이야기나 늘어놓고 돌아간다. 문조와 새장은 입밖에 올리지조차 않는다. 좁은 툇마루에는 유리창 너머로 햇빛이 잘도 든다. 어차피 문조를 기를라 치면 이런 따뜻한 계절에 이 툇마루에 새장을 들여놓아주면 문조도 아마 울기 좋을 거라고 여겨질 정도였다.

미에키치의 소설에 의하면 문조는 치요치요千代千代 운다고 한다. 그 울음소리가 매우 마음에 든 듯 미에키치는 걸핏하면 치요치요를 써먹고 있다. 어쩌면 치요라는 여자에게 빠졌던 적이 있었는지도 모르겠다. 그러나 당사자는 일체 그런 이야기를 하지 않는다. 물론 나도 물어보지 않는다. 툇마루에는 여전히 햇빛이 잘도 들고 있다. 그리고 문조는 울지 않는다.

그동안 서리가 내리기 시작했다. 나는 매일 가람 같은 서재에 들어앉아 추운 얼굴을 점잔빼보거나 일그러뜨려 보거나 턱을 괴거나 그만두거나 하며 생활하고 있었다. 창문은 이중으로 꼭 닫아두었다. 화로 위엔 숯이 이글거렸다. 문조는 어느덧 깨끗이 잊어버렸다.

그럴 즈음 미에키치가 기세좋게 문을 열고 들어왔다. 시각은 저녁 무렵이었다. 추위에는 재간이 없는지 상체를 온통 화로에 들이댄다. 침울한 얼굴이 화롯불에 달아올라 갑자기 환해졌다. 미에키치는 도요타카(당시 도쿄제국대학 독문과 3학년의 고미야 도요타카小宮豊隆. 1884~1966. 독문학자·평론가—역주)를 거느리고 왔다. 도요타카 쪽에서 본다면 재수가 없다. 둘이서 새장을 하나씩 들었다. 미에키치는 그 위에 큰 상자를 형님 몫인 양 안고 있다. 5엔 지폐가 문조와 새장과 상자로 바뀐 건 이 초겨울 밤이었다.

미에키치는 의기양양하다. 자아, 좀 보시지요 하는가 하면, 어이 도요타카, 그 램프를 더 바싹 이쪽으로 비쳐, 등 지시한다. 그 주제에 추위로 코끝이 약간 보랏빛으로 되어 있다.

과연 근사한 새장이었다. 받침대에 옻이 입혀져 있다. 칸살 대나무는 가늘게 벼린 위에 고운 물이 들여져 있다. 그게 3엔이라고 한다. 미에키치는 싸지? 하고 도요타카에게 말한다. 도요타카는 응, 싸, 라고 대답한다. 나는 싼지 비싼지 실은 잘 모르면서, 아아, 거참 싸군, 했다. 그러자 미에키치가 제꺼덕, 좋은 건 20엔이나 한답니다 어쩌고 덧붙인다. 20엔은 이걸로 두 번째 듣는다. 20엔에 비해 싼 건 물론이다.

이 옻칠은 말이지요 선생님, 양지쪽에 내놓고 햇볕을 쪼이면 검은 빛이 벗겨지고 붉은 빛이 나옵니다—그리고 또 이 대나무로 말할라 치면 정성껏 쩌서 벼린 거니까, 틀림없어요, 등 귀에 딱지가 앉을 정도로 설명을 해준다. 뭐가 틀림없다는 게야? 하고 말꼬리를 잡자, 글쎄, 새를 보시라구요. 아름답지요? 라고 할 뿐이다.

과연 아름답다. 건넌방에 새장을 들여놓고 4척쯤 떨어진 이곳에서 바라보니 새가 옴짝달싹하지 않는다. 어둠침침한 가운데 그저 새하얗게만 보인다. 새장 속에 웅크리지만 않았다면 새라고는 생각도 못할 정도로 하얗다. 왠지 추워 보인다.

추운가 보다고 미에키치에게 물어보자, 실은 그래서 상자를 만들었다는 설명이다. 밤에는 꼭 이 상자에 넣어주어야 된다는 것이다. 상자가 두 개나 되는 건 무엇 때문이냐고 물었더니 허술한 한쪽에 넣고 가끔 씻어줘야 한다는 대답이다. 이거 좀 성가시겠군, 하고 생각하는데, 이번에는 또 계속 똥이 쌓이면 새장이 지저분해지니까 자주 청소를 해서 깨끗이 해야 한다고 강조한다. 미에키치는 문조를 위해서라면 꽤나 강경하다.

그걸 그러지 그러지 끄덕거리자, 이번에는 미에키치가 소맷자락에서 좁쌀 한 봉지를 꺼냈다. 이걸 매일 아침 먹여야 합니다. 만약 모이 갈기가 성가시면 모이종지를 꺼내 껍질만 후우 불어내주세요. 그냥 두면 문조가 좁쌀 알맹이를 하나씩하나씩 주워내야만 하거든요. 물도 아침마다 갈아주세요. 선생님은 늦잠꾸러기니까 마침 잘 되었습니다, 하고 미에키치는 문조에게 이루 말할 수 없는 친절을 보였다. 그쯤에서 나도 좋다고 만사를 수락했다. 마침 도요타카가 소맷자락에서 모이종지와 물그릇을 꺼내 가지런히 내 앞에 늘어놓았다. 이렇게 전부를 갖추어놓고 실행을 재촉받으면 의리로라도 문조 시중을 들지 않을 수 없게 된다. 내심 꽤 미심쩍으면서도 우선 한번 해보리라 결심했다. 만약 내가 못한다면 집식구들이 어쨌든 뭔가 할테지, 믿는 바가 없지도 않았다.

이윽고 미에키치는 새장을 신주단지 모시듯 상자 속에 넣고 툇마루로 들고 나가더니, 여기에 두겠습니다, 한 뒤 돌아갔다. 나는 가람 같은 서재 한복판에 자리를 펴고 냉랭한 바닥에 누웠다. 잠들기 전 문조를 떠맡은 기분이 조금 추웠지만, 잠들어버리면 여느 때의 밤처럼 평온하다.

이튿날 아침 눈을 뜨자 유리창으로 햇살이 쏟아지고 있었다. 얼른 문조에게 모이를 주어야 한다는 사실이 떠올랐다. 그렇지만 일어나는 게 귀찮았다. 금방 줄게, 금방 줄게, 하는 사이 어느덧 8시가 지나버렸다. 할 수 없이 세수하러 가는 길에 차가운 마루를 맨발로 밟으며 상자뚜껑을 열고 새장을 밝은 곳으로 들어냈다. 문조는 눈을 깜박거리고 있다. 더 빨리 일어나고 싶었으리라 생각하니 어쩐지 가엾어졌다.

문조의 눈은 새까맣다. 눈자위 주위에 가는 담홍빛 비단실을 수놓은 듯한 선이 그려져 있다. 눈을 깜박일 때마다 비단실이 갑자기 뭉쳐져 굵은 선으로 변한다. 그런가 하면 또 동그래지기도 한다. 새장을 상자에서 꺼내기 무섭게 문조는 하얀 목을 갸웃 수그리며 이 검은 눈을 굴려 처음으로 내 얼굴을 보았다. 그리고는 치치, 하고 울었다.

나는 조용히 새장을 상자 위에 놓았다. 문조가 휙 홰를 날아 올랐다. 그리고는 또 홰 위에 앉았다. 홰대는 두 개다. 거무스름한 매화가지가 알맞은 간격으로 가로질러져 있다. 그 한 그루를 가볍게 밟은 발을 보니 화사하기 그지없다. 가늘고 긴 연분홍 발목에 진주로 깎은 듯한 발톱이 알맞은 홰를 잘 버팅기고 있다. 그러자 훌쩍 눈앞이 움직였다. 문조는 이미 홰 위에서 방향을 바꾸고 있었다. 몇 번 목을 좌우로 갸우뚱거린다. 갸우뚱대는 목을 문득 곧추세우고 약간 앞으로 내미는가 하자 하얀 날개가 다시 훌쩍 움직였다. 문조의 발은 맞은편 홰대 가운데로 멋지게 떨어졌다. 치치, 하고 운다. 그리고는 멀리서 내 얼굴을 흘낏흘낏 훔쳐보았다.

나는 세수를 하러 목욕탕으로 갔다. 돌아오며 부엌에 들러 찬장을 열고 어젯밤 미에키치가 사다준 좁쌀 봉지를 꺼내 모이 종지 속에 모이를 넣고, 다른 하나에는 물을 가득 담아 다시 서재 툇마루로 나왔다.

미에키치는 용의주도한 남자로, 어젯밤 주의깊게 모이 줄 때의 행동거지를 설명하고 갔다. 그 설에 의하면 함부로 새장 문을 열면 문조가 도망가버린다. 그러므로 오른손으로 새장을 열 때는 꼭 왼손을 그 밑에 대고 밖에서 출구를 막듯 하지 않으면 위험하다. 모이종지를 꺼낼 때도 같은 방법으로 해야만 한다. 미에키치는 시범으로 손놀림까지 해보였지만 이렇게 양손을 모두 쓰며 어떻게 모이종지를 새장 속에 넣을 수 있는지 그만 깜박 잊고 물어놓지 않았다.

나는 할 수 없이 모이종지를 든 채 손등으로 새장 문을 살살 밀어 올렸다. 동시에 왼손으로 열린 문을 얼른 막았다. 문조가 살짝 뒤를 돌아보았다. 그리고는 치치, 하고 울었다. 나는 출구를 막은 내 왼손을 어떻게 해야 할지 난감했다. 사람의 허술한 틈을 노려 도망갈 듯한 새로도 보이지 않기에 왠지 측은해졌다. 미에키치는 나쁜 걸 가르쳤다.

큰 손을 살살 새장 속에 넣었다. 그러자 문조가 갑자기 화를 치기 시작했다. 가늘게 벼린 대나무 칸살로 따뜻한 털보숭이가 하얗게 흩날릴 정도로 양날개를 푸드덕였다. 나는 갑자기 자신의 큰 손이 싫어졌다. 좁쌀 종지와 물그릇을 횃대 사이에 간신히 놓자마자 손을 움츠렸다. 새장 문이 탁 저절로 닫혔다. 문조는 횃대 위로 돌아갔다. 흰 목을 반쯤 비스듬히 기울여 새장 밖의 나를 쳐다보았다. 그리고는 기운 목을 비쭉 빼어 발밑의 좁쌀과 물을 바라보았다. 나는 밥을 먹으러 안방으로 건너갔다.

그 무렵은 일과로서 소설을 쓰고 있을 때였다. 밥 먹을 때 외에는 거의 책상 앞에 앉아 붓을 들고 있었다. 조용할 때는 스스로 종이 위를 달리는 펜소리를 들을 수 있었다. 가람 같은 서재에는 아무도 얼씬거리지 않는 게 습관이었다. 펜소리에 외로움의 의미를 느낀 아침도 점심도 밤도 있었다. 그러나 때로는 이 펜소리가 딱 멈춘다. 또 멈추지 않으면 안 될 대목도 꽤 있었다. 그럴 때는 손가락 사이에 펜을 끼운 채 손바닥으로 턱을 고이고 창문 저쪽 황량한 뜰을 바라보는 게 버릇이었다. 그게 끝나면 고였던 턱을 일단 짚어본다. 그래도 진전이 없을 경우에는 짚은 턱을 두 손가락으로 잡아 튕겨본다. 그러자 툇마루에서 문조가 홀연히 치요치요, 하고 두 번 울었다.

펜을 놓고 몰래 나가보자, 문조가 내쪽을 향해 횃대에서 고꾸라지듯 흰 가슴을 내밀며 높다랗게 치요, 했다. 미에키치가 들었다면 기뻐 자지러질 만큼 아름다운 소리로 치요, 하고 울었다. 미에키치는, 두고 보세요. 이제 길들여지면 치요, 하고 울 겁니다. 꼭 울 거예요, 하고 보증하고 돌아갔었다.

나는 다시 새장 옆에 쭈그리고 앉았다. 문조는 볼록한 목을 두어 번 위아래로 갸웃거렸다. 이윽고 한 뭉치의 흰 덩어리가 휙 횃대 위를 날아오르는가 하자, 예쁜 발톱이 모이종지 가장자리로 삐죽 나왔다. 새끼손가락으로 살짝 건드리기만 해도 금방 뒤집혀질 듯한 모이종지는 여전히 고즈넉하다. 과연 문조는 가볍기 그지없는 새이다. 어쩐지 가랑눈의 정精 같은 느낌이 들었다.

문조는 불쑥 부리를 모이종지 가운데 박았다. 그리고는 두세 번 좌우로 흔들었다. 예쁘게 깔아놓은 좁쌀이 제멋대로 새장 밑바닥에 흐트러졌다. 문조는 부리를 쳐들었다. 목부분에서 희미한 소리가 난다. 또 부리를 좁쌀 속으로 쳐박는다. 또 희미한 소리가 난다. 그 소리가 재미있다. 가만히 듣고 있으려니 둥글고 가는 게, 게다가 대단히 날렵하다. 제비꽃처럼 자그만 사람이 금방망이로 마노 바둑돌을 연신 두드리고 있는 것 같은 느낌이다.

부리 빛깔을 보아하니 보라색이 엷게 섞인 연지빛이다. 그 연지빛이 점점 희미하게 흘러 좁쌀을 쪼는 입부리께는 하얗다. 상아의 반투명한 하양이다. 입부리가 좁쌀 속에 들어갈 때는 대단히 빠르다. 좌우로 흐트러지는 좁쌀도 매우 가벼워보인다. 문조는 몸통을 거꾸로만 하지 않았을 뿐 뾰족한 부리를 쳐박듯 노란 알맹이 속에 박고 부푼 목을 아낌없이 좌우로 흔들었다. 새장 밑바닥에 흩날리는 좁쌀 알맹이가 부지기수이다. 그럼에도 모이종지 하나만은 죽은 듯 조용하다. 무거운 것이다. 모이종지의 직경은 5cm 정도라고 생각한다.

나는 가만히 서재로 돌아와 외롭게 펜을 종이 위로 달렸다. 툇마루에서 문조가 치치, 하고 운다. 가끔은 치요치요, 하면서도 운다. 바깥엔 찬바람이 불고 있었다.

저녁 무렵, 문조가 물을 마시는 걸 보았다. 가냘픈 발을 그릇 가장자리에 걸치고 작은 부리에 적신 물 한 방울을 소중스레 고개를 젖혀가며 삼키고 있었다. 이 푼수로는 물 한 잔이 열흘은 너끈히 가리라고 생각하며 다시 서재로 돌아왔다. 밤에는 상자에 가두어 두었다. 잘 때 유리창 너머로 바깥을 내다보니, 달님이 저만큼 떠 있고 서리가 내려 있었다. 문조는 상자 속에서 미동도 하지 않았다.

이튿날도 또 아뿔싸 늦게 일어나, 상자에서 새장을 꺼냈을 때는 역시 8시가 지나 있었다. 상자 속에서 진작 눈을 뜨고 있었으리라. 그래도 문조는 전혀 불평하는 얼굴이 아니었다. 새장을 밝은 곳으로 꺼내자마자 갑자기 눈을 깜박거리며 목을 약간 움츠려 내 얼굴을 보았다.

옛날, 아름다운 여자를 알고 있었다. 이 여자가 상에 기대어 뭔가 골똘히 생각에 잠겨 있는 걸, 뒤로 살짝 가서 보라색 오비아게(오비가 흘러내리지 않도록 매듭을 대어 뒤에서 앞으로 돌려매는 헝겊 끈-역주)의 술 끝을 길게 늘어뜨려 목언저리를 간지럽히자 여자가 께느른한 기색으로 뒤를 돌아보았다. 그때 여자의 눈썹은 살짝 찡그려져 있었다. 그러나 눈매와 입가에는 엷은 웃음이 피어나고 있었다. 동시에 보기좋은 목을 어깨까지 움츠려뜨렸다. 문조가 나를 보았을 때 나는 문득 이 여자 일을 떠올렸다. 이 여자는 지금은 시집을 갔다. 내가 보라색 오비아게로 장난을 친 것은 혼담이 정해진 2, 3일 후이다.

모이종지에는 아직 좁쌀이 꽤 들어 있다. 그러나 껍질도 상당히 섞여 있었다. 물그릇에는 좁쌀 껍질이 가득 떠 몹시 더러웠다. 갈아주어야만 했다. 다시 큰 손을 새장 속으로 디밀었다. 한껏 주의했음에도 불구하고, 문조는 하얀 날개를 정신없이 푸드덕거렸다. 작은 깃털이 하나만 빠져도 나는 문조에게 미안해 쩔쩔맸다. 껍질은 깨끗이 불어냈다. 불어낸 껍질은 찬바람이 어딘가로 몰고 갔다. 물도 바꾸어 주었다. 수돗물이므로 매우 차갑다.

그날은 하루종일 외로운 펜소리를 들으며 지냈다. 그 사이로는 가끔 치요치요, 라는 소리도 들렸다. 문조도 외로워서 우는 걸까. 그러나 툇마루에 나가보면 두 그루 횃대 사이를 이리저리 날며 끊임없이 옮겨다니고 있다. 불평하는 기색은 조금도 없었다.

밤에는 상자에 넣었다. 다음날 아침 눈을 뜨니 바깥은 서리로 하얗다. 문조도 눈을 떴을 테지만 좀체로 일어나고 싶지 않다. 베개맡 신문을 집는 것조차 귀찮기 그지없다. 그래도 담배는 한 대 피웠다. 이 한 대를 다 피우고 나서 새장에서 꺼내줘야지, 뭉기적거리며 입에서 나오는 연기의 행방을 쫓았다. 그러자 이 연기 속에 목을 움츠리고 눈을 가늘게 뜬, 게다가 눈썹을 살짝 찡그린 옛날 여자의 얼굴이 언뜻 보였다. 나는 이불 위에 일어나 앉았다. 잠옷 위에 하오리를 걸치고 곧장 툇마루로 나갔다. 그리고는 상자뚜껑을 열고 문조를 꺼냈다. 문조는 상자에서 나오며 치요치요, 하고 두 번 울었다.

미에키치의 설에 의하면, 문조는 길들여질수록 주인 얼굴을 볼 때마다 운다고 한다. 실제로 미에키치가 기르고 있던 문조는, 미에키치가 옆에라도 있을 양이면 기승스레 치요치요 울어댄다는 것이다. 그뿐만이 아니다. 미에키치의 손가락 끝에서 모이를 먹는다고도 한다. 나도 언젠가는 손가락 끝에서 모이를 주고 싶다.

이튿날 아침, 또 게을러졌다. 이제는 옛날 여자 얼굴도 떠오르지 않았다. 세수를 하고 식사를 끝낸 뒤, 그제사 느릿느릿 툇마루로 나가보았더니 언제부터인가 새장이 상자 위에 올려져 있다. 문조는 진작부터 횃대 위를 재미있다는 듯 이리저리 날아다니고 있다. 때때로 목을 쑥 빼어 새장 밖 세상을 기웃거리기도 한다. 그 모양이 말할 수 없이 천진하다. 옛날 보라색 오비아게로 장난을 쳤던 여자는 목덜미가 길고 키가 날씬한, 그리고 목을 약간 숙여 사람을 보는 버릇이 있었다.

좁쌀은 아직 있다. 물도 아직 있다. 문조는 만족해하고 있다. 나는 좁쌀도 물도 갈아주지 않고 서재에 틀어박혔다. 점심때가 조금 지나 또다시 툇마루로 나갔다. 식후 운동 삼아 긴 툇마루 둘레를 걸으며 책을 읽을 생각이었다. 그러나 나가보니 좁쌀이 아주 조금밖에 남아 있지 않다. 물도 온통 누르께하다. 책을 툇마루에 던져놓고 급히 모이와 물을 갈아주었다.

이튿날도 역시 늦게 일어났다. 그뿐인가, 세수를 하고 밥을 먹을 때까지 툇마루에는 얼씬도 하지 않았다. 서재로 돌아와 혹시 어제처럼 식구 중 누군가가 새장을 꺼내놓지 않았을까, 슬쩍 툇마루에 얼굴만 내밀어보니 과연 꺼내어져 있었다. 게다가 모이도 물도 새롭게 간 것이다. 그제야 마음놓고 나는 목을 서재로 넣었다. 그 순간 문조가 치요치요 울었다. 그래서 끌어넣은 목을 다시 길게 빼어 내다보았다. 그렇지만 문조는 두 번 다시 울지 않았다. 뜨악한 표정으로 창문 너머 뜨락의 서리를 바라볼 뿐이었다. 나는 이윽고 책상 앞으로 돌아왔다.

서재 안에서는 변함없이 펜소리가 사각사각 난다. 쓰고 있던 소설은 꽤 진척되었다. 손가락마디가 차갑다. 아침에 화로에 묻은 벚나무 숯이 하얗게 꺼져 있고 사쓰마형 삼발이에 걸친 무쇠주전자가 차갑게 식어 있다. 숯 바구니는 빈 채였다. 손뼉을 쳤건만 좀체 부엌까지 들리지 않는 모양이다. 일어나 문을 열자 문조가 여느 때와 달리 횃대에서 꼼짝 않고 앉아 있다. 자세히 살펴보니 발이 하나밖에 없다. 나는 숯 바구니를 툇마루에 놓고 허리를 구부려 새장 속을 들여다보았다. 아무리 뜯어봐도 발은 하나밖에 없다. 문조는 이 화사한 가는 발 하나에 몸전부를 의지한 채 묵묵히 새장 속에 붙어 있다.

나는 이상한 생각이 들었다. 문조에 대해서 만사를 설명한 미에키치도 이것만은 빠뜨렸다고 보인다. 내가 숯 바구니에 숯을 담아 돌아왔을 때도 문조의 발은 역시 하나였다. 한참을 추운 툇마루에 서서 지켜보았지만 문조는 움직일 염을 하지 않는다. 소리없이 뚫어지게 보자, 문조는 둥근 눈을 점점 가늘게 해 보였다. 아마 졸린가보다고 살그머니 서재로 한 발자국을 떼려는데, 문조가 반짝 눈을 떴다. 동시에 새하얀 가슴 속에서 가냘픈 발 하나가 불쑥 나왔다. 나는 문을 닫고 화로에 숯을 부었다.

소설은 갈수록 바빠진다. 아침에는 여전히 늦잠을 잔다. 어쨌든 집식구가 한번 문조를 보살펴주었으므로 왠지 자신의 책임이 가벼워진 듯한 기분이다. 집식구가 잊어버릴 때는 내가 모이를 주고 물을 준다. 새장을 꺼냈다가 들였다가도 한다. 하지 않을 때는 집식구를 불러 시킨 적도 있다. 나는 오직 문조의 소리를 듣는 것만이 자신의 직분인 듯 변해갔다.

그렇긴 해도 툇마루에 나갈 때는 반드시 새장 앞에 멈추어 문조의 상태를 보았다. 대개는 좁은 새장을 답답한 빛은커녕 만족스레 이리저리 날아다니고 있었다. 날씨가 좋을 때는 엷은 햇살을 창문너머로 흠뻑 쬐며 몇 번이고 울어댔다. 그러나 미에키치가 말한 것 같은, 내 얼굴을 보고 기승스레 우는 기색은 조금도 없었다.

내 손가락에서 직접 모이를 쪼는 일 같은 것도 물론 없었다. 간혹 기분이 좋을 때 빵부스러기를 집게손가락 끝에 묻혀 대나무 사이로 살짝 들이밀어 보지만 문조는 결코 가까이 오지 않는다. 좀 대담스레 바싹 들이밀 양이면 굵은 내 손가락에 놀라 하얀 날개를 정신없이 푸드득거리며 새장 속을 휘돌 뿐이었다. 두어 번 실험해본 후, 나는 그만 애처로워서 이 재주만은 영원히 단념해버렸다. 지금 세상에 이런 일을 할 수 있는 사람이 과연 있을까 매우 의심스럽다. 아마 고대의 성도聖徒나 할 수 있었으리라. 미에키치는 거짓말을 한 게 틀림없다.

어느 날 서재에서 여느 때처럼 펜소리를 내며 적요한 속뜰을 적고 있노라니 문득 묘한 소리가 귀에 들려왔다. 툇마루에서 사락사락, 사락사락 한다. 여자가 긴 비단옷자락을 끄는 듯도 하지만 예사 여자의 그걸로서는 그 소리가 아무래도 범상치 않다. 뭐랄까, 히나단雛壇(3월 3일 여자아이의 성장과 행복을 비는 히나마쓰리 명절 때 일본 옷을 입힌 작은 인형들을 진열하는 단. 계단식으로 되어 있음—역주)을 걷는, 다이리히나(일왕과 왕비의 모습을 본떠서 만든 한쌍의 인형—역주)의 대례복 주름이 스칠 때 나는 소리라고 형용하면 좋으리라. 나는 쓰고 있던 소설을 밀쳐두고 펜을 쥔 채 툇마루로 나가보았다. 그러자 문조가 미역을 감고 있었다.

물은 마침 새 물이었다. 문조는 가늘디가는 발목으로 가볍게 물그릇 가운데 서서 가슴털까지 적시고 있었다. 가끔 하얀 날개를 양 옆으로 활짝 펼치며 물그릇 속에 움츠리듯 배를 붙이고서는 온몸의 털이란 털을 한꺼번에 죄 흔들어댄다. 그리고는 물그릇 가장자리로 휙 날아오른다. 얼마 있더니 또다시 뛰어든다. 물그릇 지름은 5cm 정도에 지나지 않는다. 뛰어들었을 때는 꼬리도 비쭉, 머리도 비쭉, 키도 물론 비쭉 물그릇 밖으로 삐져 나온다. 물에 적셔진 건 단지 발과 가슴뿐이다. 그래도 문조는 흔연히 미역을 감았다.

나는 얼른 씻어줄 때 쓰는 허름한 새장을 꺼내왔다. 그리고는 문조를 그쪽으로 옮겼다. 그 다음 물뿌리개를 들고 목욕탕으로 가서 수돗물을 가득 담아 새장 위에 쫙쫙 뿌려주었다. 물뿌리개의 물이 한 방울도 남지 않았을 무렵, 하얀 날개에서 떨어지는 물이 구슬처럼 굴렀다. 문조는 끊임없이 눈을 깜박이고 있었다.

옛날 보라색 오비아게로 장난을 쳤던 여자가 방에서 바느질을 하고 있을 때, 뒤란 이층에서 자그만 손거울로 여자 얼굴에 봄햇살을 비추며 즐긴 적이 있다. 여자는 발그스름해진 목을 들고 가는 팔로 이마를 가리며 이상하다는 듯 눈을 깜박거렸다. 이 여자와 이 문조는 아마 같은 마음이리라.

날이 꽤 지나자 문조가 잘 지저귄다. 그러나 나는 걸핏하면 문조 시중을 잊어버린다. 어느 때는 모이 종지가 좁쌀껍질 투성이로 되어 있을 적이 있다. 어느 때는 새장바닥이 새똥으로 수북했던 적도 있다. 어느날 밤, 모임이 있어 늦게 돌아와보니 겨울달빛이 유리창에 들이차 넓은 툇마루가 환한 가운데 새장이 죽은 듯 상자 위에 놓여져 있었다. 그 구석에 문조의 몸이 희끄스름 떠 있는 게 횃대에 새가 있는지 없는지 분간이 가지 않을 정도였다. 나는 외투를 벗고 얼른 새장을 상자 속에 넣었다.

이튿날 문조는 여느때처럼 기세좋게 지저귀었다. 나는 그 후로도 걸핏하면 추운 밤에도 상자에 넣는 걸 잊어버릴 적이 많았다. 어느 날 밤, 언제나 그러하듯 서재에서 일념으로 펜소리를 내고 있노라니 갑자기 툇마루 쪽에서 탁 하고 물건 뒤집히는 소리가 났다. 그러나 나는 일어나지 않았다. 여전히 쫓기듯 소설을 쓸 뿐이었다. 일부러 일어났을 때 아무것도 아닌 걸 알면 약이 오르니까, 신경에 거슬리지 않는건 아니었지만 약간 귀를 곤두세운 채 모른 척하고 있었다. 그날 밤 잠이 든 것은 12시가 지나서였다. 화장실에 가는 길에 아무래도 꺼림칙해 만약을 위해 일단 툇마루로 돌아가보니—새장이 상자 위에서 떨어져 있다. 그리고 옆으로 나뒹굴어져 있다. 모이종지도 물그릇도 뒤집혀져 있다. 좁쌀은 툇마루 가득 어지럽게 흐트러져 있다. 횃대는 볼썽사납게 불거져 있다. 그 가운데 가만히 새장 칸살에 매달린 문조가 있었다. 나는 내일부터 맹세코 이 툇마루에 고양이를 들여놓지 않으리라고 결심했다.

이튿날, 문조가 울지 않았다. 좁쌀을 수북이 넣어주었다. 물도 넘칠 정도로 넣어주었다. 문조는 한 발로 선 채 오랫동안 횃대에서 움직이지 않았다. 점심을 먹고 나서 미에키치에게 편지를 쓰려고 두세 줄 적기 시작하는데 문조가 치치 울었다. 나가보았더니 좁쌀도 물도 꽤 줄어 있다. 편지는 그 길로 찢어버렸다.

이튿날 문조가 다시 울음을 멈추었다. 횃대에서 내려와 새장 바닥에 배를 붙이고 있었다. 가슴께가 여리게 할딱거리자 작은 털이 잔물결처럼 눈앞을 어지럽혔다. 나는 이날 아침, 미에키치로부터 예의 건으로 모 장소까지 와달라는 편지를 받았다. 10시까지라는 부탁이어서 문조를 그냥 둔 채 나갔다. 미에키치를 만나고 보니 예의 건이 여러모로 길어져서 같이 점심을 하고 저녁도 먹었다. 게다가 내일 회합까지 약속하고 집으로 돌아왔다. 돌아온 것은 밤 9시경이었다. 문조 일은 까마득히 잊고 있었다. 피곤했으므로 곧장 이불 속에 들어가 잠들어버렸다.

이튿날 눈을 뜨자마자 예의 건을 떠올렸다. 아무리 본인이 승낙했다고 해도 그런 곳에 시집보내는 것은 뒤끝이 좋지 않다. 아직 어려서 어디든 가라고 하면 갈 마음이 되는 모양이다. 일단 간다면 함부로 나올 수 없다. 세상에는 만족해하면서 불행에 빠져 들어가는 이가 많이 있다. 이런저런 생각을 하며 양치질을 하고 아침을 끝낸 후 다시 예의 건을 처리하기 위해 밖으로 나갔다.

돌아온 것은 오후 3시경이다. 현관에 외투를 걸고 복도로 해서 서재에 들어갈 요량으로 예의 툇마루로 돌아가니, 새장이 상자 위에 꺼내어져 있었다. 그렇지만 문조는 새장 밑바닥에 발랑 뒤집혀져 있었다. 빳빳하게 모은 두 발이 배와 일직선이 되어 막대기처럼 뻗어 있었다. 나는 새장 곁에 서서 미동도 하지 않고 문조를 지켜보았다. 검은 눈을 감고 있다. 눈꺼풀 색은 파르스름 변했다.

모이종지에는 좁쌀껍질이 수북이 쌓여 있다. 쪼아야 할 알맹이는 눈을 씻고 봐도 보이지 않는다. 물그릇은 바닥이 반질거릴 만큼 말라 있다. 서쪽으로 기운 해가 유리창을 뚫고 비스듬히 새장에 떨어진다. 받침대의 옻칠은 미에키치가 말한 대로 언제부터인가 검은 빛이 벗겨지고 붉은 빛을 띠고 있었다.

나는 겨울빛에 물든 붉은 받침대를 바라보았다. 빈 모이종지를 바라보았다. 덧없이 가로지른 두 그루 횃대를 바라보았다. 그리고는 그 밑에 누운 딱딱한 문조를 바라보았다.

나는 허리를 구부려 양손으로 새장을 안았다. 그리고 서재로 들고 들어갔다. 넓은 방 한복판에 새장을 내려놓고 그 앞에 꿇어앉은 채 새장 문을 열고 큰 손을 디밀어 문조를 움켜잡았다. 부드러운 날개가 차갑기 그지없다.

주먹을 새장에서 도로 꺼내어 움킨 손을 펼치자, 문조가 조용히 손바닥 위에 있다. 나는 손을 펼친 채 한참 죽은 새를 뚫어져라 바라보았다. 그런 뒤 가볍게 방석 위에 내려놓았다. 그리고는 손바닥이 얼얼할 정도로 세게 손뼉을 쳤다.

16살 된 소녀가 '예' 하며 방문 앞에서 두 손을 모은다. 나는 갑자기 방석 위의 문조를 집어 소녀 앞으로 냅다 던졌다. 소녀는 고개를 떨구고 방바닥만 바라본 채 말이 없다. 나는, 모이를 안 줘서 문조가 죽어버렸다고 하녀의 얼굴을 노려보았다. 하녀는 그래도 잠자코 있다.

나는 책상 쪽으로 몸을 돌렸다. 그리고 미에키치에게 엽서를 썼다. '식구들이 모이를 주지 않아서 문조가 그만 죽고 말았다. 부탁도 안한 걸 새장에 넣고, 더구나 모이 줄 의무조차 제대로 하지 않은 건 잔혹의 극치다.'라는 문구였다.

나는, 이걸 우편함에 넣고 와, 그리고 그 새를 저쪽으로 가져가버려, 하고 하녀에게 말했다. 하녀는 어디로 가져가야 하나요? 하고 되물었다. 어디든 네 마음대로 가져가, 라고 벽력같이 소리를 지르자 놀란 듯 벌벌 떨며 부엌 쪽으로 가져갔다.

얼마 있노라니 뒤뜰에서 아이들이 문조를 묻는다 묻는다 하며 떠들썩하다. 정원 청소를 부탁한 정원사가, 아가씨, 이 근처가 좋겠지요? 하고 있다. 나는 서재에서 잘 나가지지도 않는 펜을 움직이고 있었다.

이튿날은 왠지 머리가 묵지근해서 10시경에야 겨우 일어났다. 세수를 하며 흘낏 뒤뜰을 보니, 어제 정원사 목소리가 들린 근처에 작은 나무쪽이 암녹색 속새 한 포기와 나란히 서 있다. 높이는 속새보다 훨씬 낮다. 게타를 꿰고 응달의 서리를 짓이기며 가까이 가보니 나무쪽 앞에는, '이 둔덕에 올라가지 말

것'이라고 씌어 있었다. 후데코의 필적이다.

　오후, 미에키치로부터 답장이 왔다. 문조는 참 불쌍한 일을 하셨습니다, 라고만 씌어 있을 뿐 집식구가 나쁘다고도 잔혹스럽다고도 일체 씌어 있지 않았다.

꿈 열 밤 夢十夜

첫째 밤

이런 꿈을 꾸었다.

팔짱을 끼고 베개맡에 앉아 있자 반듯이 누워 있던 여자가 조용한 목소리로, 곧 죽습니다, 라고 말한다. 여자는 긴 머리를 베개 위에 늘어뜨리고 계란처럼 갸름한 윤곽의 부드러운 얼굴을 그 속에 가볍게 묻고 있다. 새하얀 뺨엔 따뜻한 혈색이 발그레하고 입술색은 물론 빨갛다. 도저히 죽을 사람처럼 보이지 않는다. 그러나 여자는 조용한 목소리로 곧 죽습니다, 라고 또렷이 말했다. 나도, 이건 분명 죽는구나 생각했다. 거기서, 그래애, 곧 죽는다구? 하며 위에서 들여다보듯 물어보았다. 죽고말고요, 하고 말하면서 여자는 눈을 크게 떴다. 크고 젖은 눈으로 긴 속눈썹에 감싸인 눈 속은 온통 새까맸다. 그 새까만 눈동자 저 깊이 내 모습이 선명하게 떠올라 있다.

나는 투명할 정도로 깊어 보이는 이 검은 눈동자의 반짝임을 바라보며, 이런데도 죽는 걸까, 하고 생각했다. 그래서 베개맡에 입을 바짝 갖다대고, 죽는 거 아니겠지, 괜찮겠지? 하고 또 되물어보았다. 그러자 여자는 검은 눈을 졸린 듯 크게 뜬 채, 역시 조용한 목소리로, 그렇지만 죽는걸요, 할 수 없어요, 라고 말했다.

그럼, 내 얼굴이 보여? 하고 열심히 묻자, 보여라니? 아, 거기 비치고 있지 않아요. 여자가 말하며 방긋이 웃어 보였다. 나는 가만히 베개로부터 얼굴을 들었다. 그리고 다시 팔짱을 끼며, 뭐라 해도 그예 죽고마는 걸까, 하고 생각했다.

한참 있자 여자가 또 이렇게 말했다.

"죽으면 묻어주세요. 큰 진주조개로 구멍을 파고, 그런 뒤 하늘에서 떨어진 별조각을 주워 묘비에 세워 주세요. 그리고 묘 옆에서 기다려 주세요. 또 만나러 올 테니까요."

나는, 언제 만나러 와? 하고 물었다.

"해가 뜨지요. 그리고 해가 지지요. 그리고 또 뜨지요. 그리고 나서 또 지지요—붉은 해가 동쪽에서 서쪽으로, 동쪽에서 서쪽으로 떨어져 갈 동안에—여보, 기다릴 수 있어요?"

나는 잠자코 고개를 끄덕였다. 여자는 조용한 태도를 갑자기 무너뜨리듯,

"백 년 기다려주세요." 하고 단호한 목소리로 말했다.

"백 년, 제 묘 옆에 앉아서 기다려주세요. 꼭 만나러 올 테니까요."

나는 그저 기다리고 있겠다고 대답했다. 그러자 검은 눈동자 속에 선명히 보였던 내 모습이 뿌옇게 무너져내렸다. 잔잔한 물이 흔들려 물위에 비치던 그림자를 흩트리듯 흘러내린다고 생각했더니, 여자의 눈이 확 감겼다. 긴 속눈썹 사이로 흘러내린 눈물이 뺨 위로 떨어졌다—이미 죽어 있었다.

나는 그 후 정원에 나가 진주조개로 구멍을 팠다. 진주조개는 크고 매끈매끈한 대신 가장자리가 날카로웠다. 흙을 파올릴 때마다 조개 뒷등으로 달빛이 반사되어 반짝거렸다. 눅눅한 땅 냄새도 났다. 구멍은 한참 만에 파졌다. 나는 여자를 그 속에 넣었다. 그리고는 부드러운 흙을 위로부터 살짝 뿌렸다. 뿌릴 때마다 진주조개 뒷등으로 달빛이 반짝였다.

그러고 나서 별조각을 주워와 살며시 흙 위에 얹었다. 별조각은 동그랬다. 아마 넓은 하늘을 오랫동안 떨어져내리는 동안 귀퉁이가 매끈매끈하게 닳아졌으리라. 보듬어안고 흙 위에 놓으려니 내 가슴과 손이 조금씩 따뜻해졌다.

나는 이끼 위에 앉았다. 지금부터 백 년 동안 이렇게 기다려야 하는구나 하며 팔짱을 끼고 둥근 묘석을 바라보았다. 그동안에 여자가 말한 대로 해가 동쪽에서 떠올랐다. 크고 붉은 해였다. 그것이 또 여자가 말한 대로 이윽고 서쪽으로 떨어졌다.

붉은 그대로 쑥 떨어져 갔다. 하나, 하고 나는 헤아렸다.

조금 있자 또 진홍색 해가 느릿느릿 올라왔다. 그리고는 가만히 가라앉아버렸다. 둘, 하고 또 헤아렸다.

이런 식으로 헤아려가는 동안, 나는 붉은 해를 몇 개나 보았는지 모른다. 헤아려도 헤아려도 다 헤아릴 수 없을 만큼 붉은 해가 머리위를 스쳐 지나갔다. 그래도 백 년은 아직 오지 않는다. 마지막에는 이끼낀 둥근 돌을 바라보며, 혹시 내가 여자에게 속은 게 아닐까 했다.

그러자 돌 밑으로부터 비스듬히, 파란 줄기가 내 쪽을 향해 뻗어왔다. 보고 있는 사이 점점 길어지더니 내 가슴께까지 와서 멎었다. 그리고 흔들흔들 흔들리는 줄기 끝에 살포시 고개를 기울이고 있던 긴 한 송이의 가녀린 꽃봉오리가 몽실몽실 꽃잎을 열었다. 새하얀 백합이 코 앞에서 진한 향내를 풍겼다. 거기에 아득히 먼 위로부터 이슬 한 방울이 똑 떨어지자 꽃은 자기 무게에 파르르 움직였다. 나는 고개를 앞으로 내밀고 차가운 이슬 듣는 그 하얀 꽃잎에 입맞추었다. 그리고 백합으로부터 얼굴을 떼며 무심코 먼 하늘을 바라보았더니, 새벽별 하나가 오직 제 혼자서 깜박이고 있었다.

'백 년은 벌써 와 있었구나' 라고, 이때 비로소 나는 깨달았다.

둘째 밤

이런 꿈을 꾸었다.

주지실을 나와 복도를 따라 내 방으로 돌아오자 등잔불이 희미하게 켜져 있다. 한쪽 무릎을 방석 위에 세우고 심지를 돋우자 꽃 같은 심지 찌꺼기가 뚝 등잔 밑으로 떨어졌다. 동시에 방이 확 밝아졌다.

미닫이에 그려진 그림은 부손無村(에도시대에 활약한 화가 겸 시인−역주)의 솜씨다. 검은 버드나무를 진하고 엷게 원근으로 쳤고, 추워보이듯 웅크린 어부가 삿갓을 삐뚜름히 쓴 채 둑 위를 지난다. 도코노마(방 상좌에 바닥을 한 단 높게 만들어 꽃이나 족자를 장식하는 곳−역주)에는 해중문수보살海中文殊菩薩 족자가 걸려 있다. 타다 남은 향이 후미진 곳에서 길게 냄새를 풍기고 있다. 넓은 절은 쥐죽은 듯 괴괴하고 인기척이라곤 없다. 검은 천장에 비친 둥근 등잔 그림자가 마치 살아 있는 듯 어른거렸다.

무릎을 세운 채 왼손으로 방석을 젖힌 뒤 오른손을 넣어보자 생각했던 곳에 그놈이 틀림없이 있었다. 있으면 안심이므로 방석을 본래대로 하고 그 위에 털썩 주저앉았다.

너는 사무라이다. 사무라이라면 깨닫지 못할 리가 없을 거다, 하고 스님이 말했다. 그렇게 언제까지나 깨닫지 못하는 걸

보면 너는 가짜 사무라이인지도 몰라, 하고 말했다. 인간쓰레기야, 라고도 했다. 그리고는 아이고 화났군, 하며 웃었다. 분하다면 깨친 증거를 가지고 오라고 하며 홱 맞은편으로 고개를 돌렸다. 괘씸하다.

옆 큰 방의 벽시계가 다음 시각을 칠 때까지 꼭 깨달아 보이고야 말리라. 그런 뒤 오늘 밤 다시 입실하는 거다. 그래서 스님의 모가지와 깨달음을 맞바꾸고 말아야지. 깨닫지 못하면 스님의 목숨을 내 것으로 할 수 없다. 무슨 수를 써서라도 반드시 깨달아야 한다. 나는 사무라이다.

만약 깨닫지 못한다면 자진하리라. 사무라이가 수모를 당하고서야 살아 있다고 할 수 없는 법이다. 차라리 깨끗이 죽어버리겠다.

이렇게 생각했을 때 내 손은 또 저도 모르게 방석 밑으로 들어갔다. 그리고는 붉은 칼집의 단도를 끄집어냈다. 칼자루를 꼭 움켜쥐고 붉은 칼집을 쓱 빼들자 차가운 칼날이 일시에 어두운 방에서 빛났다. 무언가 무시무시한 놈이 손끝에서 슬슬 도망쳐 가는 것 같다. 그런가 하자 금방 전부 칼끝에 모여들어 맹렬한 기세로 살기를 내뿜고 있다. 나는 이 예리한 칼날이 원통하게도 바늘귀만큼 오므라들어 칼 끝 직전에서 만부득이 날카로워져 있음을 보자 당장 푹 찌르고 싶어졌다. 몸속의 피가 오른손 손목 쪽으로 흘러나와 움켜쥔 칼자루가 끈적끈적하다.

입술이 떨리었다.

단도를 칼집에 집어넣고 그놈을 오른쪽 겨드랑이에 바싹 끌어당겨 놓은 후 바로 가부좌를 틀었다―조주趙州 가라사대 무無라 했겠다(〈무문관無門關〉이라는 선문답집에 나오는 말로, 무無자 공안이 유명함―역주). 무란 무엇인가, 빌어먹을 중놈의 새끼. 저절로 이가 갈렸다.

어금니를 너무 악문 탓인지 코에서 뜨거운 김이 거칠게 나온다. 관자놀이가 당겨 아프다. 눈은 보통 때보다 배로 크게 떴다.

족자가 보인다. 등잔불이 보인다. 다다미가 보인다. 스님의 주전자 대머리가 뚜렷이 보인다. 메기같이 큰 입을 벌리고 비웃던 목소리까지 들린다. 괘씸한 중놈이다. 어떻게 해서든 그 대머리를 박살내고야 말 테다. 깨우치고말고. 무다, 무. 혀끝으로 곱씹는다. 무라고 하는데 역시 향냄새가 풍겼다. 뭐야, 기껏 향 주제에.

나는 갑자기 주먹을 불끈 쥐고 내 머리를 사정없이 후려쳤다. 그리고는 어금니를 부드득 갈았다. 양쪽 겨드랑이로부터 땀이 흘러나온다. 등허리가 막대기처럼 딱딱해졌다. 무릎관절이 갑자기 아파온다. 무릎이 부서진들 상관할쏘냐. 그렇지만 아프다. 괴롭다. 무는 좀처럼 찾아와주지 않는다. 찾아온다고 여겨지면 금방 아파진다. 화가 막 난다. 원통해서 견딜 수 없다. 몸

시 분하다. 소리없이 눈물이 솟는다. 당장 몸을 큰 바위 위에
던져 뼈도 살도 엉망진창으로 짓뭉개버리고 싶어진다.

그래도 참고 꼼짝않고 앉아 있었다. 참을 수 없을 만큼 안타
까운 그 무엇을 가슴에 끌어안은 채 꾹꾹 견디고 있었다. 그 안
타까움이 몸속의 근육을 온통 들쑤셔 땀구멍을 타고 바깥으로
나올 듯 용틀임을 치건만 사방이 꽉 막혀 있다. 마치 출구 없는
방에 갇힌 듯 잔혹하기 그지없는 상태였다.

그러는 사이 머리가 이상해졌다. 등잔도, 부손의 그림도, 방
바닥도, 선반도, 있으면서 없는 듯 없으면서 있는 듯 보였다.
그래도 무는 전혀 눈앞에 나타나지 않는다. 그냥 어물쩍 앉아
있었던 듯하다. 그때 홀연히 옆 방 벽시계가 땡 하고 울리기 시
작했다.

정신이 번쩍 들었다. 오른손을 얼른 단검에 걸쳤다. 시계가
두 번째 종을 땡 하고 쳤다.

셋째 밤

이런 꿈을 꾸었다.

여섯 살 난 아이를 업고 있다. 분명히 내 아이다. 다만 이상
한 것은 아이가 어느새 눈이 찌그러져 있고 머리가 까까중머리

로 되어 있다. 내가 네 눈은 언제 찌그러졌느냐고 묻자, 뭐 옛날부터야, 하고 대답한다. 목소리는 어린애임에 틀림없지만 말하는 품은 어른 뺨친다. 게다가 대등하다.

좌우는 푸른 논이다. 길은 좁다. 해오라기 그림자가 가끔 어둠 속에 비친다.

"논에 접어들었군." 하고 등뒤에서 말했다.

"어떻게 아니?" 하고 얼굴을 뒤로 돌리듯 하며 묻자,

"그럴 것이, 해오라기가 울잖아." 하고 아이가 대답했다.

그러자 과연 해오라기가 두 번 정도 울었다.

나는 내 자식이면서도 조금 무서워졌다. 이런 놈을 업고 있어서야 앞길이 어떻게 될지 모르겠다. 어디 내던질 곳이 없을까, 하고 두리번거리며 건너편을 바라보니 어둠 속에 큰 숲이 보였다. 저곳이라면, 하고 생각하는 찰나 등뒤에서,

"흐흥." 하는 웃음소리가 났다.

"뭘 웃어?"

아이는 대답하지 않았다. 그저,

"아버지, 무거워?" 하고 물었다.

"무겁지 않아." 하고 대답하자,

"곧 무겁게 돼." 했다.

나는 숲을 목표로 말없이 걸어갔다. 논 사이로 난 길이 제멋대로 구불구불해서 좀체 생각처럼 나가지지 않는다. 한참 가자

두 갈래길이 나왔다. 나는 갈림길에 서서 잠시 쉬었다.

"돌이 서 있을 텐데." 하고 아이가 말했다.

과연 네모반듯한 돌이 허리 높이 정도로 서 있다. 겉에 왼쪽 히게쿠보, 오른쪽 홋타하라 라고 씌어 있다. 어둠 속인데도 붉은 글씨가 또렷이 보였다. 붉은 글씨는 마치 도롱뇽 배때기 같은 색이었다.

"왼쪽이 좋을걸." 애놈이 명령했다. 왼쪽을 보자 조금 전의 숲이, 검은 그림자를 높다란 하늘 위에서 우리들 머리 위로 던지고 있었다. 나는 조금 멈칫거렸다.

"사양 안해도 돼." 하고 아이가 또 말했다. 나는 할 수 없이 숲 쪽으로 걸음을 옮겼다. 속으로는, 장님 주제에 무어든 잘도 알고 있다고 해가며 외길을 걸어 숲 가까이 가자, 등뒤에서, "아무래도 장님은 불편해서 안 되겠어." 하는 소리가 들렸다.

"그래서 업어주니까 좋지 뭘 그래."

"업혀서 미안하지만, 아무래도 사람들한테서 바보 취급당해 안 되겠어. 부모까지 바보 취급하니까 말이야."

어쩐지 싫어졌다. 빨리 숲에 가서 내버려야겠다는 생각으로 걸음을 서둘렀다.

"조금만 가면 알아—때마침 이런 밤이었지." 하고 등뒤에서 혼잣말처럼 뇌고 있다.

"뭐가?" 하고 다급한 목소리로 물었다.

"뭐라니? 알고 있잖아." 아이가 조롱하듯 대답했다. 그러자 뭔지 알고 있는 것같이 느껴졌다. 그렇지만 아무래도 확실히는 모르겠다. 그저 이런 밤이었던 것으로 느껴진다. 그리고 다시 조금만 가면 그 무언가가 확실히 알아질 듯도 했다. 알면 큰일 나니까 알지 못할 때 빨리 내다버리고 안심하지 않으면 안 될 것 같은 생각이 든다. 나는 점점 걸음을 빨리했다.

조금 전부터 비가 내리고 있다. 길은 점점 어두워진다. 거의 정신이 없다. 오직 등뒤에 작은 아이가 거머리처럼 달라붙어, 그 아이가 내 과거와 현재와 미래를 남김없이 비추며 한치의 사실도 흘리지 않는 거울처럼 번뜩이고 있다. 게다가 그놈이 내 자식이다. 그리고 장님이다. 나는 견딜 수 없어졌다.

"여기다, 여기. 바로 그 삼나무 뿌리 있는 데다."

빗속에서 아이의 목소리가 또렷이 들려왔다. 나는 나도 모르게 확 멈춰섰다. 어느덧 숲속에 들어와 있었다. 한 간(약 1.8미터-역주) 정도 앞에 서 있는 검은 것은 분명 아이의 말대로 삼나무로 보였다.

"아버지, 그 삼나무 뿌리께였지?"

"응, 그래." 하고, 나도 모르게 대답해버렸다.

"분카文化 5년(에도시대의 연호. 1808년, 이 작품 집필시로부터 거슬러올라가면 꼭 백 년 전에 해당함-역주) 진년辰年이었지."

과연 분카 5년 진년이었던 것처럼 느껴졌다.

"네가 나를 죽인 것은 지금으로부터 꼭 백 년 전이었지."

나는 이 말을 듣자마자 지금으로부터 백 년 전, 분카 5년 진년의 이런 어두운 밤에, 이 삼나무 뿌리께에서 장님 하나를 죽였다는 자각이 홀연히 머릿속에 떠올랐다. 나는 살인자였구나! 하고 처음으로 깨닫는 찰나, 등뒤의 아이가 갑자기 돌부처처럼 무거워졌다.

넷째 밤

넓은 봉당 한가운데 평상 같은 게 하나 차려져 있고 그 주위에 작은 걸상이 나란히 놓여 있다. 평상은 검은 윤기로 번쩍이고 있다. 구석에는 개다리소반을 앞에 하고 할아버지가 혼자 술을 마시고 있다. 안주는 야채조림인 듯하다.

할아버지는 술 탓으로 꽤 빨갛게 달아 있다. 게다가 번들번들한 얼굴에는 주름살이라고 할 만한 게 어디에도 보이지 않는다. 단지 있는 대로 흰 수염을 기르고 있으니까 노인이라는 것만은 대충 알겠다. 나는 아이이면서, 이 할아버지는 대체 몇 살이나 먹었을까, 하고 생각했다. 그때 뒤꼍 물통에서 물을 길어 온 주인 여자가 행주치마에 손을 훔치며,

"할아버지는 몇 살이오?" 하고 물었다. 할아버지는 볼 가득

밀어넣은 야채조림을 꿀떡 삼키고,

"몇 살인지 잊어버렸네." 하고 시치미를 뚝 뗐다. 주인 여자
는 훔친 손을 좁은 허리띠 사이에 찔러넣고 옆에서 할아버지의
얼굴을 보며 서 있었다. 할아버지는 사발같이 큰 그릇으로 술
을 쭉 들이켠 뒤, 후유 하고 긴 한숨을 흰 수염 사이로 토해냈
다. 그러자 주인 여자가,

"할아버지네 집은 어디요?" 하고 물었다. 할아버지는 긴 숨
을 도중에 끊은 뒤,

"배꼽 속이라네." 하고 말했다. 주인 여자는 여전히 손을 좁
은 허리띠 사이에 찔러넣은 채,

"어디에 가시오?" 하고 재차 물었다. 그러자 할아버지는 다
시 사발같이 큰 그릇으로 뜨거운 술을 쭉 단숨에 들이켠 뒤 좀
전과 같은 한숨을 또 후유 내뿜고 나서,

"저어기 간다네." 했다.

"똑바로 가시오?" 하고 주인 여자가 물었을 때, 후유 하고 내
쉰 할아버지의 숨이 장지문을 뚫고 버드나무 밑을 빠져 강가
쪽으로 곧장 갔다.

할아버지가 바깥으로 나갔다. 나도 부리나케 뒤쫓아 나갔다.
할아버지의 허리춤에는 작은 호리병이 하나 늘어뜨려져 있다.
어깨에 멘 네모난 상자가 겨드랑 밑까지 흘러내려와 있다. 연
노랑 잠방이에 소매 없는 연노랑 저고리를 걸쳤다. 버선만이

노랗다. 어쩐지 가죽으로 만든 버선처럼 보였다.

할아버지는 똑바로 버드나무 밑까지 왔다. 버드나무 밑에는 아이들이 서너 명 있었다. 할아버지는 웃으며 허리춤에서 연노랑 수건을 꺼내 들었다. 그걸 노끈처럼 가느다랗게 꼰 뒤 땅바닥 한가운데 놓았다. 그리고는 수건 주위에 크고 둥근 동그라미를 그렸다. 마지막으로 멘 상자 속에서 놋쇠로 만든 엿장수 피리를 꺼냈다.

"이제 곧 이 수건이 뱀으로 변할 테니까 보고 있어라, 보고 있어라." 하고 되풀이하여 말했다. 아이들은 열심히 수건을 보고 있었다. 나도 보고 있었다.

"보고 있어라, 보고 있어라. 자아."

할아버지가 피리를 불며 동그라미 위를 빙빙 돌기 시작했다. 나는 뚫어질 듯 수건을 보고 있었다. 그렇지만 수건은 미동도 하지 않았다.

할아버지는 연방 피리를 삐삐 불어댔다. 그리고는 동그라미 위를 몇 번씩 빙빙 돌았다. 짚신 발을 발돋움하듯이, 살금살금 걷듯이, 수건 눈치를 보듯이, 그렇게 돌고 돌았다. 무서워하는 듯이도 보였다. 재미있어하는 듯이도 보였다.

이윽고 할아버지는 피리를 뚝 그쳤다. 그리고 다시 어깨에 멘 상자 뚜껑을 연 뒤 수건 끝을 살짝 집어 휙 던져넣었다.

"이렇게 해두면 상자 속에서 뱀이 된단다. 금방 보여주마,

금방 보여주마." 하며 할아버지가 똑바로 걷기 시작했다. 버드
나무 밑을 지나 좁은 길을 똑바로 내려갔다. 나는 뱀이 보고 싶
었으므로 좁은 길을 언제까지나 뒤쫓아갔다. 할아버지는 가끔
'금방 된다'라거나 '뱀이 된다'를 말하면서 걸어갔다. 마지막
에는,

금방 된다, 뱀이 된다.
꼭 된다, 피리가 운다.

덩실덩실 노래를 불러가며 마침내 강가에 닿았다. 다리도 배
도 없었기 때문에 여기서 쉬며 상자 속 뱀을 보여주겠지 하고
있노라니, 할아버지가 첨벙첨벙 강물 속으로 들어가기 시작했
다. 처음엔 무릎 정도 깊이였지만 점점 허리에서 가슴 쪽까지
물에 잠겨 드디어는 보이지 않게 되어버렸다. 그래도 할아버지
는,

깊어진다, 밤이 된다,
똑바로 된다.

하고 노래하며 끝없이 똑바로 걸어갔다. 그리고는 수염도 얼굴
도 머리도 두건도 전혀 보이지 않게 되었다.

나는 할아버지가 맞은편 강둑에 올라갔을 때 뱀을 보여주겠지 생각하고, 갈대가 울고 있는 곳에 서서, 홀로 언제까지나 기다리고 있었다. 그렇지만 할아버지는 아무리 기다려도 결국 올라오지 않았다.

다섯째 밤

이런 꿈을 꾸었다.

여하튼 상당히 옛날일로서 신화시대에 가까운 옛날이라고 여겨지는데, 전장에 나간 내가 운 나쁘게도 싸움에 져 포로가 되어 적의 대장 앞에 꿇어앉혀졌다.

그 당시 사람은 모두 키가 컸다. 그리고 모두 긴 수염을 기르고 있었다. 가죽 허리띠를 매고, 거기에 막대기 같은 칼을 차고 있었다. 활은 굵은 등나무덩굴을 그대로 살린 듯 보였다. 옻칠도 입혀져 있지 않았고 윤나게 닦여 있지도 않았다. 그야말로 극히 수수한 것이었다.

적의 대장은 활 한가운데를 오른손으로 꽉 쥐고, 그 활을 풀 위에 꽂은 뒤 술독을 엎어놓은 듯한 것 위에 걸터앉아 있다. 그 얼굴을 바라본즉, 코 위에서 양 눈썹이 굵게 맞붙은 형상이다. 그때는 물론 면도기라는 게 없었다.

나는 포로였기 때문에 걸터앉아 있을 수 없다. 풀 위에 책상다리를 하고 있었다. 발에는 큰 짚신을 신고 있었다. 이 시대의 짚신은 목이 길었다. 일어서면 무릎까지 왔다. 끝부분은 삼다만 짚을 조금 남겨서 수술처럼 늘어뜨려, 걸으면 제각기 움직일 수 있게끔 해놓고 장식으로 삼고 있었다.

대장은 화톳불로 내 얼굴을 살펴본 뒤, 죽겠느냐 살겠느냐하고 물었다. 이것은 그 당시 습관으로서 포로에게는 누구나일단 이렇게 물었던 것이다. 살겠다고 대답하면 항복의 의미, 죽겠다고 대답하면 굴복하지 않는다는 의미로 받아들여졌다. 나는 한마디로 죽겠다고 대답했다. 대장은 풀 위에 꽂아두었던 활을 내팽개치더니 허리에 찬 막대기 같은 검을 훌쩍 뽑아들었다. 거기에 바람에 흔들린 화톳불이 옆에서 세차게 불어왔다. 나는 오른손을 단풍잎처럼 편 뒤 대장을 향해 손바닥을 눈 위로 높이 들어올렸다. 기다리라는 신호다. 대장은 굵은 검을 쨍하고 칼집에 집어넣었다.

그 시절에도 사랑은 있었다. 나는 죽기 전에 꼭 한번 사랑하는 여자와 만나고 싶다고 했다. 대장은 새벽닭이 울 때까지라면 기다리겠다고 했다. 닭이 울기 전까지 여자를 이곳으로 불러와야만 한다. 첫닭이 울어도 여자가 오지 않는다면 나는 만나지 못하고 죽게 된다.

대장은 걸터앉은 채 화톳불을 바라보고 있다. 나는 커다란 짚신을 신고 꿇어앉혀진 채 풀 위에서 여자를 기다리고 있다. 밤은 점점 이슥해진다.

가끔 화톳불이 사그라지는 소리가 들린다. 사그라질 때마다 널름거리는 불길이 대장에게로 우르르 몰린다. 새까만 눈썹 밑에서 대장의 눈이 번쩍번쩍 빛나고 있다. 그러자 누군가가 와서 새 나뭇가지를 불 속에 잔뜩 던져놓고 간다. 한참 있자 불이 바지직바지직 타오른다. 어둠을 몰아내듯 맹렬한 소리였다.

이때 여자는 뒤꼍 졸참나무에 매어 있는 흰 말을 이끌어냈다. 갈기를 세 번 쓰다듬고 높은 말 위에 훌쩍 올라탔다. 안장도 등자도 없는 맨투성이 말이었다. 여자가 가늘고 흰 발로 옆구리를 차자 말은 순식간에 달리기 시작했다. 누군가가 화톳불을 잇달아 놓았기 때문에 먼 하늘이 어렴풋이 밝아 보인다. 말은 이 밝은 곳을 목표로 어둠 속을 날아온다. 코에서 불기둥 같은 두 줄기 콧숨이 뿜어져 나온다. 그래도 여자는 가느다란 발로 사정없이 말 옆구리를 차고 있다. 말은 발굽소리가 허공에서 울릴 정도로 빨리 달린다. 여자의 긴 머리가 어둠 속에서 깃발처럼 흩날린다. 그래도 아직 화톳불 있는 데까지 미치지 못한다.

그러자 캄캄한 길가에서 홀연히 꼬끼오 하는 닭울음소리가 났다. 여자는 몸을 휘청거리며 양손에 움켜쥔 고삐를 확 잡아당겼다. 말은 앞발굽을 단단한 바위 위에 힘차게 박았다.

꼬끼오 하고 닭이 또 한번 울었다.

여자는 아앗! 비명을 지르며, 바싹 쥔 말고삐를 갑자기 늦추었다. 말은 양 무릎을 꿇었다. 그런 뒤 탄 사람과 함께 앞으로 고꾸라졌다. 바위 밑은 깊은 소沼였다.

발굽 흔적은 지금도 바위 위에 남아 있다. 닭울음 흉내를 낸 것은 아마노자쿠天探女(일본의 옛날이야기에 악녀로 등장하는 귀신 – 역주)다. 이 발굽 흔적이 바위 위에 새겨져 있는 한 아마노자쿠는 내 원수다.

여섯째 밤

운케이運慶(가마쿠라시대의 대표적인 불상 조각가 – 역주)가 호국사護國寺 산문에서 인왕을 조각하고 있다는 소문을 듣고 산보 삼아 가보았더니, 나보다 앞서 많은 사람들이 모여 이러니저러니 하마평을 해대고 있었다.

산문 앞에서 5, 6간 떨어진 주변에는 큰 적송이 서 있는데, 그 나무줄기가 비스듬히 산문의 기와를 가린 뒤 멀리 푸른 하늘까지 뻗어 있다. 푸른 소나무와 주칠한 문이 어울려 근사하게 보인다. 게다가 소나무의 위치가 그저 그만이다. 문 왼쪽켠을 눈에 거슬리지 않을 만큼 기우뚱 뻗어나가 위로 갈수록 폭을 넓혀 지붕 위로 불쑥 튀어나온 게 어쩐지 고풍스럽다. 가마쿠라시대(보통 1185~1333년까지의 약 150년간을 일컬음 - 역주)라고도 여겨진다.

그런데 보고 있는 사람들은 전부 나와 마찬가지로 메이지시대 인간이다. 그 가운데서도 인력거꾼이 제일 많다. 손님 기다리기가 지루해서 심심풀이 삼아 보고 있음에 틀림없다.

"어마어마하군." 하고 말하고 있다.

"인간을 만들기보다 더 힘든 일이겠지." 라고도 말하고 있다.

그런가 하면 "아이고, 인왕이네. 지금도 인왕을 새기나. 아아 정말, 난 또 인왕이라면 전부 옛날 것뿐인 줄만 알았지." 하고 말하는 사내도 있다.

"정말로 강해 보이는군요. 뭐니뭐니해도 역시 인왕입니다. 옛날부터 누구니 누구니 해도 인왕만큼 센 사람은 없다고 하니까요. 여하튼 야마토다케노미코토日本武尊(〈古事記〉·〈日本書記〉에 나오는 왕자. 일본을 평정했다고 함 - 역주)보다 강하다고 하니까요." 하고 말을 걸어온 남자도 있다. 이 남자는 옷자락을 엉덩이까지 말아올렸고 모자를 쓰지 않았다. 꽤 무식한 사내인 것 같다.

운케이는 구경꾼들의 평판 따위에는 일체 미동도 하지 않고 끌과 망치를 움직이고 있다. 물론 한번도 뒤돌아보지 않는다. 높다란 곳에 올라서서 인왕의 얼굴만을 오로지 신들린 듯 쪼아댄다.

운케이는 머리에 작은 두건 같은 것을 쓰고, 도포인지 뭔지 가늠이 잡히지 않는 옷의 넓은 소맷자락을 등뒤로 질끈 동여매고 있다. 그 모양이 정말 케케 묵었다. 와와 웅성대는 구경꾼들과는 아무래도 어울리지 않는 것 같다. 나는 어째서 운케이가 여태까지 살아 있을까 생각했다. 그리고는 정말 이상한 일이라고 생각하며 역시 서서 보고 있었다.

그러나 운케이 쪽에서는 이상하다고도 괴상하다고도 전혀 느끼지 않는 모양으로 열심히 끌과 망치를 움직였다. 고개를 젖혀, 이런 운케이를 쳐다보고 있던 젊은 남자 하나가 내 쪽을 돌아보며,

"과연 운케이군요. 안중에 우리들은 보이지 않아요. 천하의 영웅은 오직 인왕과 나뿐이라는 태도예요. 대단하군요." 하고 칭찬하기 시작했다.

나는 이 말을 재미있다고 느꼈다. 그래서 슬쩍 젊은 남자 쪽을 보았더니, 젊은 남자는 지체없이,

"저 끌과 망치를 좀 보십시오. 대자재大自在의 묘경에 도달해 있군요." 하고 말했다.

운케이는 그때 굵은 눈썹을 한치 높이로 쪼아낸 뒤, 날카로운 끌을 모로 세우자마자 위에서 비스듬히 망치를 내리쳤다. 한칼에 쳐낸 단단한 나무의 톱밥이 망치소리에 후르르 울려 날

리는가 하자, 콧구멍을 크게 벌리고 양 콧날개가 무섭게 접힌 측면이 홀연히 눈앞에 나타났다. 그 끌솜씨가 과연 거리낌이 없었다.

"저렇게 마구잡이로 끌을 휘둘러 용케도 마음먹은 대로 눈썹과 코를 만드는구나." 나는 감탄한 나머지 혼잣말을 중얼거렸다. 그러자 조금 전의 젊은 남자가,

"아니죠. 저건 눈썹이나 코를 끌로 쪼아서 만드는 게 아니라구요. 저 모양의 눈썹이나 코가 나무 속에 묻혀 있는 걸 끌과 망치의 힘으로 파내는 것뿐이에요. 마치 땅 속에서 돌을 파내는 거나 마찬가지니까 결코 틀릴 리가 없지요." 하고 말했다.

나는 이때 비로소 조각이란 그런 것일까 생각했다. 만약 그렇다면 누구나 할 수 있으리라고 느껴졌다. 그러자 갑자기 나도 인왕을 조각해보고 싶어졌기 때문에 구경을 그만두고 빨리 집으로 돌아왔다.

도구상자에서 끌과 망치를 꺼내들고 뒤꼍에 나가보니, 얼마 전 폭풍으로 넘어진 떡갈나무를 땔나무로 쓸 요량으로 켜놓은 적당한 것들이 수북이 쌓여 있었다.

나는 제일 큰 놈을 골라 기세좋게 파기 시작했으나 불행하게도 인왕은 나타나지 않았다. 그 다음에도 운 나쁘게 파낼 수가 없었다. 세 번째 것 역시 인왕은 없었다. 나는 수북이 쌓여 있는 장작개비를 닥치는 대로 쪼아보았지만, 어느 것에도 인왕은

들어 있지 않았다. 결국 메이지의 나무에는 도저히 인왕이 파묻혀 있지 않음을 깨달았다. 그래서 운케이가 오늘날까지 살아 있는 이유도 어렴풋이 알게 되었다.

일곱째 밤

확실히는 모르지만 큰 배에 타고 있다.

이 배가 밤낮없이 검은 연기를 내뿜으며 파도를 가르고 나아간다. 굉장한 소리다. 그렇지만 어디로 가는지는 모르겠다. 오직 파도 저 밑에서 불에 단 부젓가락 같은 태양이 떠오른다. 그것이 높은 돛대 꼭대기까지 와서 잠시 걸려 있다고 생각하자, 어느새 큰 배를 앞질러 앞으로 가버린다. 그리하여 마지막에는 빨갛게 단 부젓가락처럼 치지직 소리를 내며 다시 파도 밑으로 가라앉아간다. 그때마다 푸른 파도가 저 멀리서 검붉은 빛으로 들끓는다. 그러면 배는 굉장한 소리를 내지르며 그 뒤를 잇달아 쫓아간다. 그렇지만 결코 따라잡지는 못한다.

어느 날 나는 뱃사람을 잡고 물어보았다.

"이 배는 서쪽으로 갑니까?"

뱃사람은 의아스러운 얼굴로 한참 나를 바라보다가 이윽고,

"왜요?" 하고 되물었다.

"떨어져가는 해를 쫓아가는 것 같으니까요."

뱃사람은 껄껄 웃었다. 그리고는 반대편으로 가버렸다.

"서쪽으로 가는 해, 끝은 동쪽일까. 그건 진짜일까. 동쪽에서 도는 해, 고향은 서쪽일까. 그것도 진짜일까. 몸은 파도 위, 부평초 같은 신세. 흘러가네, 흘러가네." 하고 장단을 맞추는 소리가 들린다. 뱃머리에 가보았더니 뱃사람들이 잔뜩 모여 굵은 돛줄을 끌어당기고 있었다.

나는 몹시 불안해졌다. 언제 육지에 닿을지 모르겠다. 그리고 또 어디로 가는지도 알 수 없다. 오직 검은 연기를 내뿜으며 파도를 가르고 가는 것만은 확실히 알겠다. 그 파도는 굉장히 높았다. 끝없이 파랗게 보인다. 때로는 보라색으로도 보였다. 오로지 배가 움직이는 주위만 언제나 새하얀 거품이 일고 있었다. 나는 몹시 불안했다. 이런 배에 있느니 차라리 바다에 빠져 죽는 게 낫다고 생각했다.

배를 탄 사람은 많았다. 대개는 외국인 같았다. 그들은 갖가지 얼굴을 하고 있었다. 하늘이 흐려지고 배가 흔들렸을 때, 한 여자가 뱃전에 기대어서서 줄곧 울고 있었다. 눈물을 훔치는 손수건 색깔이 하얗게 보였다. 그러나 몸에는 인도면 같은 감으로 만든 양장을 하고 있었다. 이 여자를 보았을 때 슬픈 건 나 혼자만이 아니라는 걸 알았다.

어느 날 밤, 갑판 위에 나가 혼자서 별을 바라보고 있는데,

외국인 하나가 다가와 천문학을 알고 있느냐고 물었다. 나는 세상이 재미없어 죽어버릴까 하고 생각중이었다. 천문학 따위 알 필요가 없었다. 잠자코 있었다. 그러자 그 외국인이 금우궁 金牛宮 위에 있는 일곱 개의 별 이야기를 들려주었다. 그런 뒤 별도 바다도 모두 하느님이 만들었다고 했다. 끝으로 내게 신을 믿느냐고 물었다. 나는 하늘을 쳐다보며 묵묵히 있었다.

어느 때 살롱에 들어갔더니 화려한 옷을 입은 젊은 여자가 피아노를 두드리고 있었다. 그 옆에 큰 키의 근사한 남자가 서서 노래를 부르고 있었다. 그 입이 굉장히 크게 보였다. 그렇지만 두 사람은 자기들 이외의 일에는 전혀 관심이 없는 듯했다. 배에 타고 있다는 사실조차 잊어버린 듯 보였다.

나는 점점 따분해졌다. 마침내 죽기로 결심했다. 그래서 어느 날 밤, 주위에 아무도 없는 틈을 타서 이때다 하고 바닷속으로 뛰어들었다. 그런데—내 발이 갑판을 떠나 배와 인연이 끊긴 그 찰나, 갑자기 목숨이 아까워졌다. 마음속으로 그만두었더라면 좋았다고 생각했다. 그렇지만 이미 늦었다. 나는 싫든 좋든 바닷속으로 들어가지 않으면 안 된다. 배는 굉장히 높다랗게 만들어진 듯, 몸은 배를 떠났지만 발이 쉽게 물에 닿지 않는다. 그러나 붙잡을 게 아무것도 없어 점점 물에 가까워져 간다. 아무리 발을 오므려도 가까이 다가간다. 물빛은 검었다.

그동안 배는 언제나처럼 검은 연기를 토하며 지나쳐 가버리고 말았다. 나는, 어디로 가는지 알 수 없는 배일망정 역시 타고 있는 편이 좋았다고 비로소 깨달으면서, 하지만 그 깨달음을 이용해보지도 못한 채 무한한 후회와 공포를 품고 검은 파도 쪽으로 조용히 떨어져 갔다.

여덟째 밤

이발소 문턱을 넘자, 하얀 옷을 입고 무리져 있던 서너 명이 한꺼번에 어서오세요, 했다.

한가운데 서서 사방을 빙 둘러보니 네모난 방이다. 창문이 두 군데로 나 있고 남은 두 군데에는 거울이 걸려 있다. 거울 수를 헤아려보니 여섯 개였다.

나는 그 중 한 거울 앞에 가서 앉았다. 그러자 엉덩이에서 풀썩 하는 소리가 났다. 상당히 푹신하게 만들어진 의자이다. 거울에는 내 얼굴이 멋지게 비쳤다. 얼굴 뒤켠으로는 창이 보였다. 그리고는 카운터의 칸막이가 비스듬히 보였다. 칸막이 안에는 사람이 없었다. 창밖으로는 지나다니는 사람들의 상반신이 잘 보였다.

쇼타로가 여자를 데리고 지나간다. 쇼타로는 어느새 파나마 모자를 사서 쓰고 있다. 여자는 언제 또 만들었을까. 당최 모르겠다. 둘 다 득의에 찬 모습이었다. 여자 얼굴을 잘 보려고 하는데 지나가버리고 말았다.

두부장수가 나팔을 불면서 지나갔다. 너무 나팔을 입에 바짝 대고 있어 볼따구니가 벌에 쐰 듯 부풀어 있었다. 부풀어 있는 채로 지나갔으므로 떠름해서 견딜 수 없다. 일생 동안 벌에 쏘여 있을 것같이 느껴진다.

게이샤가 나왔다. 아직 화장을 하지 않았다. 트레머리 끝이 느슨히 풀어져 왠지 칠칠치 못해 보인다. 얼굴도 잠이 덜 깨어 있다. 얼굴색이 가엾을 정도로 나쁘다. 그리고는 머리 숙여 절을 하며, 아무개입니다 어쩌고 하였으나 상대방은 여간해서 거울 속에 나와주지를 않는다.

그러자 흰옷을 입은 덩치 큰 남자가 내 뒤로 와서 가위와 빗을 들고 내 머리를 바라보기 시작했다. 나는 성긴 수염을 비틀며 어떻소, 물건이 좀 되겠소, 하고 물었다. 하얀 남자는 잠자코 손에 든 호박색 빗으로 내 머리를 가볍게 쳤다.

"글쎄, 머리도 머리지만 어떻소. 물건이 좀 되겠소?"

나는 다시 하얀 남자에게 물었다. 하얀 남자는 여전히 아무 대답없이, 찰각찰각 가위소리를 내기 시작했다.

나는 거울에 비친 그림자를 하나도 남김없이 볼 작정으로 눈을 크게 뜨고 있었지만, 가위소리가 날 때마다 검은 머리카락이 날아오기 때문에 무서워져서 그만 눈을 감았다. 그러자 하얀 남자가 이렇게 말했다.

"나리는 바깥의 금붕어장수를 보셨습니까?"

나는 못 보았다고 했다. 하얀 남자는 그뿐, 열심히 가위를 울리고 있었다. 그러자 갑자기 커다란 목소리로 위험해, 라고 외치는 사람이 있다. 얼른 눈을 뜨자 하얀 남자의 옷소매 밑으로 자전거바퀴가 보였다. 인력거의 수레채도 보였다. 그 순간, 하얀 남자가 양손으로 내 머리를 끄응 누르며 옆으로 홱 돌렸다. 자전거와 인력거는 전혀 보이지 않게 되었다. 가위소리가 찰칵찰칵 난다.

이윽고, 하얀 남자가 내 옆으로 돌아와서 귀쪽을 깎기 시작했다. 머리카락이 앞쪽으로 날아오지 않게 되었으므로 안심하고 눈을 떴다. 찰떡이요, 찰떡, 찰떡 사려, 하는 소리가 바로 옆에서 난다. 작은 절구공이를 일부러 절구에 꽂은 채 장단에 맞춰 떡을 찧고 있다. 찰떡집은 어릴 적에만 보았기 때문에 그 모양이 좀 보고 싶다. 그렇지만 찰떡집은 결코 거울 속에 나타나지 않는다. 그냥 떡찧는 소리만 들릴 뿐이다.

나는 시력이란 시력을 있는 대로 모아 거울 귀퉁이를 들여다보았다. 그러자 카운터 칸막이 안에 언제부터인지 여자가 하나 앉아 있다. 거무스름한 얼굴빛에 눈썹이 짙은 덩치 큰 여자인데, 은행잎 모양으로 쪽찐 머리에 검은 공단 깃이 달린 홑겹 옷을 입고 무릎을 세운 채 돈을 헤아리고 있다. 돈은 10엔짜리인 것 같다. 여자는 긴 속눈썹을 내리깔고 엷은 입술을 꼭 다문 채 열심히 돈을 헤아리고 있다. 그 헤아림이 정말이지 빠르다. 그런데도 돈은 아무리 헤아려도 끝날 것 같지 않다. 무릎 위에 놓여 있는 것은 고작 백 장 정도이지만 그 백 장이 아무리 헤아려도 언제까지나 백 장인 것이다.

나는 멍하니 이 여자의 얼굴과 10엔짜리 돈을 바라보고 있었다. 그러자 귓가에서 하얀 남자가 큰 목소리로, "감으실까요?" 했다. 마침 잘 되었다 생각하고 의자에서 일어나자마자 카운터 칸막이 쪽을 뒤돌아보았다. 그렇지만 카운터 안에는 여자도 돈도 아무것도 보이지 않았다.

계산을 끝내고 바깥으로 나오자, 문간 왼쪽에 엽전 모양의 나무통 다섯 개가 나란히 놓여 있고, 그 속에 빨간 금붕어, 점박이 금붕어, 홀쭉한 금붕어, 통통한 금붕어가 가득 들어 있었다. 그리고 그 뒤에 금붕어장수가 있었다. 금붕어장수는 턱을 괴고, 자기 앞에 늘여놓은 금붕어를 바라보며 꼼짝 않고 있다. 시끌벅적한 길거리는 안중에도 없다. 나는 한참 서서 이 금붕어장수를 바라보고 있었다. 그렇지만 내가 바라보고 있는 동안, 금붕어장수는 조금도 움직이지 않았다.

아홉째 밤

세상이 어쩐지 술렁거리기 시작했다. 금방이라도 전쟁이 일어날 것처럼 보인다. 불탄 마구간에서 뛰쳐나온 맨투성이 말이 밤낮없이 집 주위를 난폭하게 돌아다니면, 그것을 또 밤낮없이 졸개들이 웅성거리며 뒤쫓는 듯한 그런 기분이다. 그러면서도 집 안은 쥐죽은 듯 조용하다.

집에는 젊은 어머니와 세 살 난 아이가 있다. 아버지는 어딘가에 갔다. 아버지가 어딘가에 간 것은 달 없는 한밤중이었다. 이불 위에서 짚신을 신고 검은 두건을 쓴 채 부엌문으로 해서 갔다. 그때 어머니가 들고 있던 작은 초롱불이 검은 어둠 속에서 길게 드리워져 울타리 앞의 고목나무를 비추었다.

아버지는 그 길로 돌아오지 않았다. 어머니는 매일 세 살 난 아이에게, "아버지는?" 하고 물었다. 아이는 아무 말도 하지 않았다. 한참 지나자, "저어기." 하고 대답하게 되었다. 어머니가, "언제 돌아오시지?" 하고 물어도 역시, "저어기." 하며 웃고 있었다. 그때는 어머니도 웃었다. 그리고, "곧 돌아오셔."라는 말을 몇 번씩 되풀이해서 가르쳤다. 그렇지만 아이는 '곧'이란 말만을 외웠을 뿐이다. 가끔은, "아버지는 어디?" 하고 물으면, "곧." 하고 대답할 적도 있었다.

밤이 되어 사방이 고요해지면, 어머니는 치마끈을 고쳐매고

상어칼집에 든 단도를 치마말기에 찔러넣은 뒤, 아이를 가는 띠로 등에 업고 가만히 쪽문을 빠져나간다. 어머니는 언제나 짚신을 신고 있었다. 아이는 이 짚신소리를 들으며 어머니 등에서 잠들어버릴 적도 있었다.

토담이 줄달아 있는 저택들 곁을 서쪽으로 내려가 길게 뻗친 비탈길을 끝까지 내려가면 큰 은행나무가 있다. 이 은행나무를 목표로 해서 오른쪽으로 꺾어들면, 휑하게 넓은 안쪽에 돌로 된 도리이鳥居(신사 입구에 세운 기둥문—역주)가 있다. 한켠은 논이고 한켠은 숲인 길을 따라 도리이까지 온 뒤 그곳을 빠져나오면 검은 삼나무숲에 닿는다. 그리고 20칸쯤 돌이 깔린 길을 따라 쭉 가면 오래 된 배전拜殿의 계단이 나온다. 쥐색으로 바랜 새전함賽錢函 위에 큰 방울이 달린 동아줄이 드리워져 있고, 낮에 보면 그 방울 옆에 하치만구八幡宮라고 쓰인 현판이 걸려 있다. 하치八자가 비둘기 두 마리가 마주보듯 한 서체로 씌어진 게 재미있다. 그 외에도 여러 가지 액자가 있다. 대개는 무사가 명중시킨 과녁과, 명중시킨 무사의 이름이 덧붙여진 게 많다. 가끔은 긴 칼을 넣은 것도 있다.

도리이를 빠져 나가면 삼나무 우듬지 끝에서 언제나 부엉이가 울고 있다. 그리고 짚신소리가 자박자박 난다. 그게 배전 앞에 멎으면, 어머니는 우선 방울을 흔든 후 곧 쪼그리고 앉아 두 손을 마주 모은다. 대개는 이때 부엉이가 갑자기 울음을 멈춘다. 그리고 나서 어머니는 전심전력 남편이 무사하기를 기도한다. 어머니 생각에는, 남편이 사무라이니까 활의 신을 모신 하치만八幡에게 이렇게 간절히 빌면 설마 소원을 들어주지 않을 리 없다고 굳게 믿는 것 같다.

아이는 자주 이 방울소리에 눈을 떴고, 사방을 바라보면 캄캄하기만 했기 때문에 갑자기 울기 시작할 때도 있다. 그럴 때면 어머니는 입 속으로 무언가 빌며 등을 추켜 아이를 달래려고 한다. 그러면 요행히 울음을 뚝 그칠 때가 있다. 반대로 점점 자지러질 듯 울기 시작할 때도 있다. 어느 쪽이든 어머니는 쉽사리 일어나지 않는다.

남편의 무사를 얼추 기도하고 나면, 이번에는 띠를 풀어 등의 아이를 살살 앞으로 돌려 양손으로 싸안은 뒤 배전으로 올라가서, "착한 애기니까 잠시만 기다려요." 하며 자기 뺨을 아이 뺨에 문질러댄다. 그리고는 가는 띠를 길게 해서 아이를 묶어놓고 그 끝을 배전 난간에 묶어놓는다. 그것이 끝나면 어머니는 계단을 내려와 돌이 깔린 20칸 길을 왔다갔다 하면서 오햐쿠도お百度(절이나 신사 경내의 일정한 장소에서 백 번 왔다갔다 하는 일. 그렇게 하면 소원이 이루어진다고 함—역주)를 시작한다.

배전 난간에 묶여진 아이는 어둠 속에서 가는 끈이 닿는 데까지 넓은 툇마루 위를 이리저리 돌아다니고 있다. 어머니에게는 그럴 때가 가장 편한 밤이다. 그렇지만 묶어놓은 아이가 빽

빽 보챌 양이면 어머니는 제정신이 아니다. 오햐쿠도를 하는 다리가 굉장히 빨라진다. 숨소리가 죽을 듯 가쁘다. 어쩔 수 없을 때는 중도에서 배전 위로 올라와 아이를 요리조리 달래어놓고 다시 오햐쿠도를 시작할 때도 있다.

이렇게 매일 밤 어머니가 조바심치며 한숨도 자지 않고 걱정한 아버지는, 벌써 그 옛날에 떠돌이 사무라이에게 죽음을 당했다.

이런 슬픈 이야기를, 꿈속에서 어머니로부터 들었다.

열째 밤

쇼타로가 여자에게 채여간 지 이레째 밤에 불쑥 돌아와서, 갑자기 열이 나 덜컥 자리에 누워 있다고 겐 씨가 알리러 왔다.

쇼타로는 마을에서 제일가는 미남자로 지극히 선량하고 정직한 사람이다. 다만 한 가지 이상한 취미가 있다. 파나마모자를 쓰고 저녁이 되면 과일가게 앞에 쭈그리고 앉아 오가는 여자의 얼굴을 바라보고 있다. 그리고는 쉴 새 없이 아아, 탄복하고 있다. 그 외는 이렇다 할 특색도 없다.

여자가 별로 지나다니지 않을 때는 한길을 보지 않고 과일을 보고 있다. 여러 가지 과일이 있다. 수밀도 · 사과 · 비파 · 바나

나들을 예쁘게 바구니에 담아 즉시 선물로 가져갈 수 있도록 두 줄로 나란히 진열해 놓았다. 쇼타로는 이 바구니를 보고 예쁘다고 한다. 장사를 한다면 과일가게가 제일이라고 말한다. 그 주제에 저 자신은 파나마모자를 쓰고 빈둥빈둥 놀고 있다.

이 빛깔이 좋아, 하며 밀감 따위를 품평할 때도 있다. 그렇지만 한 번도 제 돈으로 과일을 산 적은 없다. 공짜로는 물론 먹지 않는다. 빛깔만 잔뜩 칭찬할 뿐이다.

어느 날 저녁, 한 여자가 혼자 불쑥 가게 앞에 섰다. 지체있는 집의 여자인 듯 옷차림이 훌륭하다. 그 옷색깔이 쇼타로의 마음에 꼭 들었다. 게다가 쇼타로는 여자의 얼굴에 그만 감탄해버렸다. 그래서 소중한 파나마모자를 벗고 정중히 인사하자, 여자는 가득 담긴 바구니 중 제일 큰 것을 가리키며, 이걸 주세요, 했다. 쇼타로는 지체없이 그 바구니를 건넸다. 그러자 여자는 그걸 잠깐 들어본 뒤, 아유 무거워, 했다.

쇼타로는 원래가 한가한 사람인 데다가 몹시 싹싹한 사내였으므로, 그럼 댁까지 들어다드리지요, 라고 말한 뒤 여자랑 함께 과일가게를 나왔다. 그리고 그 길로 돌아오지 않았다.

아무리 쇼타로여도 무사태평이 너무 지나치다. 이거 예삿일이 아니라고 친척이랑 친구가 떠들기 시작했을 때, 이레째 되는 날 밤 홀연히 돌아왔다. 그래서 사람들이 모여 웅성거리며, 쇼 씨, 어디에 갔었어? 하고 묻자 쇼타로는 전차를 타고 산에 갔었다고 대답했다.

아무튼 상당히 긴 전차임에 틀림없다. 쇼타로의 말에 의하면, 전차에서 내리자 곧바로 들판이었다고 한다. 아주 넓은 들판으로, 어디를 보아도 파란 풀이 무성했다. 여자와 함께 풀밭 위를 걸어가자, 갑자기 절벽 꼭대기가 나왔다. 그때 여자가 쇼타로를 보며, 여기에서 뛰어내려 보세요, 라고 말했다. 밑을 내려다보니 벼랑은 보이건만 밑바닥은 보이지 않았다. 쇼타로는 또 파나마모자를 벗고 재삼 물러났다. 그러자 여자가, 만약 뛰어내리지 않으면 돼지가 핥을 텐데 그래도 괜찮겠어요? 하고 물었다. 쇼타로는 돼지와 구모에몽雲右衛門(메이지시대에 대중창으로 활약한 명창ー역주)이 제일 싫었다. 그렇지만 목숨과 바꿀 수는 없다고 여전히 뛰어내리기를 주저하고 있었다. 그때 돼지 한 마리가 코를 씩씩거리며 나타났다. 쇼타로는 할 수 없이 들고 있던 빈랑나무 스틱으로 돼지의 콧잔등을 후려쳤다. 돼지는 꿀, 하며 맥없이 자빠지더니 벼랑 아래로 굴러떨어졌다. 쇼타로가 겨우 후유 하고 한숨을 돌리고 있는데 또 한 마리의 돼지가 큰 코를 쇼타로에게 문질러대러 왔다. 쇼타로는 할 수 없이 또 스틱을 후려쳤다. 돼지는 꿀, 하면서 또 곤두박질치듯 절벽 밑으로 굴러떨어졌다. 그러자 또 한 마리가 나타났다. 이때 퍼뜩 정신이 든 쇼타로가 건너편을 바라보니, 저 멀리 푸른 초원 끝에서 몇 만 마리인지 헤아릴 수 없는 돼지가 일직선으로 절벽 위의 쇼타로를 목표로 코를 꿀꿀거리며 온다. 쇼타로는 진정 무서웠다. 그렇지만 할 수 없어서 가까이 오는 돼지의 콧잔등을 하나하나 조심스레 빈랑나무 스틱으로 후려쳤다. 이상하게도 스틱이 코에 닿기만 하면 돼지들은 맥없이 골짜기 밑으로 굴러떨어졌다. 내려다보니, 가뭇한 절벽 아래로 발랑 뒤집혀진 돼지가 떼지어 떨어져 간다. 이 많은 돼지를 내가 전부 골짜기로 떨어뜨렸을까, 하고 생각하자 쇼타로는 갑자기 자기가 한 일이면서도 무서워졌다. 그렇지만 돼지는 계속해서 온다. 검은 구름에 발이 달려, 푸른 들판을 단숨에 짓밟는 듯한 기세로 무진장 코를 꿀꿀거리며 온다.

쇼타로는 필사적으로 온힘을 짜내 여섯 밤 하고도 이레째를 돼지 콧잔등을 후려쳤다. 그렇지만 드디어 기력이 다해 흐물흐물 손에 힘이 빠지자 결국에는 돼지에게 핥이고 말았다. 그리고는 절벽 위에 쓰러졌다.

겐 씨는 쇼타로의 이야기를 여기까지 듣고 난 뒤, 그러니까 여자를 지나치게 보는 건 좋지 않다고 말했다. 나도 지당하다고 생각했다. 그렇지만 겐 씨는 쇼타로의 파나마모자를 갖고 싶다고 했다.

쇼타로는 살아나지 못할 것이다. 파나마는 겐 씨의 것이 되리라.

긴 봄날의 소품永日小品

설날

떡국을 먹고 서재에 돌아와 있으려니 서너 명이 한꺼번에 들이닥쳤다. 모두 젊은 남자들이다. 그 가운데 하나가 프록코트를 입고 있다. 익숙하지 않은 탓인지 두꺼운 옷에 묘하게 쭈뼛거린다. 그 외는 모두 일본옷인데, 늘 입는 옷 그대로이기 때문인지 설 기분이 나지 않는다. 이 패거리가 프록코트를 바라보며, 야아, 야아, 하고 한마디씩 던진다. 모두 놀란 증거다. 나도 맨 나중에 야아, 하고 말했다.

프록코트는 겸연쩍은 듯 흰 손수건을 꺼내어 얼굴을 훔쳤다. 그리고는 설 술을 열심히 마셨다. 다른 패거리도 시끌벅적 상위의 음식을 뜯고 있다. 거기에 교시(다카하마 교시高浜虛子. 1874~1959. 하이진俳人 · 소설가. 〈호토토기스〉 편집인으로, 그의 권유에 의해 소세키가 첫 작품 〈나는 고양이다〉를 썼음-역주)가 인력거를 타고 왔다. 이건 검은 하오리에 검은 가문家紋이 찍힌 예복을 입은 지독히도 구식 차림이다. 당신이 그런 예복을 가지고 있는 건 역시 노能(일본 고유의 연극—역주)를 하기 때문에 필요해서겠지요? 하고 물었더니 교시는, 예, 그렇습니다, 하고 대답했다. 그리고는 한 곡 부르지 않겠습니까? 하고 말을 꺼낸다. 나는 불러도 좋다고 응했다.

그 후 둘이서 동북東北이라는 요곡謠曲을 불렀다. 옛날에 배운 뒤 거의 한번도 불러보지 않았던 터라 군데군데가 몹시 애매하다. 게다가 내 목소리이면서도 이상한 목소리가 나왔다. 간신히 소리를 마치자, 듣고 있던 젊은패가 약속이나 한 듯 내 소리가 형편없다고 말하기 시작했다. 그중에서도 프록코트는, 선생님 목소리는 앵앵거린다고 표현했다. 이 패거리는 본디 소리의 소자도 이해하지 못하는 치들이다. 그러므로 교시와 나의 우열은 절대 알 리 없을 것이라고 생각하고 있었다. 그러나 비평을 듣고 보니 풋내기여도 일리 있는 말이기 때문에 도리가 없다. 바보 같은 소리 말라고 윽박지를 용기도 나지 않았다.

그러자 교시가 요즘 장구를 배운다는 말을 꺼냈다. 소리의 소자도 모르는 패들이, 한번 쳐보시지요, 꼭 들려주시지요, 하고 청하고 있다. 교시는 내게, 그럼 선생님은 소리를 해주십시오, 하고 부탁했다. 이것도 장단이 뭔지 모르는 내게는 괴로운 일이었지만 일견 참신하다는 흥미도 일었다. 불러보지요, 하고 응낙했다. 교시는 인력거꾼을 집으로 달려 장구를 가져오게 했다. 장구가 오자 부엌에서 풍로를 들여와 이글거리는 숯불 위에 장구 가죽을 쬐기 시작했다. 모두 놀라서 보고 있다. 나도 그 맹렬한 가죽 쬐기에는 놀랐다. 괜찮습니까, 하고 물었더니, 예, 괜찮습니다, 하면서 손가락 끝으로 팽팽한 가죽 위를 퉁 두드렸다. 언뜻 좋은 소리가 들렸다. 교시는, 이만하면 좋겠지요, 한 뒤 풍로를 밀쳐놓고 장구 줄을 바짝 조였다. 예복을 입은 남자가 붉은 줄을 매만지고 있는 게 어쩐지 고상하다. 이번에는 모두 탄복해서 바라보고 있다.

교시가 이윽고 하오리를 벗었다. 그리고는 장구를 끌어안았다. 나는 잠깐 기다려달라고 청했다. 첫째, 그가 어느 대목에서 장구를 두드릴까 가늠이 되지 않으므로 미리 좀 의논하고 싶었다. 교시는, 여기에서 장단을 몇 번 맞추고 여기에서 장구를 이렇게 두드릴 테니 마음 푹 놓고 한번 놀아보시라고 친절하게 설명해준다. 내게는 아무리 해도 이해가 가지 않는다. 그렇다고 납득할 때까지 연구만 하다가는 두세 시간도 모자랄 판이다. 울며 겨자 먹기로 승낙했다. 그리고는 하고로모羽衣의 한 대목을 부르기 시작했다. 봄 아지랑이 길게 누운, 하는 대목의 반쯤에 왔을 때 아무래도 시작이 좋지 않았다고 후회하기 시작했다. 강약이 전혀 들어가 있지 않다. 그렇다고 도중에서 갑자기 강약을 넣으면 전체의 밸런스가 무너진다. 중 염불 외

듯 우물쭈물 웅얼거리고 있는데 교시가 커다랗게 가케고에掛聲
(일본 전통음악을 부를 때 단락을 나타내기 위하여 내는 소리-역주)
를 넣으며 장구를 뚱딱 세차게 한 번 쳤다.

　나는 교시가 이렇게 맹렬하게 나오리라고는 꿈에조차 예상
치 못했다. 우아하고 유장한 줄로만 알고 있던 가케고에가 마
치 목숨 건 승부의 그것처럼 내 고막을 흔들었다. 내 소리는 이
가케고에로 두세 번 파동을 맞았다. 그게 겨우 잠잠해질 때 교
시가 또 옆에서 위협해댔다. 내 목소리는 위협받을 때마다 휘
청거린다. 그리고 기어들어가듯 작아진다. 한참 있노라니 듣고
있던 이들이 쿡쿡 웃어대기 시작했다. 나도 내심 터무니없어져
왔다. 그때 프록코트가 맨먼저 일어나 와악 웃음을 터뜨렸다.
그 기운에 힘입어 나도 같이 웃기 시작했다.

　그리고 나서 호된 비평이 여기저기에서 날아왔다. 그중에서
도 프록코트는 더욱 빈정거렸다. 교시는 미소를 지은 채, 할 수
없이 자기 장구에 자기 소리를 맞추어 순조롭게 소리를 마무리
지었다. 이윽고 또 세배 갈 데가 있다면서 인력거를 타고 돌아
갔다. 나중에 또 이리저리 젊은이들에게 놀림을 받았다. 아내
까지 한통속이 되어 남편을 헐뜯은 끝에 다카하마(교시의 성-역
주) 씨가 장구를 두드릴 때 겹옷 소맷부리가 너풀너풀 보였지
만 아주 근사한 색이었다고 칭찬하고 있다. 프록코트가 다짜고
짜 찬성했다. 나는 교시의 겹옷 소매 색깔도, 너풀거리는 소매

도 결코 좋다고는 생각지 않는다.

뱀

일각대문을 열고 밖에 나갔더니, 큰 말발자국 속에 빗물이 그득 고여 있었다. 땅을 밟자 흙탕물소리가 발바닥에 딸려 올라온다. 발뒤꿈치를 올리는 게 아플 정도로 여겨졌다. 나무통을 오른손에 든 탓인지 발 움직이기가 여간 어렵지 않다. 아슬아슬하게 밟을 때는, 허리에서 위로 균형을 잡기 위해 손에 든 걸 내팽개치고 싶다. 마침내 통 밑바닥을 흙탕물 밑에 붙박아 놓고 말았다. 넘어질 뻔한 아슬아슬한 순간을 가까스로 통 손잡이에 의지하고 맞은편을 바라보니 댓 걸음 될까말까 한 앞에 숙부가 있었다. 도롱이를 걸친 어깨 뒤로, 삼각으로 접은 망 한 쪽이 늘어뜨려져 있다. 이때 머리에 쓴 삿갓이 조금 움직였다. 삿갓 속에서, 지독한 길이군, 하는 말이 들린 것 같다. 도롱이 그림자는 이윽고 비에 휘말려갔다.

돌다리 위에 서서 밑을 내려다보니 검은 물이 풀 사이사이로 도도히 밀려온다. 보통은 복사뼈 위를 조금 넘을까말까 한 강물 밑에 긴 말풀이 꼬불꼬불 흔들려, 보기만 해도 아름다운 강물인데 오늘은 바닥부터가 탁했다. 밑에서는 흙탕물이 부글부

글 끓어오르고 위에서는 비가 사정없이 두드려대는 그 한가운데를 소용돌이가 무섭게 휘몰아 흐른다. 한참 이 소용돌이를 지켜보고 있던 숙부는 입 속에서,

"잡을 수 있어"라고 했다.

두 사람은 다리를 건너 곧 왼쪽으로 꺾어들었다. 소용돌이는 푸른 논 한 가운데를 꾸불탕꾸불탕 이어져간다. 어디까지 밀려갈지 알 수 없는 강물을 쫓아 한 마을 정도를 왔다. 그리고는 넓은 논 한가운데 두 사람이 외롭게 섰다. 비만 보인다. 숙부는 삿갓 속에서 하늘을 쳐다보았다. 하늘은 찻종지 뚜껑처럼 어둡게 봉해져 있다. 그 어딘가에서 쉼없이 비가 떨어져내린다. 서 있노라니 쏴아쏴아 하는 소리가 들린다. 이건 몸에 걸친 삿갓과 도롱이에 부딪치는 소리다. 그리고 사방의 논에 부딪치는 소리다. 맞은편에 보이는 기오 신사의 숲에 부딪친 소리도 멀리서 섞여오는 것 같다.

숲 위로는 검은 구름이 삼나무 우듬지에 응답이라도 하듯 깊디깊게 내려앉아 있다. 그게 제 무게에 겨워 위로부터 축 처져 내려온다. 구름 주머니는 바야흐로 삼나무 머리 위에 휘감겼다. 조금 있으면 숲속에 떨어질 것 같다.

정신이 들어 발밑을 내려다보았더니, 강 위쪽에서 소용돌이가 쉴 새 없이 흘러내려온다. 기오 신사 뒤켠의 연못이 저 구름에 휘말린 탓이리라. 갑자기 소용돌이 모양이 울끈불끈 기세를

띤다. 숙부는 또 소용돌이의 기세를 바라보며,

"잡을 수 있어" 하고, 자못 무엇인가를 잡은 투로 말했다. 이
윽고 도롱이바람으로 물속으로 들어갔다. 무서운 기세 치고는
그다지 깊지도 않다. 서서 허리까지 찰 정도이다. 숙부는 강 한
가운데에 허리를 붙박고 기오 신사 숲을 정면으로 보며 강 위
를 향해 어깨에 멘 망을 던졌다.

두 사람은 빗소리 속에서 꼼짝도 하지 않은 채, 눈앞에 밀려
오는 소용돌이를 바라보고 있었다. 기오 연못에서 떠내려오는
고기가 이 소용돌이 밑에 흘러가고 있음에 틀림없다. 잘만 걸
리면 큰 놈을 낚을 수 있겠다는 일념으로 무서운 물빛을 바라
보았다. 물은 처음보다 더 탁해져 있다. 표면의 움직임만으로
는 어떤 놈이 물 밑을 떠내려가는지 전혀 짐작이 가지 않는다.
그래도 눈 한 번 깜박이지 않은 채, 물가까지 잠긴 숙부의 손목
이 움직일 때를 기다리고 있었다. 그렇지만 그것은 좀체 움직
이지 않는다.

빗발은 차츰 검어진다. 물빛은 점점 무거워 간다. 소용돌이
는 거칠게 강 위로 달려나온다. 이때 검을 대로 검어진 물결이
번개처럼 눈앞을 지나가려고 하는 속에, 퍼뜩 이상한 빛깔의
형체가 보였다. 일순도 허용하지 않는 팽팽함 속에, 비수처럼
번쩍 번뜩인 그 형체에는 길이의 느낌이 있었다. 이건 큰 뱀장
어라고 생각했다.

바로 그때, 물살을 거슬러 망 손잡이를 잡고 있던 숙부의 오른쪽 손목이 도롱이 밑에서 어깨 위까지 튀어오를 듯 움직였다. 이어서 긴 게 숙부의 손을 떠났다. 그리고는 검은 빗줄기 속에 무거운 밧줄 같은 곡선을 그리며 맞은편 둑 위로 툭 떨어졌다. 그러자, 풀속에서 뱀 한 마리가 모가지를 한 자나 되게 꼿꼿이 쳐들었다. 그리고는 쳐든 채로 험악하게 우리 둘을 보았다.

　　"기억해 둬."

　　목소리는 분명 숙부의 목소리였다. 동시에 꼿꼿이 쳐들었던 모가지가 풀속으로 사라져 갔다. 숙부는 새파랗게 질린 얼굴로, 뱀을 낚아올린 곳을 보고 있다.

　　"숙부, 지금 기억해 둬, 라고 한 건 숙부였어요?"

　　숙부는 겨우 이쪽을 향했다. 그리고는 낮은 목소리로, 누구인지 잘 모른다고 대답했다. 지금도 숙부에게 이 이야기를 할 때마다, 누구인지 잘 모른다고 대답하고는 묘한 얼굴을 짓는다.

도둑

　　그만 잘까 하고 옆방으로 갔더니 고다쓰(일본의 전통적인 난방기구. 이불을 위에 덮는다─역주) 냄새가 코를 찌른다. 변소에 다녀오며, 불이 너무 센 듯하니 조심하라고 아내에게 주의를 준 뒤, 다시 내 방으로 돌아왔다. 어느새 11시가 넘었다. 잠자리 속 꿈은 언제나처럼 평온했다. 추운 셈 치고는 바람도 불지 않고 경종소리도 들리지 않았다. 숙면이 시간의 세계를 어딘가로 몰아간 듯 정신없이 곯아떨어졌다.

그러자 홀연히 여자 울음소리에 눈이 뜨였다. 들어보니 모요라는 하녀애 목소리다. 이 하녀는 놀라 허둥지둥하면 언제나 울음소리를 낸다. 며칠 전 집의 갓난아기를 목욕시킬 때 아기가 김 때문에 경련을 일으켰다고 5분이나 울어댔다. 내가 이 하녀의 이상한 소리를 들은 것은 그게 처음이다. 훌쩍거리는 양 치고는 속사포처럼 말을 한다. 호소하는 듯, 설득하는 듯, 사과하는 듯, 연인의 죽음을 슬퍼하는 듯—도저히 경악을 금치 못할 때 보통 나오는, 예리하고 짧은 감탄사의 차원이 아니다.

나는 지금 막 말한 대로 이 이상한 소리에 잠이 깼다. 목소리는 확실히 아내가 자고 있는 옆방에서 들려온다. 동시에 미닫이문을 새어나온 붉은 불이 휙 어두운 서재에 내리꽂혔다. 막 눈뜬 눈동자 속에 이 빛이 닿자마자 나는 불이 났다고 벌떡 튀어 일어났다. 그리고는 번개같이 칸막이 장지를 와장창 열어젖혔다.

그때 나는 뒤집혀진 고다쓰를 상상하고 있었다. 불탄 이불을 상상하고 있었다. 자욱한 연기와 타오르는 다다미를 상상하고 있었다. 그러나 열어본즉 램프는 언제나처럼 켜져 있다. 아내와 아이들은 늘 그대로 자고 있다. 고다쓰는 저녁 때 본 그대로이다. 모든 게 잠들기 전 보았을 때와 똑같다. 평화스럽다. 따뜻하다. 단지 하녀애만이 울고 있다.

하녀는 아내의 이불깃을 짓누른 자세로 속사포처럼 말을 주워섬긴다. 아내는 눈을 뜨고 깜박거리기만 할 뿐 별로 일어날 기색도 없다. 나는 무슨 일이 일어났는지 거의 판단이 서지 않아 문지방턱에 우뚝 선 채 멍하니 방안을 둘러보았다. 그 순간 하녀의 울음소리 속에 도둑이라는 두 글자가 나왔다. 그게 내 귀에 들어오자마자, 모든 게 해결된 것처럼 나는 다짜고짜 아내의 방을 성큼성큼 가로질러 다음 방으로 내달으며, 뭐야? 하고 소리를 질렀다. 그렇지만 내달려간 다음 방은 캄캄했다. 연이어 있는 부엌의 겹문이 한 장 뜯겨진 틈으로 교교한 달빛이 방문턱까지 비쳐들고 있다. 나는 한밤중에 사람이 사는 집속을 비치는 달그림자를 보자, 저절로 춥다고 느꼈다. 맨발인 채로 마루방을 돌아 부엌 개수구 있는 곳까지 와보니 주위는 쥐죽은 듯 고요하다. 바깥을 엿보니 달님만이다. 나는 출입문 앞에서 한발자국도 바깥으로 나가고 싶지 않았다.

되돌아 아내 있는 곳으로 와서, 도둑은 도망쳤어, 안심해, 아무것도 훔쳐간 것도 없고, 하고 말했다. 아내는 그제야 간신히 일어났다. 그리고는 말 없이 램프를 들고 어두운 방까지 와서 장롱을 비쳤다. 여닫이문이 떼어져 있다. 서랍이 열려진 채로 있다. 아내가 내 얼굴을 보며, 역시 도둑 맞았다구요, 하고 말했다. 나도 그제서야 도둑이 일을 끝낸 후에 도망쳤음을 알아차렸다. 뭔가 갑자기 어이가 없어졌다. 한켠을 보니 울면서 깨우러 온 하녀애의 이부자리가 깔려 있다. 머리맡에 또하나 장롱이 있다. 그 위에 또 일용품을 넣어두는 장이 놓여 있다. 연말이기 때문에 의사의 약값 등이 그 속에 들어 있다고 한다. 아내에게 살펴보게 했더니 그쪽은 손을 안 탔다고 한다. 하녀가 울면서 툇마루 쪽으로 튀어나왔기 때문에 도둑도 할 수 없이 일을 중도에 그만두고 도망갔는지 모르겠다.

그러는 동안 다른 방에서 자고 있던 식구들이 모두 깨어났다. 그리고는 모두 왁자지껄 이것저것 말한다. 조금 전 변소에 가느라고 일어났었는데 라는 둥, 오늘밤은 왠지 잠이 안 와 2시경까지 눈을 뜨고 있었는데 라는 둥, 하나같이 유감천만이라는 투다. 그 가운데 열 살 난 큰딸은 도둑이 부엌으로 들어온 것도, 도둑이 삐걱삐걱 툇마루를 걸은 것도 똑똑하게 알고 있다고 했다. 어머나, 정말, 하고 오후사お房('오'는 중세 이후, 주로 여자 이름 위에 붙여 존경, 친근의 뜻을 나타냄-역주)가 놀란다. 오후사는 열여덟 살로, 큰딸과 같은 방에서 자는 친척집 딸이다. 나는 다시 자리에 들어가서 잤다.

다음날은 이 소동으로 여느 때보다 조금 늦게 일어났다. 세수를 하고 아침을 먹고 있는데 부엌에서 하녀가 도둑 발자국을 발견했다는 둥 발견하지 못했다는 둥 하며 소란을 피우고 있었다. 귀찮아서 그냥 서재로 들어갔다. 그리고 나서 10분이 지났을까, 현관 쪽에서 계십니까? 하는 목소리가 들렸다. 우렁찬 목소리다. 부엌 쪽에는 안 들리는 모양이어서 내가 손님을 맞으러 나가보니 순경이 격자문 앞에 서 있었다. 도둑이 들었다지요? 하며 웃고 있다. 문단속은 잘 하셨습니까? 하고 묻길래, 아니오, 그게 아무래도 좀 허술했던가 봅니다, 하고 대답했다. 쯧쯧, 문단속이 허술하면 어느 틈을 비집고서라도 들어옵니다. 겹문 하나하나에 못을 박지 않으면 안 됩니다, 하고 주의를 준다. 나는 예예, 하고 대답을 해두었다. 이 순경을 만나고 보니까 나쁜 것은 도둑이 아니라 문단속을 허술히 한 주인인 것 같은 마음이 들었다.

순경은 부엌으로 돌았다. 거기에서 아내를 붙잡고 분실된 물건을 수첩에 적어넣었다. 금실로 짠 마루오비丸帶(천의 폭을 두 겹으로 접어 만든 폭이 넓은 예복용 띠-역주)가 하나군요.—마루오비란 무엇인가요? 마루오비라고 써두면 알겠습니까? 음, 그럼 금실 마루오비가 하나에다 그리고⋯⋯.

하녀가 히쭉히쭉 웃고 있다. 이 순경은 마루오비도 하라아와세腹合せ(겉과 안을 각각 다른 천으로 만든 여자용 허리띠-역주)도 전혀 모른다. 아주 간단한 재미있는 순경이다. 이윽고 분실목

록을 열 점쯤 쓴 뒤 그 밑에 가격을 기입하고, 그러면 전부 해서 백오십 엔이 되는군요, 하고 다짐을 둔 뒤 돌아갔다.

나는 이때 비로소 무엇을 도둑맞았는지를 명료하게 알았다. 잃어버린 것은 열 점, 전부 오비다. 어젯밤 들어온 도둑은 오비 도둑이었다. 설날을 눈앞에 둔 아내는 얼굴을 찡그린다. 아이들이 사흘이나 기모노를 갈아입을 수 없다는 것이다. 할 수 없다.

점심때가 지나자 형사가 왔다. 객실에 올라와 이것저것 보고 있다. 통 속에 촛불이라도 켜놓고 일을 한 건 아닌지 하며, 부엌의 작은 나무통까지 조사하고 있었다. 자, 차라도 한잔 하시지요, 하고 볕 잘 드는 차노마茶の間(가족들이 모여 식사를 하거나 담소하는 방ー역주)에 앉힌 뒤 이야기를 했다.

도둑은 대개 시타야, 아사쿠사 근처에서 전차로 와서, 다음 날 아침 다시 전차로 돌아간다고 한다. 대개는 못 잡는다고 한다. 잡으면 오히려 형사쪽이 손해를 본다고 한다. 도둑을 전차에 태우면 전차값이 손해가 된다. 재판에 나가면 도시락값이 손해가 된다. 기밀비는 경시청이 반 가져가 버린다고 한다. 나머지를 각 경찰에 할당한다고 한다. 우시고메에는 형사가 겨우 서너 명밖에 없다고 한다ー경찰의 힘이라면 웬만한 일은 해결할 수 있으리라 믿고 있던 나는 몹시 불안한 마음이 들었다. 이야기를 들려주는 형사도 불안한 얼굴을 하고 있다.

단골사람을 불러 문을 고치려 했지만 공교롭게 연말로 바빠서 못 온다고 한다. 그러는 사이 밤이 되었다. 할 수 없어서 그냥 그대로 해두고 잔다. 모두 어쩐지 기분이 찜찜한 것 같다. 나도 결코 기분이 좋지는 않다. 도둑은 각자 나름대로 단속해야 한다고 경찰로부터 선고받은 것과 마찬가지기 때문이다.

그렇긴 해도 어제 도둑을 맞았으니 오늘은 뭐 괜찮겠지, 하고 마음을 편히 먹고 잠자리에 들었다. 그러자 또 한밤중에 아내가 두드려 깨웠다. 조금 전부터 부엌쪽에서 딸그락 소리가 나고 있다, 찜찜하니까 일어나서 한번 가보라고 이른다. 과연 딸그락거린다. 아내는 이미 도둑이 들어온 듯한 얼굴을 하고 있다.

나는 가만히 잠자리를 빠져나왔다. 살금살금 아내의 방을 가로질러 간막이 맹장지 옆까지 오니, 다음방에서는 하녀가 코를 골고 있다. 나는 되도록 조용히 맹장지를 열었다. 그리고는 캄캄한 방안에 혼자 섰다. 딸그락딸그락 하는 소리가 난다. 분명 부엌 입구쪽이다. 어둠 속을 그림자가 움직이는 것처럼 세 발자국쯤 소리나는 곳으로 다가갔더니 이미 방 출구다. 장지문이 서 있다. 바깥은 금방 마루방이 된다. 나는 장지문에 몸을 기대고 어둠 속에서 귀를 곤추세웠다. 이윽고 딸그락 소리가 났다. 한참 있자 또 딸그락 한다. 나는 이 수상쩍은 소리를 약 서너 번 들었다. 그리고 이것은 마루방 왼쪽에 있는 찬장 속에서 나

는 소리가 틀림없는 것을 확인했다. 금세 보통 걸음과 대수롭
지 않은 태도로 아내 곁에 돌아왔다. 서생원이 뭔가 갉아먹고
있는 소리야, 안심하라구, 하고 말했더니, 아내는 그래요? 하
며 고마워하는 것 같은 대답을 한다. 그리고는 둘이 다 마음놓
고 잠에 빠졌다.

아침이 되어 또 세수를 하고 차노마로 나오니까, 아내가 쥐
가 갉아먹은 가쓰오부시(가다랭이를 쪄서 말린 포를 얇게 밀은 일
종의 조미료—역주)를 상 앞으로 내밀며, 어젯밤 그 소리는 바로
이거예요, 하고 설명했다. 나는 아, 그렇군, 하고 하룻밤 동안
에 무참히 당한 가쓰오부시를 바라보고 있었다. 그러자 아내
는, 여보, 내친김에 쥐를 쫓아 가쓰오부시를 간수해 주셨으면
좋았을텐데, 하고 조금 불평어린 투로 말했다. 나도 그렇게 했
더라면 좋았을 뻔했다고 이때 처음 알았다.

감

기짱이라는 아이가 있다. 매끄러운 피부와 초롱초롱한 눈동
자를 하고 있지만, 볼색은 발육 좋은 여느 아이들처럼 생기가
돌지 않는다. 얼핏 봐서는 전부가 누런 기분을 준다. 어머니가
너무 금이야 옥이야 해서 바깥에 나가지 못하게 한 탓이라고

단골 여자 가미유이髮結(머리를 전문으로 틀어올려 주는 일을 함-역주)가 평한 적이 있다. 어머니는 소쿠하쓰束髮(메이지시대에 유행한 서양식 트레머리-역주)가 유행인 요즘 세상에 옛날식 마게髷(둥글게 틀어올린 머리-역주)를 나흘에 한번씩 반드시 빗어 쪽찌는 여자로서, 자기 아들을 기짱 기짱 하고 언제나 짱(씨, 군보다 더 다정한 일본의 독특한 호칭-역주)을 붙여 부르고 있다. 이어머니 위에는 또 기리사게切下(목언저리까지 짧게 깎은 머리형으로, 흔히 미망인이 했음-역주)의 할머니가 있어 이 할머니가 역시 기짱 기짱 하고 부르고 있다. 기짱, 가야금 배우러 갈 시간이에요. 기짱, 일없이 밖에 나가 동네 애들과 놀면 안돼요 등 말하고 있다.

기짱은 이래서 좀처럼 밖에 나가 놀아본 적이 없다. 더욱이 주위가 그다지 고상하지 못하다. 앞에 과자장이네 집이 있다. 그 옆에 기와장이네가 살고 있다. 조금 앞으로 가면 나막신에 징을 박거나 냄비에 땜질을 하는 땜장이네가 있다. 그러나 기짱네는 은행원이다. 담안에 소나무가 심어져 있다. 겨울이 되면 정원사가 와서 좁은 정원에 마른 소나무 가지를 가득히 떨구고 간다.

기짱은 학교에서 돌아와 정 심심해지면 할 수 없이 뒤쪽에 나가 논다. 뒤쪽은 어머니와 할머니가 서답에 풀을 먹이는 곳이다. 요시가 빨래를 하는 곳이다. 설 무렵이 되면 수건을 질끈

머리 뒤로 동여맨 남자가 절구통을 메고 와서 떡을 치는 곳이
다. 그리고는 짠지거리 배추에 소금을 뿌려 나무통에 채워 넣
는 곳이다.

　기짱은 여기에 나와 어머니랑 할머니랑 요시를 상대로 놀고
있다. 때로는 상대가 없는데도 혼자 나올 적이 있다. 그때는 야
트막한 나무울타리 틈으로 곧잘 뒤쪽 나가야長屋(칸을 막아서
여러 가구가 살 수 있도록 만든 한 용마루의 긴 집-역주)를 들여다
본다.

　나가야는 대여섯 채가 있다. 나무울타리 밑이 서너 척 벼랑
으로 되어 있기 때문에 기짱이 들여다보면 알맞게 위에서 내려
다보게끔 되어 있다. 기짱은 어린 마음에, 이렇게 뒤쪽 나가야
를 내려다보는 게 유쾌한 것이다. 병기공장에 다니는 다쓰 씨
가 웃통을 벗고 술을 마시고 있으면, 술을 마시고 있어, 하고
어머니에게 말한다. 목수 겐보가 큰 자귀를 갈고 있으면, 뭔가
갈고 있어, 하고 할머니에게 알린다. 그밖에 싸움을 하고 있어,
군고구마를 먹고 있어 등, 내려다본 대로를 보고한다. 그러면
요시가 큰 목소리를 내어 웃는다. 어머니도 할머니도 재미있다
는 듯 웃는다. 기짱은 이렇게 웃기는 게 제일 득의양양한 것이
다.

　기짱이 뒤쪽을 훔쳐보고 있노라면 간혹 겐보의 아들 요키치
와 얼굴이 마주칠 때가 있다. 마주치면 세 번에 한 번꼴은 이야

기를 한다. 그렇지만 기짱과 요키치니까 말이 맞을 리 없다. 언제나 싸움으로 번져버린다. 요키치가, 뭐야, 푸르딩딩아, 하고 밑에서 말하면 기짱은 위에서, 야아 코찔찔이 자식아, 가난뱅이야, 하고 비웃듯 둥근 턱을 치켜올려 보인다. 한번은 요키치가 분통이 터져 밑에서 빨래장대를 쑥 내밀었기 때문에 기짱은 질급을 하고 집안으로 도망쳐버렸다. 그 다음에는 기짱이 털실로 색색이 예쁘게 얽은 고무공을 벼랑 밑으로 떨어뜨린 것을 요키치가 주워 좀처럼 돌려주지 않았다. 돌려줘, 던져줘, 응, 응, 하고 열심히 졸랐지만 요키치는 공을 가진 채 위를 보고 거드름을 피워댔다. 빌어, 빌면 돌려주지, 하고 말한다. 기짱은 누가 빌 줄 알고, 도둑놈, 하고 내뱉은 채 바느질을 하고 있는 어머니 곁에 달려가 목을 놓아 울었다. 정색을 한 어머니가 여태까지의 좋은 얼굴을 싹 바꾸자, 요키치의 어머니는 정말 안됐네요, 했을 뿐 공은 결국 기짱 손에 돌아오지 않았다.

그 후 사흘이 지나 기짱은 커다랗고 빨간 감 하나를 들고 또 뒤쪽으로 나갔다. 그러자 요키치가 여느 때처럼 벼랑 밑으로 다가왔다. 기짱은 나무울타리 사이로 붉은 감을 내밀고는, 이거 줄까? 하고 말했다. 요키치는 밑에서 감을 노려보며, 뭐라구, 치, 그까짓 거 필요없어, 하고 꼼짝도 하지 않고 있다. 필요없어? 필요없으면 그만두라지. 기짱은 나무울타리에서 손을 오므렸다. 그러자 요키치는 역시 뭐야, 뭐야, 치, 이자식 맞아

볼래, 하면서 바싹 벼랑 밑으로 다가왔다. 그럼, 갖고 싶어? 하고 기짱은 또 감을 내밀었다. 누가 갖고 싶대? 그까짓 거, 요키치는 눈을 왕방울처럼 부라려 올려다본다.

이런 문답을 너댓 번 되풀이한 후, 기짱은 자, 줄게, 하며 손에 들고 있던 감을 픽 벼랑 밑으로 떨어뜨렸다. 요키치는 허겁지겁 진흙이 묻은 감을 주웠다. 그리고는 줍자마자 덥석 한 입 베어물었다.

그때 요키치의 콧구멍이 벌벌 떨듯 씰룩거렸다. 두터운 입술이 오른쪽으로 일그러졌다. 그리고는 막 베어문 감 한쪽을 퉤 뱉어냈다. 그러고는 증오에 가득찬 눈으로, 아이구 떫어, 이따위 걸, 하며 손에 쥔 감을 기짱에게 냅다 던졌다. 감은 기짱 머리를 스쳐지나 뒤쪽 광에 부딪쳤다. 기짱은, 야, 이 돼지야, 하고 말하며 집으로 뛰어들어갔다. 좀 있자 기짱네 집에서 커다란 웃음소리가 들렸다.

화로

눈을 뜨니까 간밤에 안고 잤던 회로懷爐가 배 위에서 차갑게 식어 있었다. 유리문 너머로 차양 저쪽을 바라보니 무거운 하늘이 폭 삼 척쯤 되는 납덩이처럼 보였다. 위의 통증은 거의 죽은 것 같다. 결연히 자리를 박차고 일어나긴 했지만 예상보다 훨씬 춥다. 창 밑에는 어제의 눈이 그대로이다.

목욕탕에는 얼음이 번쩍거리고 있다. 수도가 얼어붙어 마개가 말을 듣지 않는다. 겨우 온수마찰을 끝내고 차노마에서 홍차를 찻잔에 따르고 있으려니 두 살배기 아들놈이 여느 때처럼 울어대기 시작했다. 이 애는 그저께도 하루종일 울고 있었다. 어제도 계속해서 울었다. 아내에게 어디 아픈 거 아니냐고 물었더니, 아프긴요, 추워서예요, 라고 한다. 할 수 없다. 과연 흐응 흐응, 우는 게 아프지도 괴롭지도 않은 것 같다. 그렇지만 울 정도니까 어딘가 불안한 구석이 있을 것이다. 듣고 있으려니 나중에는 이쪽이 불안해져온다. 가끔 얄미운 생각도 든다. 버럭 야단을 치고 싶지만 꾸짖기에는 어쨌든 너무 어린 걸 생각하고 그만 참는다. 그저께도 어저께도 그랬지만 오늘 또한 하루종일 그럴 걸 생각하자 아침부터 마음이 좋지 않다. 위가 나빠서 요즘은 아침을 굶기로 정하고 있기 때문에 홍차 잔을 든 채 서재로 물러났다.

화로에 손을 쬐이며 몸을 조금 녹이는데 아이가 맞은편에서 또 울어댄다. 그 사이 손바닥만은 연기가 날 정도로 빨개져 있다. 그렇지만 등허리에서 어깨쪽은 터무니없이 춥다. 특히 발부리께가 차갑다 못해 따끔따끔할 지경이다. 그래서 할 수 없이 꼼짝 않고 앉아 있었다. 조금이라도 손을 움직이면 손이 어딘가 차가운 곳에 닿는다. 그게 가시에라도 찔린 듯 신경을 건드린다. 목을 빙 돌리는 것조차 목덜미가 옷깃에 섬뜩 스치는 게 견디기 어려운 느낌이다. 나는 추위의 압박을 사방에서 받으며 10조 다다미의 서재 한복판에 옹송그려 앉았다. 이 서재는 마루방이다. 의자를 놓아야 할 곳에 카펫을 깔아 보통 다다미방인 양 상상하며 앉아 있다. 그러나 카펫이 좁기 때문에 사방에 반들반들한 마루가 드러나 번쩍거리고 있다. 물끄러미 이 마루를 바라보며 움츠리고 있는데, 또 아들놈이 울어댄다. 일할 용기가 좀체 솟지 않는다.

마침 그때 아내가 잠깐 시계를 빌리러 들어와서, 또 눈이 오는군요, 하고 말한다. 보니, 언제부터인지 싸락눈이 내리기 시작했다. 바람 한점 없이 탁한 하늘 어딘가에서 조용히, 살살, 차갑게 떨어져내린다.

"이봐, 작년에 애가 아파 스토브를 피웠을 때 숯값이 얼마나 들었지?"

"그때는 월말에 28엔 치렀어요."

나는 아내의 말을 듣고 스토브를 단념했다. 객실의 스토브는 뒤란 광에 그냥 굴러 있는 것이다.

"이봐, 거 애 좀 조용하게 할 수 없어?"

아내는 부득이하다는 듯한 얼굴을 짓는다. 그리고는 말했다.

"오마사お政가 배가 아파서 몹시 괴로워하는 것 같은데 하야시 선생한테 부탁해볼까요?"

오마사가 요며칠 누워 있다는 건 알고 있었지만 그렇게까지 나쁜 줄은 생각하지 못했다. 빨리 의사를 부르는 게 좋다고 이쪽에서 오히려 재촉하듯 말하자, 아내는 그럼 그렇게 하죠, 하며 시계를 든 채 밖으로 나갔다. 문을 닫을 때, 아이고 이 방 추운 거란, 하고 말했다.

아직도 손이 곱아 일할 기분이 나지 않는다. 사실을 말하자면 일은 산더미 같다. 나는 원고를 1회분 쓰지 않으면 안 된다. 어떤 미지의 청년으로부터 의뢰받은 단편소설을 두어 편 읽어둘 의무가 있다. 어떤 잡지에 어떤 사람의 작품을 편지를 붙여 소개할 약속이 있다. 요 두세 달 중에 꼭 읽으려 하면서 읽지 못했던 서적이 책상 옆에 수북이 쌓여 있다. 이 일주일 동안은 일을 하려고 책상 앞에 앉기만 하면 사람이 온다. 그리고 하나같이 뭔가 의논거리를 가지고 온다. 게다가 위가 아프다. 그 점에서 본다면 오늘은 다행이다. 그렇지만 아무리 생각해보아도 춥고 귀찮아서 통 화로에서 손을 뗄 수가 없다.

그러자 현관에 인력거를 세우는 사람이 있다. 하녀가 와서 나가사와 씨가 오셨습니다, 하고 전한다. 나는 화로 옆에 웅숭그린 채 치켜뜬 눈으로 들어오는 나가사와를 쳐다보며, 추워서 꼼짝 못해, 하고 말했다. 나가사와는 품속에서 편지를 꺼내더니 이번 15일은 음력설이니까 꼭 한번 봐달라 어쩌구 하는 편지를 읽었다. 변함없이 돈 의논이다. 나가사와는 12시 지나서 돌아갔다. 그렇지만 아직도 추워서 견딜 수 없다. 차라리 공중탕이라도 가서 기운을 차려볼까 해서 수건을 늘어뜨리고 현관을 나서는데, 실례합니다 하는 요시다와 딱 마주쳤다. 객실로 들여 이런저런 신세타령을 듣고 있는데, 요시다는 뚝뚝 눈물을 흘리며 울기 시작했다. 그새 안채 쪽에는 의사가 와서 어쩐지 어수선하다. 겨우 요시다가 돌아가자 애가 또 울어댔다. 마침내 목욕탕에 갔다.

　목욕을 하고 나니 비로소 따뜻해졌다. 날아갈 듯 집으로 돌아와 서재에 들어가니 램프가 밝혀져 있고 커튼이 쳐져 있다. 화로에는 새로 넣은 참숯이 이글거린다. 나는 방석 위에 털썩 주저앉았다. 그러자 아내가 안에서 춥지요? 하며 뜨거운 메밀당수를 들고 왔다. 오마사의 용태를 물었더니, 자칫하면 맹장염이 될지도 모른다네요, 한다. 나는 메밀당수를 훌훌 불어가며, 혹 나쁠 것 같으면 입원시키는 게 좋다고 일렀다. 아내는, 그게 좋겠지요, 하며 차노마로 사라졌다.

　아내가 나가고 나자 갑자기 조용해졌다. 정말로 눈 내리는 밤이다. 울보는 다행히 잠이 든 것 같다. 뜨거운 메밀당수를 홀짝거리며 밝은 램프 밑에서 탁탁 튀는 참숯소리에 귀를 기울이고 있자, 빠알간 불기가 잿더미 속에 아른아른 흔들리고 있다. 간간이 연푸른 불꽃이 숯줄기에서 나온다. 나는 이 불빛에서 비로소 하루의 따뜻함을 알았다. 그리고 점점 하얗게 사그라지는 숯덩이를 5분쯤 지켜보고 있었다.

하숙

처음 하숙을 한 곳은 시의 북쪽 조금 높은 지대였다. 붉은 벽돌집 아담한 이층건물이 마음에 들었기 때문에 비교적 비싼 주 2파운드의 방세를 내고 뒤쪽 방을 한 칸 빌렸다. 그때 앞쪽 방을 차지하고 있던 K씨는 목하 스코틀랜드 여행 중으로 당분간 돌아오지 않는다는 주부의 설명이 있었다.

주부란, 눈이 쑥 들어가고 코가 우뚝 솟은데다 턱과 뺨이 뾰족한 날카로운 얼굴의 여자로, 얼핏 봐서는 몇 살인지 판단하지 못할 정도로 여성을 초월해 있다. 신경질, 불평, 고집불통, 빈대머리, 의혹 등 일체의 약점이 온화한 눈코를 실컷 가지고 논 결과 이렇게 비뚤어진 인상이 된 것은 아닐까, 하고 나는 생각했다.

주부는 북쪽나라에 어울리지 않는 검은 머리와 검은 눈동자를 갖고 있다. 그렇지만 말은 여느 영국인과 조금도 다른 데가 없다. 옮겨온 첫날, 밑에서 차 안내가 있었기 때문에 내려가보았더니 가족은 아무도 없다. 나는 북향 작은 식당에 이 주부와 단둘이 마주앉았다. 햇빛과는 인연이 먼 듯한 어둑어둑한 방을 둘러보니 맨틀피스 위에 수선화가 외롭게 꽂혀 있었다. 주부는 내게 차와 토스트를 권하면서 잡다한 이야기를 했다. 그리고 무슨 말 끝에, 태어난 고향은 영국이 아니라 프랑스라는 걸 밝혔다. 그리고는 검은 눈을 굴려 뒤 유리병에 꽂힌 수선화를 돌아다보며, 영국은 흐리고 추워서 나쁘다고 말했다. 꽃만 해도 보시다시피 예쁘지 않다고 가르쳐줄 셈이었으리라.

나는 속으로 이 수선화의 시들시들하게 핀 모양과 이 여자의 비쩍 마른 뺨속에 흐르고 있는 생기없는 핏방울을 비교한 뒤, 먼 프랑스에서 봐야 할 따뜻한 꿈을 상상했다. 주부의 검은 머리와 검은 눈 속에는 그 옛날 이미 사라진 봄향기의 무상한 역사가 있을 것이다. 당신은 프랑스어를 할 줄 아십니까? 하고 물어보았다. 아니라고 대답하려고 하는 혀를 가로막고, 서너 마디 연달아 매끄러운 남쪽 말을 썼다. 저런 앙상한 목에서 어떻게 나올까 여겨질 만큼 아름다운 악센트였다.

그날 저녁 만찬 때는 머리가 훌렁 벗겨진 흰 수염의 노인이 탁자에 앉았다. 제 아버님입니다, 하고 주부가 소개를 해서야 비로소 주인은 노인이었다는 것을 알았다. 이 주인은 묘한 말투를 쓴다. 얼핏 들어도 결코 영국인이 아니다. 과연 부녀가 해협을 건너 런던까지 와서 살고 있다고 납득이 갔다. 그러자 노인이 나는 독일인이라고 묻지도 않은 말을 자기 쪽에서 꺼냈다.

나는 짐작이 약간 빗나갔기 때문에, 그렇습니까, 라고만 했다.

　방에 돌아와 책을 읽고 있는데, 묘하게도 밑의 부녀가 마음에 걸려 견딜 수 없다. 그 노인은 앙상한 딸과 비교해서 어느 곳도 닮은 데가 없다. 부어오른 듯 퉁퉁한 얼굴 한복판에 두껍고 납작한 코가 막 빚은 듯 붙어 있고 두 눈은 가느다랗다. 남아프리카 대통령에 쿠르겔이라는 이가 있다. 그와 아주 닮았다. 산뜻하고 기분좋게 이쪽 눈에 비치는 얼굴이 아니다. 게다가 딸에 대한 말투가 온화하지 못하다. 이가 빠져 우물거리는 주제에 어딘지 행동이 거친 데가 보인다. 딸도 아버지를 대할 때는 험상한 얼굴이 더욱더 험상하게 되는 것처럼 보인다. 아무리 봐도 예사 부녀가 아니다―나는 그렇게 생각하고 잤다.

　이튿날, 아침을 먹으러 내려가니 간밤의 부녀 외에 또 가족이 한 사람 붙어 있었다. 새로 식탁에 앉은 사람은 혈색이 좋고 애교가 있는 마흔쯤 난 남자다. 나는 식당 입구에서 이 남자의 얼굴을 보았을 때 비로소 생기 있는 인간사회에 사는 것 같은 기분이 들었다. my brother(마이 부라더), 하고 주부가 이 남자를 내게 소개했다. 역시 남편은 없었던 것이다. 그러나 남매라고는 도저히 생각 못할 만큼 얼굴 생김이 판이했다.

　그날은 바깥에서 점심을 먹고 3시 넘어 돌아와 내 방으로 들어갔는데, 좀 있자 차를 마시러 오라고 부르러 왔다. 오늘도 흐린 날씨다. 어둑어둑한 식당문을 열자 주부가 혼자 스토브 옆에 찻잔을 놓고 앉아 있었다. 석탄을 지핀 탓인지 약간 밝은 느낌이 들었다. 막 타오르기 시작한 불꽃에 비추어진 주부의 얼굴을 보니까, 엷게 달아오른 볼 위에 덧분을 살짝 발랐다. 나는 방 입구에서 화장의 외로움이라는 걸 절실히 깨달았다. 주부는 내 인상을 알아차린 듯한 눈매를 했다. 내가 주부로부터 일가의 사정을 들은 건 이때다.

주부의 어머니는 25년 전 옛날, 어떤 프랑스인과 결혼하여 이 딸을 얻었다. 몇 년 같이 산 후 남편이 죽었다. 어머니는 딸을 데리고 독일인과 재혼했다. 그 독일인이 간밤의 노인이다. 지금 런던의 웨스트 엔드에서 양복점을 열고 매일매일 그곳에 통근하고 있다. 전처의 아들도 같은 가게에서 일하고 있지만 부자의 사이가 대단히 나쁘다. 같은 집에 살아도 말을 나눈 적이 없다. 아들은 언제나 밤늦게 돌아온다. 현관에서 구두를 벗고 양말바람으로 살금살금, 아버지 몰래 복도를 지나 자기 방에 들어가 자버린다. 어머니는 이미 오래 전에 돌아가셨다. 죽을 때 자신의 일을 신신당부했지만 어머니 재산을 전부 아버지 손에 넘긴 뒤로는 한 푼도 자유롭게 쓸 수 없다. 할 수 없어 이렇게 하숙을 쳐 용돈을 번다는 것이다. 아그니스는—

주부는 거기에서 더 이상 이야기하지 않았다. 아그니스란 이 집에서 부리고 있는, 열서너 살 먹은 여자애의 이름이다. 나는 그때 오늘 아침에 본 아들의 얼굴과 아그니스 사이에 어딘가 닮은 데가 있는 것처럼 느꼈다. 때마침 아그니스가 토스트를 안고 부엌에서 나왔다.

"아그니스, 토스트 먹겠니?"

아그니스는 말없이 토스트 한 조각을 받아 다시 부엌쪽으로 사라졌다.

한 달 후 나는 이 하숙을 떠났다.

과거의 냄새

내가 하숙을 나오기 이주일쯤 전에 K군이 스코틀랜드에서 돌아왔다. 그때 나는 주부에 의해 K군에게 소개되었다. 두 일본인이 런던의 야마노테 같은 지역의 작은 집에서 우연히 만나, 더욱이 미처 통성명을 하지 않았기 때문에 신분도 내력도 경력도 모르는 외국부인의 힘을 빌려, 모쪼록 잘 부탁하노라 머리를 숙인 건 생각하면 지금도 묘한 느낌이 든다. 그때 이 노영양은 검은 옷을 입고 있었다. 앙상해서 기름기라고는 없는 손을 앞으로 내밀며, K씨, 이 분이 N씨라고 했는데, 미처 말이 끝나기도 전에 또 한 손을 내쪽으로 내밀며 N씨, 이분이 K씨라고 공평하게 쌍방을 등분해서 대면시켰다.

나는 노영양의 태도가 자못 엄숙하고, 일종의 중요한 기가 깃든 형식을 갖추고 있는 것에 적지 않게 놀랐다. K군은 내 맞은편에 서서 쌍꺼풀진 예쁜 눈매에 주름을 잡아가며 미소를 흘리고 있었다. 나는 웃기보다 오히려 모순된 외로움을 느꼈다. 유령의 중매로 결혼식을 치른다면 이런 기분이 아닐까, 하고 일어나면서 생각했다. 이 노영양의 검은 그림자가 움직이는 곳은 모조리 생기를 잃어버리고 단번에 고적으로 변화하는 것처럼 여겨진다. 잘못 그 몸에 닿는 날이면, 닿은 사람의 피가 그곳만 차가워진다고밖에 상상이 안 된다. 나는 창문 저쪽으로 사라지는 여자의 발소리에 귀를 막았다.

노영양이 나간 뒤 나와 K군은 당장 친해져버렸다. K군의 방은 멋진 카펫에 하얀 실크 커튼, 훌륭한 안락의자와 로킹체어가 갖추어져 있는 데다 작은 침실이 별도로 딸려 있었다. 무엇보다도 기쁜 것은 끊임없이 스토브에 불을 지펴, 아끼지 않고 빨간 석탄을 허물고 있는 것이다.

이후 나는 K군의 방에서 K군과 둘이서 차를 마시기로 했다. 낮에는 둘이 근처의 음식점을 자주 찾았다. 계산은 반드시 K군이 했다. K군은 잘은 모르지만 축항築港을 조사하러 왔다든가 해서 꽤 돈을 가지고 있었다. 집에 있을 때는 적갈색 공단에 화조가 수놓인 드레싱 가운을 입고 매우 유쾌한 듯 웃었다. 이에 반해 나는 일본을 떠날 때의 옷 그대로로 꾀죄죄하기 그지없었다. K군이 너무하다며 새양복을 살 비용을 빌려주었다.

두 주일 사이 K군과 나는 여러 이야기를 나누었다. K군이 조만간 게이오慶応내각을 만든다고 한 적이 있다. 게이오 연대(메이지시대 직전의 연호. 4년간 지속 - 역주)에 태어난 사람만으로 내각을 꾸미니까 게이오 내각이라는 것이다. 내게, 자네는 언제 태어났나, 하고 묻길래 게이오 3년이라고 대답했더니, 그럼 장관 자격이 있다고 웃고 있었다. K군은 확실히 게이오 2년인가 초년생이라고 기억하고 있다. 나는 하마터면 일년 차이로 K군과 함께 내각에 참여할 권리를 잃어버릴 뻔했다.

이런 재미난 이야기를 하고 있는 사이, 때때로 아래층 가족이 소문에 오를 적이 있었다. 그러면 K군은 언제나 눈살을 찌푸리고 머리를 흔들었다. 아그니스란 작은 여자애가 제일 가엾다고 했다. 아그니스는 아침마다 석탄을 K군 방에 가져온다. 점심 좀 지나서는 차와 버터와 빵을 가져온다. 말없이 가져와서 말없이 놓고 돌아간다. 언제 봐도 핼쑥한 얼굴을 하고, 축축하게 젖은 큰 눈으로 약간 인사를 할 뿐이다. 그림자처럼 나타나서는 그림자처럼 사라진다. 발소리를 낸 적이란 한번도 없다.

어느 날 나는 불쾌해서 이 집을 나가려 한다고 K군에게 알렸다. K군은 찬성하고, 나는 이렇게 조사 때문에 여기저기 뛰어다녀야 할 처지니까 상관없지만 자네는 보다 안락한 곳에 자리잡아 공부하는 게 좋으리라는 주의를 주었다. 그때 K군은 지중

해 저쪽으로 건너간다고 하면서 열심히 여장을 꾸리고 있었다.

내가 하숙을 나올 때 노영양은 간절히 나를 회유하려 했다. 하숙비를 깎아주겠다, K군이 없을 때는 그 방을 사용해도 괜찮다고까지 말했지만 나는 마침내 남쪽으로 옮겨버렸다. 동시에 K군도 멀리 가버렸다.

두어 달 지나고 나서 갑자기 K군의 편지를 받았다. 여행에서 돌아왔다, 당분간 이곳에 있으니 놀러오라고 씌어 있었다. 금방 달려가고 싶었지만 이것저것 형편이 여의치 않아 북쪽 끝까지 갈 시간이 없었다. 일주일쯤 되어 이스링턴까지 갈 일이 생긴 것을 기회로 돌아오는 길에 K군에게 들러보았다.

앞쪽으로 난 이층 창문에 예의 하얀 커튼이 쳐진 채 유리창에 비치고 있다. 나는 따뜻한 난로와 적갈색 공단과 안락의자와 쾌활한 K군의 여행담을 상상하며 기세좋게 문을 밀치고 층계를 뛰어오르듯 올라가 문고리를 똑똑 두드렸다. 입구 저쪽에 발소리가 없기 때문에 혹 들리지 않았나 싶어 다시 고리에 손을 대려는 순간, 문이 저절로 열렸다. 나는 그 문턱에 한 발을 디밀었다. 그리고 사죄하는 것처럼 나를 가만히 쳐다보는 아그니스의 얼굴과 부딪혔다. 그때 이 석 달 정도 잊고 있었던 과거의 하숙집 냄새가, 좁은 복도 한복판에서 내 취각을 번개가 번쩍이는 것처럼 자극했다. 그 냄새 속에는 검은 머리와 검은 눈과, 쿠르겔 같은 얼굴과, 아그니스를 닮은 아들과, 아들의 그림자 같은 아그니스와, 그들 사이에 뒤얽힌 비밀이 한꺼번에 들어 있었다. 나는 이 냄새를 맡았을 때 그들의 정의情意, 동작, 언어, 안색을 선명하게 어두운 지옥 뒤쪽에서 인정했다. 나는 이층으로 올라가 차마 K군을 만날 수가 없었다.

고양이 묘

와세다로 옮기고 나서 고양이가 점점 야위어갔다. 아이들과 노는 기색이 전혀 없다. 볕만 들면 툇마루에서 졸고 있다. 앞발을 가지런히 모은 위에 네모난 턱을 올려놓고, 물끄러미 뜰의 우묵한 나무들을 바라본 채, 조금도 움직일 생각을 하지 않는다. 아이들이 아무리 그 곁에서 소란을 피워도 모른 척하고 있다. 아이들 쪽에서도 처음부터 상대하지 않게 되었다. 이 고양이는 도저히 같이 놀 동무가 아니라고 약속이라도 한 것처럼 옛 친구를 타인 취급하고 있다. 아이들만이 아니다. 하녀는 그냥 세 끼 밥을 부엌 구석에 놓기만 할 뿐, 거의 거들떠보지 않았다. 게다가 그 밥은 대개 근처에 있는 큰 얼룩고양이가 와서 먹어버렸다. 고양이는 별로 화내는 기색도 없었다. 싸움하는 걸 본 적도 없다. 그냥 꼼짝 않고 졸기만 했다. 그러나 그 조는 모습에는 어딘지 모르게 여유가 없다. 비스듬히 누워 느긋이

해바라기를 하고 있는 푼수와는 달리, 움직일 만큼의 여유가 없기 때문에—이걸로는 아직 형용이 부족하다. 께느른함이 어느 도를 넘어서, 움직이지 않으면 외롭지만, 움직이면 더 외롭기 때문에 가만히 참고 있는 것 같이 보였다. 그 눈길은 언제나 정원의 우묵한 나무들에 붙박혀 있지만, 그는 아마 나뭇잎도 나무 둥치도 의식하지 않고 있었으리라. 푸른빛 도는 노란 눈동자를 그저 멍청히 그곳에 던지고 있을 뿐이다. 그가 집의 아이들로부터 자기 존재를 인정받지 못하고 있듯, 그 스스로도 세상의 존재 따위는 별로 인정하지 않고 있었던 듯하다.

그래도 가끔은 일이 있는 듯 바깥에 나갈 적이 있다. 그러면 언제나 근처의 얼룩고양이로부터 추격을 당한다. 그리고 겁이 나니까 툇마루로 뛰어올라 닫혀진 창호지 문살을 들이박은 뒤, 이로리(마룻바닥을 사각형으로 도려파고 방한용, 취사용으로 불을 피우는 장치-역주) 옆까지 도망쳐 온다. 집사람들이 그의 존재를 알아차리는 것은 이때뿐이다. 그도 이때만은 자기가 살아 있다는 사실을 만족스레 자각할 것이다.

이게 횟수가 잦아짐에 따라 고양이의 긴 꼬리털이 점점 빠져 갔다. 처음에는 군데군데가 구멍처럼 듬성듬성 패어 보였지만 나중에는 알몸 전체로 번져, 보기만 해도 가엾을 정도로 축 처져 있었다. 그는 만사에 지친 몸을 옹송그리고 줄곧 아픈 국부를 핥아댔다.

여봐, 고양이가 어떻게 된 모양인데, 하고 말하자, 글쎄요, 역시 나이먹은 탓이겠죠 뭐, 라고 아내는 지극히 냉담하다. 나도 그냥 내버려두었다. 그러자 얼마 뒤, 이번에는 걸핏하면 세 끼 밥을 토해대기 시작했다. 목젖을 그르렁거리는가 하면, 재채기인지 훌쩍거림인지 감이 잡히지 않는 소리를 고통스러운 듯 낸다. 괴로워 보였지만 부득이했기 때문에 생각이 미치면 바깥으로 쫓아내는 게 고작이었다. 그러지 않으면 다다미 위나 이부자리 위가 사정없이 더럽혀지기 때문이다. 손님용으로 장만한 비단방석은 거의 전부 이 고양이 때문에 얼룩덜룩해졌다.

"이거 안 되겠어. 위장이 나쁜가봐. 위장약이라도 물에 녹여 먹여봐."

아내는 아무 말도 하지 않았다. 2, 3일 뒤, 위장약을 먹였느냐고 묻자, 먹여도 안 되던데요, 입을 열지 않아요, 라는 대답을 한 뒤, 생선뼈를 먹여도 토하는 걸요, 하고 설명을 덧붙인다. 그럼 안 먹이는 게 좋잖아 하고, 조금 볼멘소리로 힐난하며 읽던 책을 보았다.

고양이는 구토만 가라앉으면 여전히 얌전하게 자고 있다. 요즘에는 꼼짝않고 몸을 움츠리고는, 제가 누운 툇마루만이 유일의 의지라는 식으로 자못 절박하게 마룻바닥에 달라붙어 있다. 눈길도 조금씩 변해갔다. 처음에는 가까운 시선에 멀리 있는 게 비치듯, 넋 잃은 모양 어딘가에 그래도 안정이 있어 보이더

니 그게 차츰 위태롭게 흔들려가기 시작했다. 그런데도 눈빛만
은 기이하게 점점 가라앉아간다. 해 저문 하늘에 희미한 번개
가 나타나는 것 같은 느낌이었다. 그렇지만 그냥 두었다. 아내
도 별로 마음 쓰지 않는 것 같았다. 물론 아이들은 고양이가 있
다는 사실조차 잊어버리고 있다.

어느 날 밤, 그는 아이들이 자는 이불자락 맡에 엎드려 있더
니, 갑자기 훔친 생선을 빼앗기지 않으려고 할 때나 냄직한 묘
한 신음소리를 냈다. 이때 이상하다고 알아차린 건 나뿐이었
다.

아이들은 쿨쿨 자고 있다. 아내는 바느질에 여념이 없었다.
조금 있노라니, 고양이가 또 신음소리를 냈다. 아내는 그제야
바느질손을 멈추었다. 나는, 웬일이야, 한밤중에 아이들 머리
라도 할퀴면 큰일날 텐데, 하고 말했다. 아내는 설마, 하더니
다시 저고리 소매를 꿰매기 시작했다. 고양이는 이따금 신음소
리를 냈다.

다음날은 이로리 가장자리에 엎드린 채 하루종일 앓아댔다.
차를 따르거나 주전자를 들었다 놓았다 하는 게 기분 나쁜 것
같았다. 그러나 밤이 되자 고양이 일은 나도 아내도 까맣게 잊
어버렸다. 고양이가 죽은 것은 실로 그날 밤이다. 아침이 되어
하녀가 장작을 가지러 뒤란 창고에 갔을 때는, 이미 딱딱하게
굳은 채 낡은 부뚜막 위에 쓰러져 있었다.

아내는 일부러 그 죽은 모습을 보러 갔다. 그런 뒤 여태까지의 냉담과는 백팔십도로, 갑자기 부산을 떨기 시작했다. 단골 인력거꾼을 불러 네모난 묘표墓標(묘를 나타낼 때 쓰는 긴 나무 표지—역주)를 사오게 해서는 거기에 뭔가 써달라고 말한다. 나는 앞쪽에 고양이 묘라고 쓴 뒤, 뒤쪽에다가는 이 밑에 번개일 듯 살아나는 목숨 있어라, 라고 한 수 적었다. 인력거꾼은 그냥, 묻어도 됩니까? 하고 묻고 있다. 어마, 설마 화장이라도 하자는 건 아니시겠죠? 하고 하녀가 인력거꾼을 놀려댔다.

아이들도 갑자기 고양이를 귀여워하기 시작했다. 묘표 좌우에 빈 유리병을 두 개 세우더니 거기다 싸리꽃을 듬뿍 꽂았다. 찻종지에 물도 길어 와 묘 앞에 놓았다. 꽃도 물도 매일 새롭게 갈았다. 사흘째 날 저녁 무렵, 네 살배기 딸이—나는 이때 서재 창가에서 보고 있었다—혼자 달랑 묘 앞에 와서, 묘표 막대기를 한참 바라보더니, 이윽고 손에 든 장난감 국자로 묘 앞 찻종지 물을 꿀꺽 떠서 마셨다. 그것도 한 번만이 아니다. 싸리꽃이 눈처럼 떨어진 찻종지의 물방울은 조용한 저녁 속에 몇 번인가 아이코의 작은 목을 적셨다.

고양이 제삿날에는 아내가 꼭 연어 한 토막과 가쓰오부시를 뿌린 밥 한 공기를 묘 앞에 갖다 바친다. 지금도 잊어버린 적이 없다. 다만 요즘에는 정원까지 들고 가지 않고, 대개는 안방 장롱 위에 올려놓는 것 같다.

따뜻한 꿈

　바람이 높은 건물에 부딪쳐 생각대로 곧장 빠져 나가지 못하기 때문인지, 갑자기 기세를 돌려 머리꼭대기에서 비스듬히 포석까지 불어내려온다. 나는 걸어가면서 쓰고 있던 중산모를 왼손으로 눌렀다. 앞에 손님을 기다리는 마부가 하나 있다. 마부석에서 이 모습을 보고 있었던 모양으로, 내가 모자에서 손을 떼자 자리를 고쳐 앉으며 엄지손가락을 쭝긋 세워 보인다. 타지 않겠느냐는 신호다. 나는 타지 않았다. 그러자 마부가 오른손으로 주먹을 만들어 세차게 가슴께를 두드리기 시작했다. 몇 걸음 떨어져 있는데도 쿵쿵 소리가 들린다. 런던의 마부는 이렇게 해서 자기와 자기 손을 따뜻하게 하는 것이다. 나는 뒤를 돌아 이 마부를 슬쩍 보았다. 칠이 벗겨지고 있는 딱딱한 모자 밑에 흰머리가 수북한 머리칼이 비쭉 비어져 나와 있다. 모포를 꿰매 붙인 것 같은 조악한 다갈색 외투 허리에 팔꿈치를 뻗쳐, 어깨와 평행이 될 때까지 으쓱 치켜올려가며 쿵쿵 가슴을 두드리고 있다. 흡사 일종의 기계가 움직이는 것 같다. 나는 다시 걷기 시작했다.

　길을 걷는 이들은 모두 앞질러간다. 여자조차 뒤처져 걷지 않는다. 허리 뒤로 스커트를 가볍게 거머쥐고, 굽높은 구두가 휘어질 정도로 힘차게 보도를 울리며 바삐바삐 걸어간다. 자세히 보니 여느 얼굴 할 것 없이 급하고 초조하다. 남자는 정면을 쏘듯 바라보고 여자는 곁눈질 한번 주지 않은 채 일념으로 자기 갈 길만 일직선으로 달릴 뿐이다. 그때의 입술은 한일자로 굳게 다물려 있다. 이마는 주름이 깊게 패여 있다. 코는 험상궂게 우뚝 솟았고 얼굴은 길쭉하게 처져 있다. 그리고 발은 곧바로 볼일이 있는 쪽으로 옮겨간다. 마치 거리는 걷기 힘들고 바깥은 있기에 견딜 수 없어서 어서 바삐 지붕 밑으로 숨지 않으면 생애의 치욕이라도 되는 것 같은 태도다.

나는 느릿느릿 걸으며 왠지 이 수도에 있는 게 힘겹게 여겨졌다. 위를 올려다보니 넓은 하늘은 언제부터인가 칸으로 가로막혀, 절벽처럼 우뚝 솟은 좌우 건물 속에 남겨진 가는 띠만이 동쪽에서 서쪽으로 가로질러져 있다. 그 띠 색깔은 아침부터 잿빛이었지만 지금은 점점 다갈색으로 변해가고 있다. 건물은 원래 회색이다. 그게 따뜻한 햇살에 싫증이 난 것처럼 사정없이 길 양쪽을 가로막고 있다. 넓은 땅을 옹색한 골짝 응달로 만들어 높은 태양이 미치지 못하도록 이층 위에 삼층, 삼층 위에 사층을 쌓아놓아 버렸다. 작은 사람들이 그 바닥 한 부분을 꺼멓게 하고 추운 듯 오고간다. 나는 그 검게 움직이는 이들 가운데 가장 느슨한 한 분자다. 건물에 끼여서 빠져 나갈 기회를 놓친 바람이 밑바닥을 들어올리듯 쌩 빠져나간다. 검은 것들이 그물코를 빠져 나온 송사리떼처럼 산지사방 확 흩어진다. 느린

나도 마침내 이 바람에는 견딜 재간이 없어 극장 건물 속으로 도망쳐 들어갔다.

긴 회랑을 빙빙 돌아 계단을 두엇 올라가보자 용수철 장치의 커다란 문이 있다. 몸으로 약간 밀어붙였더니 소리소문없이 스르르 널찍한 대중석 칸으로 미끄러져 들어간다. 눈 아래 저켠이 눈부실 정도로 밝다. 뒤를 돌아보니 문은 어느새 닫혀 있고, 있는 곳은 봄처럼 따뜻하다. 나는 어둠에 익숙해지기 위해 한참 두 눈을 깜박였다. 그리고 좌우를 살펴보았다. 좌우에는 많은 사람들이 있다. 그러나 모두 하나같이 조용히 앉아 있다. 얼굴의 근육들이 한결같이 느슨해 보인다. 많은 사람들이 이렇게 어깨를 나란히 하고 있는데, 아무리 많아도 전혀 마음에 걸리지 않는다. 모두 서로와 서로를 용해시키고 있다. 나는 위를 쳐다보았다. 위는 큰 타원형 천장이다. 진한 극채색에 자극을 받노라니 선명한 금박이 심장을 파열시킬 만큼 찬란히 빛났다. 나는 앞을 보았다. 앞은 난간 끝이다. 난간 외에는 아무것도 없다. 커다란 구멍이다. 나는 난간 가까이 다가가 짧은 목을 늘어뜨려 구멍 속을 들여다보았다. 그러자 아득히 먼 밑에는 그림으로 그린 것처럼 작은 사람들이 빼곡히 들어차 있었다. 그 수가 많은 것 치고는 또렷이 보였다, 인해人海란 이를 두고 이르는 말이다. 하양, 까망, 노랑, 파랑, 빨강, 보라 등 갖가지 색깔이 대해원大海原에 이는 파문처럼 무리져, 먼 바닥에 오색 비늘을 아로새기며, 작게 그리고 또 예쁘게 꿈틀거리고 있었다.

그때 이 꿈틀거리는 것들이 순식간에 사라지고, 높다란 천장에서부터 아득한 저 바닥까지가 일시에 어두워졌다. 지금까지 어깨를 나란히 하고 앉아 있던 몇 천인지 모를 사람들이 어둠 속에 묻혀진 채 숨소리 하나 내지 않는다. 흡사 이 거대한 어둠에 깡그리 그 존재가 부정되어, 형체도 그림자도 없어진 것처럼 잠잠해져 있다. 그러자 먼 바닥 정면 한 부분이 사각으로 오려내지며, 어둠 속에서 떠오르는 것같이 어렴풋한 불빛이 흐릿흐릿 새어 나왔다. 처음에는 그저 어둠의 순서가 다르다고만 여겼는데, 그게 점점 어둠을 가르고 비어져 나온다. 분명 부드러운 빛을 받고 있다고 의식할 즈음, 나는 안개 같은 광선 속에서 불투명한 빛깔을 찾아낼 수 있었다. 그 빛깔은 노랑, 보라, 쪽빛이었다. 이윽고 그 가운데의 노랑과 보라가 움직이기 시작했다. 나는 양쪽 눈 시신경을 있는 대로 모아, 눈도 한번 깜짝하지 않고 이 움직이는 걸 응시하고 있었다. 안개가 갑자기 활짝 밝아졌다. 아득한 저쪽에, 밝은 햇살이 따뜻하게 빛나는 바다를 앞에 하고, 노랑 윗도리를 입은 아름다운 남자와 보라색 소매를 길게 늘어뜨린 아름다운 여자가 풀밭 위에 또렷이 나났다. 여자가 올리브나무 아래 설치된 긴 대리석 의자에 허리를 걸쳤을 때, 남자는 의자 옆에 서서 위에서 여자를 내려다본다. 그때 남쪽에서 불어오는 따뜻한 바람에 이끌려 조용한 노랫소리가 아련히 물결을 타고 왔다.

구멍 위도 구멍 밑도 순식간에 웅성거리기 시작했다. 그들은 어둠 속에 사라진 게 아니었다. 어둠 속에서 따뜻한 그리스를 꿈꾸고 있었던 것이다.

인상

바깥에 나가니, 널찍한 신작로가 곧장 집 앞으로 뻗쳐 있다. 시험 삼아 그 한복판에 서서 사방을 둘러보자 눈에 들어오는 집이란 집은 하나같이 4층에, 하나같이 같은 색이었다. 옆집도 맞은편 집도 구별할 수 없을 만큼 닮은 구조기 때문에 지금 막 내가 나온 집이 과연 어느 집인지, 5, 6미터 지나쳐 되돌아가려고 하니 도대체 모르겠다. 이상한 동네다.

간밤에는 기차소리에 싸여 잤다. 10시 넘어서는 말발굽 소리와 방울소리에 끌려 어둠 속을 꿈처럼 뛰었다. 그때 예쁜 등불 그림자가 점점이 무수하게 눈앞을 왕래했다. 그 외에는 아무것도 보지 못했다. 보는 것은 지금이 처음이다.

두어 번 이 이상한 동네를 서성거리며 올려다보고 내려다본 뒤, 마침내 왼쪽을 향해 한 블록쯤 오자 네거리가 나왔다. 잘 기억해두고 오른쪽으로 돌아갔더니 이번에는 좀전보다 넓은 신작로가 나왔다. 그 신작로를 헤아릴 수 없이 많은 마차가 지나간다. 하나같이 지붕에 사람을 싣고 있다. 그 마차 색이 빨갛기도 하고 노랗기도 하고 파랑이나 갈색, 남색이기도 하다. 쉴 새 없이 내 옆을 앞질러 맞은쪽으로 간다. 멀리서 그 가는 저쪽을 바라보니, 어디까지 오색이 이어져 있는지 모르겠다. 뒤를 돌아보면 거기도 오색이 구름처럼 달려온다. 어디서부터 어디까지 사람을 싣고 가는 것일까. 걸음을 멈추고 생각에 잠겨 있는데, 뒤에서 장대같이 키 큰 사람이 덮치듯 어깨를 밀어붙였다. 피하려고 하는 오른켠에도 장대같이 큰 사람이 있었다. 왼쪽에도 있었다. 어깨를 밀어붙인 사람은 또 그 뒷사람으로부터 어깨가 밀어붙여지고 있다. 그리고 모두 말이 없다. 그리고 저절로 앞으로 움직여 간다.

나는 이때 비로소 사람의 바다에 빠진 것을 자각했다. 이 바다가 어디까지 펼쳐져 있는지 모르겠다. 그러나 넓은 셈 치고는 지극히 잔잔한 바다다. 단지 나갈 수가 없다. 오른쪽을 향해도 막혀 있다. 왼쪽을 봐도 막혀 있다. 뒤를 돌아다봐도 가득하다. 그리고는 조용히 앞쪽으로 움직여간다. 오로지 이 한 줄기 운명밖에 자기를 지배하는 게 없다는 것처럼, 수많은 검은 머리가 입을 맞춘 듯 보조를 같이 하며 한 발자국씩 앞으로 나아간다.

나는 걸어가면서 막 나온 집을 떠올렸다. 똑같은 4층 건물에 똑같은 색의 이상한 동네는 아무래도 멀리 있는 것 같다. 어디를 어떻게 돌고, 어디를 어떻게 걸어 돌아가야 할지 막막하기만 하다. 설사 돌아간다 하더라도 내 집을 찾아낼 것 같지 않다. 그 집은 간밤에 어둠 속에 어둡게 서 있었다.

나는 불안 속에서 장대같이 키 큰 군중들에게 밀려가며 별수 없이 큰 신작로를 두세 개 돌았다. 돌 때마다 간밤의 어두운 집과는 반대 방향으로 멀어져가는 듯 느껴졌다. 그리고 눈이 빙빙 돌 정도로 수많은 인간 속에서 당연하게도 고독을 맛보았다. 그리고는 길게 뻗친 비탈길로 나왔다. 그곳은 널찍한 도로가 대여섯 개 서로 만나는 광장(런던의 트라팔가 광장—역주) 같아 보였다. 여태까지 한줄기로 움직여온 물결은 비탈길 밑에서 사방에서 몰려든 이들과 무리를 이루며 조용히 회전하기 시작했다.

비탈길 밑에는 큰 돌사자가 있다. 전신이 회색이었다. 꼬리가 가는 셈 치고는 갈기의 용틀임에 둘러싸인 깊숙한 머리가 남산만했다. 앞발을 가지런히 모으고 밀치락달치락 하는 군중 속에 조는 듯 앉아 있었다. 사자는 두 마리였다. 바닥에는 포석이 깔려 있다. 그 한복판에 굵은 구리 기둥이 서 있었다. 나는 조용히 움직이는 사람물결 속에 서서, 눈을 들어 기둥 위를 쳐다보았다. 기둥은 눈길 닿는 한 일직선으로 곧추서 있다. 그 위에는 넓은 하늘이 온통 가득했다. 높다란 기둥은 이 하늘 한복판을 꿰뚫고 우뚝 솟아 있었다. 이 기둥 끝에 무엇이 있는지는 몰랐다. 나는 또 사람물결에 밀려 광장에서 오른켠 길쪽을 정처없이 내려갔다. 한참 지나 뒤를 돌아다보니 장대같이 가는 기둥 위에, 작디작은 인간(넬슨 제독의 동상을 가리킴—역주)이 하나 서 있었다.

인간

오사쿠お作는 일어나는 게 빨라서인지, 아직 가미유이가 안 왔느냐, 왜 빨리 안 오느냐, 하고 수선을 피우고 있다. 가미유이는 분명 간밤에 부탁해놓았다. 다른 손님이 없으므로 형편 봐서 꼭 9시까지 가겠노라는 대답을 듣고 겨우 마음 놓고 잤을 정도다. 벽시계를 보니 이미 9시는 5분밖에 남지 않았다. 무슨 일이 생긴 게 아닐까, 하고 너무도 안절부절하는 기색이어서 보다 못한 하녀가, 잠깐 보고 오지요, 하며 밖으로 나갔다. 오사쿠는 엉거주춤, 미닫이문 앞에 내놓은 경대를 훔치듯 들여다보았다. 그리고 일부러 입술을 아 벌려 아래 위 가지런한 하얀 이를 남김없이 드러내 비춰보았다. 그러자 시계가 벽 위에서 땡땡 9시를 치기 시작했다. 오사쿠는 얼른 일어나 윗방 문을 열고, 웬일이세요 당신, 벌써 9시가 넘었다구요, 안 일어나시면

늦는다구요, 하고 말했다. 오사쿠의 남편은 9시 시계소리를 듣고 막 이부자리에서 일어난 참이었다. 오사쿠의 얼굴을 보자마자, 야잇, 하며 가볍게 일어났다.

오사쿠는 번개같이 부엌 쪽으로 뛰어가 칫솔과 비누, 수건 등속을 꾸려와 자, 빨리 다녀오세요, 하며 남편에게 건넸다. 오는 길에 잠깐 면도를 하고 올게, 하고 잠옷 위에 유카타(목욕 뒤 또는 여름철에 입는 무명 홑옷 - 역주)를 걸친 남편이 댓돌 위에 내려섰다. 그럼, 잠깐만 기다려요, 하고 오사쿠는 다시 안쪽으로 달려갔다. 그새 남편은 양치질을 하기 시작했다. 오사쿠는 장롱 서랍에서 작은 봉투를 꺼내 그 속에 백동전을 넣어 들고 나왔다. 남편은 빈말에 서툰 사람이어서 말없이 봉투를 받아 격자문을 나섰다. 오사쿠는 남편의 어깨너머에 늘어뜨려진 수건을 물끄러미 바라보다가, 이윽고 다시 안쪽으로 들어가 잠깐 경대 앞에 앉아 또 자기 모습을 비춰보았다. 그 뒤 장롱서랍을 반쯤 열고 고개를 갸웃거렸다. 이윽고 속에서 옷 두서너 점을 꺼내 그걸 방바닥에 펼쳐놓은 뒤 생각에 잠겼다가, 일껏 꺼낸 것을 하나만 남기고 모두 고이 접어 다시 넣어버렸다. 그리고는 또 두 번째 서랍을 열었다. 그리고 또 생각에 잠겼다. 오사쿠는 이렇게 꺼냈다가 다시 넣었다가 생각에 잠기다가 하는데 약 30분을 허비했다. 그 짬짬이에도 시종 걱정스레 벽시계를 바라보고 있었다. 겨우 갖추어진 옷 한 벌을 큰 황금색 보자기에 싸서 방 한귀퉁이에 밀쳐놓고 있자 가미유이가 황황히 큰소리를 내며 부엌 뒤 쪽문으로 들어왔다. 아이고 늦어서 죄송합니다, 하고 숨을 헐떡거리며 변명을 늘어놓는다. 오사쿠는, 바쁘신데 정말 미안합니다, 라고 건성인사를 한 뒤 긴 담뱃대를 꺼내어 가미유이에게 담배를 권했다.

조수가 따라오지 않아서 머리를 틀어올리는 데 꽤 시간이 걸렸다. 이윽고 남편이 목욕에 면도까지 깨끗이 한 얼굴로 돌아왔다. 그동안 오사쿠는 가미유이를 상대로, 오늘은 미짱을 불러내어 남편에게 유라쿠자有樂座(서양식으로 지은 일본 최초의 극장-역주)에 데려다 달라고 했다는 이야기를 했다. 가미유이는, 아이고 나도 한번 가고 싶네 어쩌고 농담 섞인 겉치레말을 늘어놓은 뒤, 그럼 천천히, 하며 돌아갔다.

남편은 황금색 보자기를 살짝 들쳐보고, 이걸 입고 갈 작정이야? 이것보다는 요전에 입은 게 당신한테 어울려, 하고 말했다. 그건 이미 세밑에 미짱네 집에 갈 때 입었다구요, 하고 오사쿠가 대답했다. 그래? 그럼 이게 좋겠군. 나는 저기 저 솜하오리를 입고 갈까, 좀 추운 것 같으니까. 남편이 이렇게 또 말을 꺼내자, 관두세요, 꼴불견이니까, 내내 그 옷 하나만이라니까, 하고 오사쿠는 핀잔을 주며 솜하오리를 감추었다.

드디어 화장이 끝나고, 한창 유행인 굵은 홀치기비단옷에 모피목도리를 두른 오사쿠는 남편과 함께 바깥으로 나왔다. 걸어가면서 남편에게 매달리듯 하며 말을 한다. 네거리에 이르자 파출소 앞에 사람들이 모여 웅성거리고 있었다. 오사쿠는 남편의 옷깃을 붙잡고 목을 길게 늘여 무리 속을 들여다보았다.

한복판에 시루시반텐印絆天(등이나 깃 등에 가게 이름 따위를 염색한 간단한 윗도리-역주)을 입은 남자가, 섰는지 앉았는지 분간이 가지 않을 만큼 흐느적거리고 있다. 흙탕물에 수도 없이 넘어졌는지 그냥도 누리끼리 바랜 얇은 옷이 행주처럼 찰싹 젖어 붙어 추워보인다. 순경이 당신 도대체 뭐야? 하고 윽박지르자, 술에 취해 잘 돌지도 않는 혀로, 나, 나는 인간이다, 하고 거드럭거린다. 그때마다 모두 와자하니 웃는다. 오사쿠도 남편 얼굴을 보며 웃었다. 그러자 주정꾼은 납득이 가지 않는 모양이다. 눈을 무섭게 부라려 뜨고 주위를 한 바퀴 휙 휘둘러본 뒤, 뭐, 뭐가 이상해? 내가 인간이란 게 그렇게도 이상해? 이래봬도, 라고 말한 뒤 고개를 축 늘어뜨렸다. 그러더니 또 벌컥 떠올렸다는 듯 인간이라구! 하고 큰소리를 지른다.

그 순간, 또 시루시반텐을 입은, 검은 얼굴에 큰 키의 남자가 손수레를 끌고 어디에선가 나타났다. 사람들을 이리저리 밀어 헤치고 순경에게 뭔가 소근거린 뒤 이윽고 주정꾼을 향해, 오냐 이 자식아, 데려갈테니까 저 위에 타, 하고 말했다. 주정꾼은 기쁜 듯한 얼굴로, 고맙다고 하며 손수레 위에 털썩 큰대자로 누웠다. 밝은 하늘을 보며 개개풀린 눈을 두어 번 깜박거리더니, 병신 같은 녀석들, 이래봬도 인간이라구, 하고 말했다. 응, 인간이야, 인간이니까 얌전히 있어야 한다구, 라며 키큰 남자가 새끼줄로 주정꾼을 수레 위에 꽁꽁 묶어 놓았다. 그리고는 도살한 돼지처럼 덜렁덜렁 큰길로 끌고갔다. 오사쿠는 역시 남편의 옷깃을 잡은 채, 새끼줄에 묶여 저쪽으로 끌려가는 손수레 위의 그림자를 바라다보았다. 그리고 지금부터 미짱네 집에 가서 미짱에게 얘기할 얘깃거리가 하나 늘어난 것을 기뻐했다.

산꿩

대여섯 명이 모여 화로를 에워싸고 이야기를 나누고 있는데, 불쑥 한 청년이 찾아왔다. 이름도 들은 적이 없고 만난 적도 없는, 전혀 미지의 남자다. 소개장도 없이 와서 문에 나간 사람을 통해 만나기를 청한다. 방으로 들어오라고 하자, 청년은 여러 사람이 있는 곳에 산꿩을 한 마리 들고 들어왔다. 초대면 인사가 끝나자, 이 산꿩을 방 한복판에 내밀며, 고향에서 보내왔습니다, 하며 그걸 그 자리에서 선물하였다.

그날은 추운 날이었다. 당장 산꿩국을 끓여 모두가 먹었다. 산꿩을 요리할 때 청년은 하카마(남자 일본옷의 겉에 입는 주름잡힌 하의-역주) 차림으로 부엌에 들어가 손수 털을 뽑아 살을 찢고 뼈를 일일이 두드려 주었다. 청년은 작달막한 몸집에 갸름한 얼굴로, 창백한 이마 밑에 도수 높아 보이는 안경을 번뜩이고 있었다. 더욱 눈에 두드러지는 건 그의 근시보다도, 그의 거무스름한 콧수염보다도, 그가 입고 있던 하카마였다. 그것은 고쿠라산 직물로 여느 학생들한테서는 결코 찾아볼 수 없을 만큼 굵은 줄무늬의 화려한 것이었다. 그는 이 하카마 위에 양손을 얹고, 자기는 난부 사람(옛날 난부라는 성주가 군림했던 지역으로, 특히 성주가 살던 모리오카 일대를 일컫는다ㅡ역주)이라고 설명했다.

청년은 일주일쯤 지나 다시 찾아왔다. 이번에는 자기가 쓴 원고를 손에 들고 있었다. 별로 좋지 않았기 때문에 사양없이 그 뜻을 말하자, 다시 고쳐 쓰겠습니다, 하며 가지고 돌아갔다. 그리고 일주일 후 또 원고를 들고 왔다. 이렇게 해서 그는 올 때마다 뭔가 쓴 것을 두고 가지 않은 날이 없었다. 그 중에는 세 권이나 이어지는 대작조차 있었다. 그러나 그것은 더더욱 시원치 않았다. 나는 그가 쓴 것 중에서 가장 뛰어나다고 여겨지는 작품을 한두 번 잡지에 소개한 적이 있다. 그것은 그저 편집자의 후의로 지상에 실렸을 뿐으로 원고료 수입은 거의 없었던 것 같다. 내가 그의 생활난을 들은 것은 이때이다. 그는 앞으로 글로써 호구지책을 삼을 계획이라고 했다.

어느 날 묘한 걸 들고 찾아왔다. 국화꽃을 말려 얇다란 김치럼 한 장 한 장 굳힌 것이다. 정진 정어리포라고 한다. 때마침 그 자리에 있던 어떤 남자가 당장 냄비에 살짝 데쳐 젓가락으로 뜨으며 술을 마셨다. 그 후 은방울꽃 조화를 한 가지 갖다준 적이 있다. 여동생이 만든 것이라며 손가락으로 가지에 박힌 철사 심을 빙빙 돌렸다. 여동생과 함께 있다는 것은 이때 처음 알았다. 남매가 장작가게 2층을 한 칸 빌려, 여동생은 매일 자수를 배우러 다니고 있다는 것이다. 그 다음에 왔을 때는 회청빛 매듭에 하얀 나비가 수놓인 양복깃 장식을 신문지에 말아든 채, 만약 쓰신다면 드리겠다고 놓고 갔다. 그걸 야스노가 저한테 주십시오, 하며 가져갔다.

그밖에도 그는 걸핏하면 왔다. 올 때마다 자기 고향의 풍경이나 습관, 전설, 예스러운 차례 등을 이것저것 이야기했다. 그는 자기 아버지가 한학자라는 이야기도 했다. 전각에 뛰어나다고도 했다. 할머니는 옛날에 성 안에서 성주의 시중을 들었다. 원숭이해에 태어났다고 한다. 성주가 대단히 총애하여 가끔 원숭이와 인연 있는 걸 하사했다. 그 가운데 가잔華山이 그린 긴팔원숭이 족자가 한 폭 있는데, 다음에 올 때 가져와 보여드리겠습니다, 하고 말했다. 청년은 그 날 이후 오지 않았다.

그런데 봄이 지나고 여름이 되어 이 청년을 잊어버릴 때쯤 된 어느 날—그 날은 집에서 제일 서늘한 객실 한복판에서 홑옷 한 장만 입고 독서하는 것조차 견디기 힘들 정도로 더웠다―불현듯 청년이 찾아왔다.

변함없이 예의 화려한 하카마를 입고, 창백한 이마에 질질 흐르는 땀을 연신 수건으로 닦고 있다. 조금 여윈 듯하다. 정말로 말씀드리기 죄송하지만 돈을 이십 엔 빌려달라고 한다. 실은 친구가 급병에 걸려 급히 병원에 입원시켰는데 당장 불똥이 튄 게 입원비여서 여기저기 돌아다녀 보았지만 구할 수 없다, 할 수 없이 염치불구하고 찾아왔다, 라고 설명했다.

나는 책을 덮고 청년의 얼굴을 말없이 바라보았다. 그는 여느 때처럼 양손을 무릎 위에 단정히 모은 채, 모쪼록, 하고 낮은 소리로 말했다. 당신 친구네 집은 그토록 가난한가, 하고 되물었더니, 아니, 그렇지는 않다, 그냥 집이 좀 멀어 시간이 걸리므로 부탁드린다, 이주일 지나면 고향에서 부쳐올 테니까 그때는 당장 돌려드리겠다, 하고 대답한다. 나는 돈을 빌려주기로 했다. 그때 그는 보자기 속에서 족자 하나를 꺼내더니, 이게 언젠가 말씀드렸던 가잔입니다, 하며 전지 두 폭 크기의 종이 표구를 펼쳐보였다. 좋은지 나쁜지 전혀 모르겠다. 도장 찍힌 곳을 살펴보니 와타나베 가잔渡辺華山(에도 후기의 양학자·화가―역주)에도, 요코야마 가잔橫山華山(에도 중기에 활약한 교토의 화가―역주)에도 닮은 낙관이 없다. 청년이, 이걸 두고 가겠습니다, 해서 말도 안 된다고 펄쩍 뛰었지만 듣지 않고 그냥 가버렸다. 다음 날은 또 돈을 받으러 왔다. 그 길로 소식이 없다. 약속한 이주일이 되었지만 그림자도 형체도 보이지 않았다. 나는 속았을지도 모르겠다고 생각했다. 원숭이 족자가 벽에 걸린 채 가을이 되었다.

겹옷을 입고도 추울 때쯤, 나가쓰카가 여느 때처럼 돈을 빌려달라고 왔다. 나는 너무 자주 빌려주는 게 싫었다. 문득 예의 청년건이 떠올라 이러저러한 연유로 돈을 빌려주었는데 만약 자네가 받으러 갈 기분이 있다면 한번 가보게, 그럼 그 돈을 빌려주지, 했다. 나가쓰카는 머리를 긁으며 머뭇거리더니 이윽고 결심한 듯, 가보지요, 하고 대답했다. 그리고는 일전의 돈을 이 사람에게 건네달라는 편지를 쓰고, 거기에 원숭이 족자를 덧붙여 나가쓰카에게 가져가게 했다.

나가쓰카는 다음날 또 인력거로 찾아왔다. 오자마자 호주머니 속에서 편지를 꺼낸다. 받아보니 어제 내가 쓴 것이다. 아직 봉투가 봉해진 채다. 가지 않았느냐고 물었더니, 나가쓰카는 이마에 여덟팔자를 그리며, 갔습니다만 도저히 안 되겠습디다, 비참하기가 말로 할 수 없어요, 더럽기 짝이 없는 곳이구요, 부인이 자수를 놓고 있고, 본인은 병이었어요—돈 이야기 따위 꺼낼 계제가 못 되어 마음 푹 놓으라고 안심시키고, 족자만 돌려드리러 왔노라 했다는 것이다. 나는 으음, 그래? 하며 조금 놀랐다.

다음날 청년으로부터, 거짓말을 해서 정말 죄송했다, 족자는 분명 받았다는 엽서가 왔다. 나는 그 엽서를 다른 편지와 함께 편지 상자 속에 넣었다. 그리고는 또 청년의 일을 잊어버리고 말았다.

그새 겨울이 왔다. 언제나처럼 바쁜 설날을 맞았다. 손님이 오지 않는 짬을 노려 일을 하고 있는데 하녀가 유지로 싼 소포를 들고 왔다. 꽤 묵직한 둥근 꾸러미다. 보낸 사람의 이름은 잊어버리고 있던 언젠가의 청년이다. 유지를 끌러 신문지를 벗기자 속에서 산꿩 한 마리가 나왔다. 편지도 들어 있다. 그 후 여러 가지 사정이 생겨 지금 고향에 돌아와 있다, 고맙게 빌려주신 돈은 3월경 상경시 꼭 돌려드릴 작정이다, 라고 씌어 있었다. 편지는 산꿩의 피가 엉겨붙어 좀처럼 떼어지지 않았다.

그날은 때마침 목요회木曜會(매주 목요일에 행한 소세키 면회일 명칭으로 주로 제자들이 모였다−역주)가 있는 날로 젊은이들이 모이는 밤이었다. 나는 또 대여섯 명과 함께 커다란 식탁을 에워싸고 산꿩국을 먹었다. 그리고 화려한 고쿠라산 하카마를 입었던 창백한 청년의 성공을 빌었다. 대여섯 명이 돌아간 후 나는 그 청년에게 감사편지를 썼다. 그 속에 작년의 돈 건은 전혀 개의치 말라는 구절을 하나 덧붙였다.

모나리자

이부카는 일요일만 되면 목도리에 팔짱을 낀 차림으로 근처의 고물상을 기웃거리며 걷는다. 그중에서 제일 지저분하게 전시대의 폐물만 쌓아놓은 가게에 들러 이것저것 만지작거린다. 원래 박인 풍류인이 아니기 때문에 좋고 나쁘고를 가릴 처지는 아니지만, 싸고 재미있어 보이는 것을 이따금 사서 돌아오는 동안은, 일년에 한번쯤은 진귀한 게 맞아떨어질지도 모른다고 은근슬쩍 기대하고 있다.

이부카는 한달 전쯤 15전에 쇠주전자 뚜껑만을 사서 문진文鎭으로 쓰고 있다. 지난번 일요일에는 25전에 쇠 날밑을 사서 이것 역시 문진으로 했다. 오늘은 좀 큰 것을 노리고 있다. 족자든 액자든 금방 사람 눈에 뜨일 듯한 서재 장식이 하나 있었으면 해서 휘둘러보았더니 인쇄한 서양여자 그림이 먼지투성이로 옆에 걸려 있었다. 테가 닳은 물레 위에 이상한 꽃병이 얹혀 있고, 그 속에 누런 퉁소가 꽂혀 이 그림을 방해하고 있다.

서양 그림은 이 고물상에는 어울리지 않는다. 단지 그 색 배합이 각별히 현대를 초월해 옛 공기 속에 어둑하게 파묻혀 있다. 과연 이 고물상에 당연히 있음직하다. 이부카는 반드시 싼 물건이라고 감정했다. 물어보았더니 일엔이라고 하는 통에 약간 의아해했지만, 유리도 말짱하고 액자도 깨끗했기 때문에 영감과 담판 끝에 80전으로 깎았다.

이부카가 이 반신상 그림을 안고 집에 돌아온 것은 추운 날 저녁무렵이었다. 어둑어둑한 방에 들어가 당장 액자를 벽에 걸어놓고 한동안 그 앞에 묵묵히 앉아 있으려니 아내가 램프를 들고 들어왔다. 이부카는 아내에게 불빛을 그림 가까이 비치게 한 후 다시 한번 차분히 80전 액자를 바라보았다. 전부가 거무스름한 속에 얼굴만이 노란빛을 띠고 있다. 이것도 세월 탓이리라. 이부카는 앉은 채 아내를 돌아보며, 어때? 하고 물었다. 아내는 램프를 든 한손을 약간 위로 올려 한참 아무 말 없이 노란 여자 얼굴을 바라보다가 이윽고, 어쩐지 기분 나쁜 얼굴이네요, 했다. 이부카는 그냥 웃고, 80전이야, 라고 했을 뿐이다.

밥을 먹고 나서, 발판을 내놓고 까치발로 벽에 못을 박은 뒤 사가지고 온 액자를 머리 위에 걸었다. 그때 아내가, 이 여자는 뭘 저지를지 통 모르는 인상이다, 볼수록 이상한 기분이 드니까 거는 걸 그만두는 게 좋겠다, 하고 열심히 말렸다. 이부카는 쓸데없는 소리, 당신 신경탓이야, 하고 듣지 않았다.

아내가 안방으로 사라진다. 이부카는 조사할 게 있어 책상 앞에 앉았다. 10분 지났을까말까, 문득 머리를 들어 액자 속이 보고 싶어졌다. 붓을 놓고 눈을 돌리니 노란 여자가 액자 속에서 엷게 웃고 있다. 이부카는 그 입언저리를 뚫어지게 응시했다. 전부 화공의 광선 사용법이다. 얇다란 입술이 양 끝에서 약간 휘어졌고 그 휘어진 곳이 살짝 패어 있다. 다문 입을 금방이라도 열 것처럼 보인다. 혹은 열린 입을 일부러 다문 것처럼 보인다. 단 왠지는 모르겠다. 이부카는 이상한 기분이 들었지만 또 책상을 향했다.

조사할 게 있다는 것은 명분으로 실은 반을 베끼는 것이다. 별로 신경 쓸 필요가 없었으므로 조금 지나 다시 머리를 들어 그림쪽을 보았다. 역시 입언저리에 뭔가 사연이 있다. 그렇지만 매우 차분한 모습이다. 째진 외눈꺼풀 속에서 조용한 눈동자가 방바닥 밑으로 떨어졌다. 이부카는 또다시 책상 앞에 고쳐앉았다.

그날 밤 이부카는 헤아릴 수 없이 이 그림을 보았다. 그리고 왠지 모르게 아내의 평이 맞아떨어진 것 같은 느낌이 들기 시작했다. 그렇지만 이튿날이 되자 아무렇지 않은 얼굴로 관청에 출근했다. 4시경 집에 돌아와보니 간밤의 액자가 위를 향하고 책상 위에 올려져 있다. 점심 때 조금 지나 벽 위에서 갑자기 떨어졌다는 것이다. 당연하게도 유리는 박살이 나 있다. 이부카는 액자 뒷면을 들쳐보았다. 엊저녁 끈을 꿴 고리가 무슨 일인지 빠져 있다. 이부카는 내친 김에 뒷면을 열어보았다. 그러자 그림과 등을 맞대고 네 번 접힌 서양종이가 나왔다. 펼쳐보니 잉크로 묘한 게 써 있다.

"모나리자의 입술에는 여성의 수수께끼가 있다. 태초 이래

이 수수께끼를 그릴 수 있었던 사람은 다빈치뿐이다. 이 수수께끼를 푼 사람은 한 사람도 없다."

이튿날 이부카는 관청에 가서 모나리자가 뭐냐고 모두에게 물었다. 그러나 아무도 몰랐다. 그럼 다빈치가 뭐냐고 물었지만 역시 아무도 몰랐다. 이부카는 아내의 권고대로 이 재수없는 그림을 5전에 넝마주이에게 팔아버렸다.

화재

숨이 찼기 때문에 발길을 우뚝 멈추고 고개를 젖혔더니, 불티가 또 머리 위를 날아간다. 서리 내린 하늘의 맑디맑은 깊음 속으로 무수한 불티가 한껏 날아와서는 갑자기 어디론가 사라져버린다. 그런가 하면 그 뒤로 어디 질세라, 반짝거리는 놈이 연짱 날아오며 쫓아오며, 깜박깜박 끝없이 나타난다. 그리고는 불시에 사라져간다. 그 날아오는 쪽을 보았더니, 커다란 분수를 모은 것 같이, 하나로 뭉쳐진 불기둥이 끝간 데 없이 추운 하늘을 물들이고 있다. 조금 떨어진 저쪽에 큰 절이 있다. 긴 돌계단 도중에 아름드리 전나무가 조용한 가지를 밤공기 속에 뻗친 채 둑 위로 우뚝 솟아올라 있다. 불은 그 뒤켠에서 일어난다. 짐짓 남겨둔 것 같은 검은 나무줄기와 움직이지 않는 가지를 제한다면 그 일대는 온통 새빨갛기만 하다. 불이 난 곳은 저 높은 둑 위임에 틀림없다. 이제 조금 가서 왼쪽 비탈길을 오르기만 하면 현장에 닿는다.

　다시 서둘러 걷기 시작했다. 뒤에서 오던 사람들이 앞질러 걸어간다. 가운데는 곁을 따라잡으며 큰소리로 말을 걸어오는 치도 있다. 검은 길이 저절로 활기를 띠며 살아났다. 드디어 비탈길 밑에 이르러, 막상 올라가려고 해보니 이건 가슴을 찌를 듯 가파롭기 그지없는 오르막이다. 게다가 그 오르막이 사람머리로 빼꼭히 들어차, 위로 밑으로 밀치락달치락 난장판이다. 불길은 비탈길 바로 위에서 맹렬히 날아올라간다. 이 인파 속에 휘말려 비탈길 위까지 떠밀려가는 날엔 발 돌릴 새도 없이 타버리고 말 것 같다.

　조금 더 위로 가면 똑같이 왼쪽으로 난 큰 비탈길이 있다. 올라가기로 치면 이쪽이 오히려 편하고 안전하리라고 마음을 바꾼 뒤, 버글거리는 사람들의 번잡을 피해 겨우 길모퉁이까지 나오자, 건너편에서 고막을 찢듯 세찬 말방울소리를 울리며 물펌프가 왔다. 그리고는 물러서지 않으면 모두 깔아뭉개버린다는 기세로 인파 속을 전속력으로 달려가는가 하자, 세찬 말발굽소리와 함께 말고삐를 단숨에 비탈길 쪽으로 휙 틀어버린다. 말은 거품이 씩씩거리는 입을 목언저리에 문질러대며 두 귀를 우뚝 곧추세우더니 갑자기 앞발을 높이 치켜들고 앞으로 튀어나갔다. 그때 밤색털 몸통이 솜조끼를 입은 사내의 등불을 스치고 빌로드처럼 빛났다. 주홍색의 육중한 수레바퀴가 내 발에 닿을락말락 아슬아슬하게 돌았다. 그리고 펌프는 일직선으로 비탈길을 달려 올라갔다.

비탈길 중간쯤 와서 보니, 조금 전까지 정면에 있던 불길이 이번에는 엇비스듬히 뒤쪽에서 보이기 시작했다. 비탈길 위에서 또 왼쪽으로 꺾어 돌아가야 할 판이다. 어디 적당한 샛길이 없을까 두리번거렸더니 좁은 골목 같은 게 하나 보였다. 사람에 떠밀려 힘겹게 들어가 보니, 사방이 그저 새카맣기만 할 뿐이다. 게다가 한 치 틈도 없을 정도로 사람들이 들어차 있다. 그런 속에 피차간에 열심히 목소리를 높인다. 불은 분명 맞은편 저쪽에서 타오르고 있다.

10분 후 겨우 골목을 빠져 행길로 나왔다. 그 길 역시 좁기는 매한가지고 이미 사람들로 발디딜 틈이 없다. 그 길을 빠져 나오자마자 조금 전 세차게 달려 올라갔던 물펌프가 눈앞을 가로막았다. 펌프는 어쨌든 여기까지 기세좋게 말을 달려오긴 했지만, 몇 걸음 앞에 버틴 길모퉁이에 가로막혀 꼼짝달싹 못한 채 불길을 구경하고 있다. 불길은 코 앞에서 타오른다.

곁에서 짓눌려 꼼짝달싹 못하는 이들이 제각기 어디야 어디, 하고 외친다. 들은 쪽은 저기야 저기, 라고 말한다. 그러나 양쪽 모두 불길이 이는 곳까지는 갈 수 없다. 불길은 기세좋게 조용한 하늘을 부채질하듯 무섭게 타오른다……

이튿날 오후 산책길에, 불난 곳을 다시 보고 싶은 호기심에서 예의 비탈길로 올라갔다. 그리고 어젯밤의 골목으로 해서 물펌프가 멈춰있던 곳까지 나와, 몇 걸음 앞에 있는 길모퉁이를 돌아 어슬렁어슬렁 걸어보았지만, 겨울잠에 빠진 듯한 집들이 처마를 맞대고 죽은 듯 가라앉아 있을 뿐이다. 불난 흔적은 어디에도 띄지 않는다. 불길이 타올랐던 게 이 근처라고 짐작되는 곳에는 예쁜 나무울타리만이 이어져 있고, 그 가운데 한집에서는 가야금소리가 가느다랗게 새어나왔다.

안개

어젯밤은 잠자리 속에서 탁탁 하는 소리를 들었다. 이것은 근처에 그레이엄 정선이란 큰 역이 있는 덕분이다. 이 교차로에는 하루에 기차가 천 몇 대인가 모여든다. 그걸 꼼꼼하게 나누어보면 일분에 한 대꼴로 기차가 드나드는 격이다. 그 각 기차가 안개가 짙을 때는 뭔가의 장치로 역 바로 곁까지 와서 폭죽 같은 소리를 내며 신호를 보낸다. 빨갛고 파란 신호등 불빛이 전혀 보이지 않을 만큼 어두워지기 때문이다.

침대를 내려와 북창 블라인드를 걷어올리고 바깥을 내려다보니 바깥은 온통 망망하기만 하다. 아래는 잔디밭 바닥에서부터 2미터 남짓한 붉은 벽돌담에 이르기까지 아무것도 보이지 않는다. 온 천지가 그저 공허한 그 무엇으로 가득 차 있다. 그리고 그게 죽은 듯 얼어붙어 있다. 이웃집 정원도 마찬가지다. 그 정원에는 예쁜 잔디가 있어 따뜻한 초봄이 되면 흰 수염을 기른 할아버지가 해바라기를 하러 나온다. 그럴 때면 이 할아버지의 오른손에는 언제나 앵무새가 앉아 있다. 할아버지는 자기 눈을 앵무새 부리에 쪼이기로 작정이나 한 듯 바짝 새 옆으로 갖다댄다. 앵무새가 날개를 퍼득이며 죽어라 울어댄다. 할아버지가 나오지 않을 때는 딸이 긴 치맛자락을 끌며 쉴 새 없이 잔디밭에 잔디깎기를 굴렸다. 이런 기억으로 가득 찬 정원도 지금은 전부 안개에 묻혀, 황폐한 내 하숙집의 그것과 어떤 경계도 없이 끝없이 이어져 있다.

뒷골목을 사이로 건너편에는 고딕식의 높은 교회 탑이 있다. 하늘을 찌를 듯한 그 꼭대기에서 언제나 종이 울린다. 일요일은 더욱 심하다. 오늘은 날카롭게 뾰족 솟은 꼭대기는 말할 것도 없이, 울퉁불퉁 쌓아올린 몸통조차 소재를 전혀 알 수 없다. 저기쯤일까 여겨지는 곳이 좀 어두운 탓도 있겠지만, 왠지 종소리가 전혀 울려퍼지지 않는다. 종의 형태가 보이지 않는 짙은 그림자 속에 깊디깊게 갇혀 있다.

바깥에 나가보니 4미터 정도 앞이 보인다. 그 4미터가 끝나면 또 4미터쯤 앞이 보인다. 세상이 그만한 간격으로 줄어들었을까 생각하는데, 걸으면 걸을수록 새로운 그 간격이 사방에서 나타난다. 그 대신 막 통과해온 과거의 세계는 통과해온 만큼 사라져간다.

네거리에서 버스를 기다리고 있노라니, 쥐색 공기를 가르고 불쑥 눈앞에 말 모가지가 나타났다. 그런데도 버스 지붕에 있는 사람들은 아직 안개속에서 내릴 생각을 않고 있다. 이쪽에서 안개를 휘저으며 뛰어올라 밑을 보니, 말 모가지는 이미 어슴프레 흐려져 있다. 버스가 마주칠 때는 마주칠 적만 예쁘다고 느꼈다. 그러나 그것도 한순간, 색깔 있는 그 모두는 흐린 공기 속으로 꺼져버린다. 막막하게 무색 속에 휩싸여 갔다. 웨스트민스터 다리를 건널 즈음 하얀 게 얼핏얼핏 눈앞에서 나부꼈다. 두 눈을 모아 그 행방을 쫓고 있자 갇힌 대기 속에서 갈매기가 꿈인 양 희미하게 날고 있었다. 그때 머리 위에서 빅밴이 엄숙하게 10시를 치기 시작했다. 올려다보니, 하늘 속에서 그냥 소리만 난다.

빅토리아에서 일을 보고 테트화랑 옆의 강변을 따라 바타씨까지 오니까 여태 회색 일색이던 세계가 갑자기 사방에서 뚝 까매진다. 석탄을 진하게 녹여 일대에 뿌린 것처럼 검은 색으로 물든 안개가 눈으로 입으로 코로 돌진해왔다. 외투는 짓눌려졌을까 여겨질 만큼 눅눅해 있다. 가벼운 갈분탕을 마시는 듯 숨이 막힌다. 발밑은 물론 허방을 짚는 것과 마찬가지다.

　나는 이 괴로운 다갈색 속에 한참 망연자실 멈추어 섰다. 옆으로 많은 사람들이 지나가는 것같다. 그러나 어깨가 부딪히지 않는 한 정말로 사람이 지나가고 있는지 어떤지 의심쩍다. 그 순간 이 자욱한 큰 바다 한쪽에 콩알만한 점이 흐릿흐릿 노랗게 흘렀다. 나는 그걸 목표로 댓 발자국 움직였다. 그러자 어떤 가게 유리창 앞에 사람얼굴이 불쑥 나타났다. 가게 안에는 가스등이 켜져 있다. 안은 비교적 환했다. 언제나처럼 사람들이 바쁘게 움직이고 있다. 나는 겨우 안심했다.

　바타씨를 지나, 손으로 더듬지만 않았을 뿐 맞은편 언덕으로 발을 옮겼지만 그곳은 여염집 일색이다. 비슷비슷한 골목이 이리저리 쭉쭉 나 있어 푸른 하늘 밑이라도 헷갈리기 십상이다. 나는 앞을 보고 왼쪽으로 두 번째 골목을 돌은 듯한 기분이 들었다. 그 후 두 블록쯤 곧장 걸은 듯싶기도 했다. 그 다음은 전혀 감이 잡히지 않았다. 어둠 속에 홀로 서서 머리를 갸우뚱거렸다. 오른쪽에서 구두소리가 가까워져 왔다. 귀를 곤두세우는데 그게 저만큼 앞까지 와서 뚝 멎는다. 그리고는 점점 멀어져 간다. 나중에는 하나도 들리지 않게 되었다. 그리고는 쥐죽은 듯 조용하다. 나는 또 어둠 속에서 홀로 서서 생각했다. 어떻게 하면 하숙집으로 돌아갈지 모르겠다.

족자

다이토 노인은 망처亡妻의 3주기까지는 반드시 돌비석 하나를 세우리라고 결심했다. 그렇지만 아들의 빈약한 능력에 의지해 겨우 하루하루를 보내는 형편에 저축이란 꿈도 꿀 수 없이 다시 봄이 되었다. 네 어머니 제사가 3월 8일인데, 하고 간절한 얼굴로 아들에게 말하니, 아 정말 그렇군요, 하고는 끝이다. 다이토 노인은 드디어 조상전래의 가보인 족자를 팔아 돈을 마련하리라고 결심했다. 아들에게 어떠냐고 의논하니 아들은 야속할 정도로 아무렇게나, 그게 좋겠지요, 하고 찬성했다. 아들은 내무부 직원으로 40엔의 월급을 받고 있다. 마누라에 애 둘이 있는데다 다이토 노인까지 봉양하려니 고생이 말이 아니다. 노인이 없었다면 가보인 족자도 진작에 융통성 있는 다른 것으로 변형되었을 것이다.

이 족자는 사방 30센티쯤의 비단으로 세월에 바래 거무스름하다. 어두운 객실에 걸면 어둠침침해서 뭐가 그려져 있는지 통 분간이 가지 않는다. 노인은 이걸 원나라 왕약수王若水가 그린 접시꽃이라 일컫고 있다. 그리고 한달에 한두 번씩 꼭 벽장에서 꺼내, 오동나무상자의 먼지를 털고 속의 것을 고이고이 들어내 직접 벽에 건 뒤 멀찍이 바라다보고 있다. 그러면 거무칙칙한 그림 속에, 죽은 피처럼 커다란 꽃 모양이 눈에 들어온다. 이파리색이 벗겨진 흔적일까 의심쩍은 부분도 희미하게 남아 있다. 노인은 이 빛바랜 옛 중국 그림 앞에 앉기만 하면, 너무 오래 살았다 한탄하는 그 오래 산 세상 모두를 잊어버린다. 어느 때는 족자를 물끄러미 바라보다가 담배를 피운다. 또는 차를 마신다. 아니면 그냥 뚫어질 듯 바라보기만 한다. 할아버지, 이거 뭐야, 하고 손자가 와서 손을 대려고 하면, 노인은 그제사 퍼뜩 제정신이 든 것처럼 만지면 안돼, 하면서 조용히 일어나 족자를 말기 시작한다. 그러면 손자놈이, 할아버지, 왕사탕은! 하고 묻는다. 오냐오냐, 사줄테니 장난치면 안돼, 하면서 고이 만 족자를 조심스레 오동상자에 넣어 벽장 깊숙이 치우고는 어슬렁어슬렁 마실을 간다. 돌아오는 길에 동네 구멍가게에 들러 박하 왕사탕을 두 봉지나 사서, 옛다 왕사탕이다, 손자놈에게 안겨준다. 아들이 만혼이어서 손자는 여섯 살과 네 살이다.

아들과 의논한 다음날, 노인은 오동상자를 보자기에 싸안고 아침 일찍 집을 나섰다. 그리고 4시경 다시 오동상자를 싸안고 집으로 돌아왔다. 아이가 한달음에 달려나와, 할아버지, 왕사탕은? 했는데도 노인은 그저 묵묵부답인 채 객실로 들어가 상자 속 족자를 꺼내 벽에 걸어놓고 멍하니 바라보기 시작했다. 너댓집 골동품가게를 돌아보니 낙관이 없다는 둥, 그림이 퇴색했다는 둥 노인이 기대한 만큼의 존경을 족자에 보내는 이가 없었던 것이다.

아들은 골동품가게는 그만두는 게 좋겠다고 했다. 노인도 골동품가게는 두 번 다시 가지 않겠노라 했다. 두 주일쯤 지나 노인은 또 오동상자를 싸안고 밖으로 나갔다. 그리고 소개받은 아들의 과장 친구네 집에 그림을 보이러 갔다. 그때도 왕사탕은 사오지 않았다. 아들이 돌아오자마자, 그 따위 눈먼 작자에게 왜 이걸 물려줄까보냐, 그 집에 있는 건 죄 가짜야 가짜, 하고 사뭇 아들의 부덕 탓이기라도 한 양 말했다. 아들은 쓰게 웃고 있었다.

2월 초순, 우연히 좋은 인연이 생겨 노인은 그 족자를 어떤 호사가에게 팔았다. 노인은 선걸음으로 석물집에 달려가 망처를 위한 멋진 비석을 맞추었다. 그리고 그 나머지는 우편저금에 넣었다. 댓새 지났을까, 여느 때처럼 산보를 나갔지만 여느 때보다 2시간쯤 늦게 돌아왔다. 그때 양 손에 큰 왕사탕봉지를 나란히 들고 있었다. 팔아넘긴 족자가 아무래도 마음에 걸려 한번 보러갔더니 4조 반 다다미 다실(4조 반을 표준으로 그보다 좁은 다실과 넓은 다실을 구분함—역주) 에 고요히 걸려 있고, 그 앞에 투명하디 투명한 보라색 매화가 꽂혀 있었다는 것이다. 노인은 그곳에서 차 대접까지 받았다고 한다. 내가 가지고 있는 것보다 마음이 놓일지 모르겠다고 노인은 아들에게 말했다. 아들은, 그럴지도 모르겠습니다, 하고 대답했다. 손자놈은 사흙을 내리 왕사탕만 먹고 있었다.

기원절 紀元節

　남향 방이었다. 밝은 쪽을 등지고 서른 명 남짓한 애들이 옹기종기 칠판을 바라보고 있는데 복도에서 선생님이 들어왔다. 선생님은 작은 키에 눈이 크고 마른 남자로, 구레나룻을 너저분하게 기르고 있었다. 그리고 그 꺼칠꺼칠한 턱에 스치는 목깃이 언제나 까뭇까뭇 때에 절어 있었다. 그 옷과 그 수염이 너저분한데다 한번도 꾸중이라고는 한 적이 없기 때문에 선생님은 아이들한테서 바보취급을 받고 있었다.

　이윽고 선생님이 백묵을 집어 칠판에 기원절 記元節(일본의 건국기념일―역주)이라고 커다랗게 썼다. 아이들은 모두 검은 머리를 책상 위에 처박듯이 한 채 글짓기를 시작했다. 선생님은 작은 키를 곧추세워 일동을 한바퀴 휘 둘러본 뒤 이윽고 복도를 따라 방을 나갔다.

　그러자 뒤에서 세 번째 줄 책상 중간쯤에 앉아 있던 아이가 자리에서 일어나 선생님 테이블 옆으로 가더니, 선생님이 쓰다만 백묵을 집어 흑판에 써 있는 기원절이란 한자의 기記에 선을 찍 긋고, 그 옆에 새롭게 기紀라는 한자를 굵게 썼다. 다른 애들은 웃음조차 잊어버린 채 놀라 보고 있었다. 좀전의 아이가 자리로 돌아가 앉자 잠시 후 선생님이 교실로 돌아왔다. 그리고 흑판의 글씨를 보았다.

"누가 말씀 언言 변을 실 사糸 변으로 고친 모양인데 말씀 언 변으로 써도 상관없어요." 하며 다시 일동을 둘러보았다. 일동은 모두 입을 다물고 있었다.

말씀 언 기記를 실 사 기紀로 고친 사람은 바로 나다. 메이지 42년(1909년–역주)인 오늘날까지 그 일을 떠올리면 나는 비루한 기분에 싸이지 않을 수 없다. 그리고 그게 볼품없는 후쿠다 선생님이 아니라 모두가 무서워하고 있던 교장선생님이었더라면 좋았다고 생각하지 않은 적이 없다.

돈벌이

"그곳은 밤 산지라서 말이죠. 뭐 시세가 대충 1엔에 네 말쯤 될까. 그걸 여기 가져오면 한 말에 1엔 50전은 너끈히 받을 수 있을 거구먼요. 그래서 말이죠. 때마침 제가 거기 있었을 때인데 요코하마에서 천팔백 가마니나 주문이 있었다구요. 잘하면 한 말에 2엔 이상은 받을 수 있겠어서 당장 해치웠죠. 천팔백 가마니를 주워모아 내가 직접 그걸 가지고 요코하마까지 가보니—뭐, 상대가 중국 사람으로 본국에 보낸다는 거요. 그러자 중국인이 나와서 좋다고 하길래, 아 끝났나보다 하고 있는데 웬걸 창고 앞에 남산만큼 높다란 나무통을 꺼내놓고 그 속에 한정없이 물을 붓고 있는 거요—아니 뭣 때문인지 나도 전혀 몰랐다니까요. 원체 큰 나무통이라 물을 채운다 한들 쉬이 채워질 성부르지도 않았구 말입니다. 그럭저럭 반나절이 지났죠. 그 후 뭘 어떻게 하나 가만히 살펴보니, 아니 그 밤을 말씀이죠. 가마니를 풀어 자꾸자꾸 통 속에 쏟아 붓질 않겠습니까.—나도 실로 놀랐지만, 중국놈들 정말 허투로 볼 수 없다는 걸 나중에 알아차렸습니다. 밤을 물 속에 집어넣으면 말이죠, 확실한 놈은 그냥 밑으로 가라앉지만 벌레먹은 놈은 죄 떠오른다구요. 그걸 중국놈들이 소쿠리로 건져서는 불량이라나 어쩌나 가마니 중량에서 떨어버리니 환장할 노릇이오. 옆에서 보는데 가슴이 두근두근 조마조마, 그도 그럴 것이 반 이상을 벌레먹은 놈으로 채웠으니 겁도 날밖에 없죠. 이만저만 손해가 아니라구요—벌레가 먹었습니까? 분통이 터져서 그냥 내던져버리고 왔지요. 중국 사람 일이라 역시 시침 뚝 떼고 가마니에 긁어모아 아마 본국에 보냈을 거구먼요."

"그 후 고구마장사를 한 적도 있지요. 한 가마에 4엔씩 2천 가마 계약이오. 그런데 주문받은 게 중순경인 14일인데 25일까지라고 하는 거요. 별별 수를 다 써도 도저히 2천 가마가 안 되

겠어서 일단 거절했지요. 여간 아깝지 않았지만. 그랬더니 지
배인이 와서, 아니 계약서에는 25일로 되어 있지만 결코 그대
로는 처리하지 않을 거라고 재삼재사 권해서 결국 그리 하기로
맘을 먹었지요—아뇨, 고구마는 중국에 가는 게 아니라오. 미
국이었죠. 아무리 미국이라고 해도 역시 고구마를 먹는 놈들은
있나보다 했지요. 묘한 일도 많으니까—그래 당장 물품 확보
에 나섰지요. 사이타마에서 가와고에 쪽을 말이죠. 그렇지만
입으로야 2천 가마지 막상 사 모으려 하니 원체 엄청나서 말이
죠. 그래도 용케 마침내 28일 지나 약속대로 가져가니—실로
교활한 놈도 다 보았소. 약정서 속에, 만약 기일 위약이 있을
때는 8천 엔의 손해배상을 치른다는 항목이 있질 않겠습니까.
작자가 그 부분을 응용해서 땡전 한푼도 대금을 안 주는 거요.
더욱 미칠 노릇이 보증금조로 4천 엔이나 건 뒤란 말이죠. 티격
태격하는 새 그쪽에서 고구마를 배에 실어버려 꼼짝없이 당하
게 되었구면요. 너무 분통이 터져 천엔 보증금을 걸고 현물중
지 신청을 해서 마침내 고구마를 못 가져가게 잡아놓았죠. 그
러나 뛰는 놈 위에 나는 놈 있다고 상대가 8천 엔이나 보증금을
걸고 태연자약 배를 움직이는 거요. 그래 결국은 재판까지 가
게 됐는데 어쨌든 그놈의 약정서가 붙어 있는지라 옴치고 뛸
수 없었지요. 그만 재판관 앞에서 울어버렸다오. 고구마는 송
두리째 빼앗겨, 재판에는 져, 이런 바보멍텅구리가 이 세상에

또 있을까. 글쎄, 조금은 제 입장이 되어 생각해 보시라니까요. 재판관도 속으로 은근히 내쪽을 동정하는 눈치였지만, 법이란 도저히 불가항력이어서요. 결국 지고 말았지요."

행렬

문득 책상에서 눈을 들어 입구께를 바라보자, 언제 열렸는지 서재 문이 반쯤 열려져 넓은 복도가 빠끔히 보인다. 복도가 끝나는 곳에는 중국풍 난간이 가로막혀 있고, 위에는 유리창이 꽁꽁 닫혀져 있다. 푸른 하늘에서 정면으로 떨어지는 햇살이 처마 끝에서 유리창을 통해 툇마루 앞쪽을 밝게 물들이며 서재 입구까지 확 따뜻하게 비쳤다. 햇살 닿는 곳을 한참 바라보자 눈 밑에 하나 가득 아지랑이 모락거리는 봄소식이 그득 찬다.

그때 이 빠끔 열린 틈으로 허공을 밟으며 난간 높이만한 게 불쑥 나타났다. 빨간 바탕에 하얀 당초무늬가 오톨도톨 짜여진 리본을 둥글게 묶어 이마에서 머리 위로 쓱 끼운 사이로, 해당화로 보이는 꽃을 파란 이파리째 빙빙 꽂아 넣었다. 검은머리에 연지빛 꽃봉오리가 큰 물방울처럼 또렷이 보였다. 비교적 짧은 턱 밑에서 한꺼풀로 주름잡힌 한 장의 보라색이 툇마루까지 둥실둥실 움직이고 있다. 소매도 손도 팔도 보이지 않는다.

그림자는 복도에 떨어진 햇살을 슬쩍 빠져 나오듯 지나갔다. 뒤에는—

이번 것은 조금 나지막하다. 두꺼운 진홍 천을 정수리에서 어깻죽지까지 뒤집어썼고 펄럭거리는 등에는 비스듬히 시누대 이파리 같은 걸 꽂았다. 그저 잎사귀 하나인데 숯색 바탕 옷이 전부 잠길 정도로 파랗다. 그만큼 시누대 모양은 컸다. 복도를 딛는 발보다도 컸다. 그 발이 빨갛게 팔랑팔랑 세 발자국쯤 움직이자, 나지막한 게 빠끔히 열린 문틈을 소리도 없이 스쳐지나갔다.

세 번째는 하얀 두건 차림이다. 눈썹 밑으로 드러난 옆얼굴이 동그랗게 부풀어 있다. 그 한쪽 뺨 복판이 사과처럼 빨갛다. 꼬리만 살짝 보이는 다갈색눈썹 밑이 갑자기 우묵해져 둥근 코가 부푼 뺨을 살짝 넘어 얼굴 밖으로 비어져 나와 있다. 얼굴 밑은 온통 노란 줄무늬에 싸여 있다. 긴 소맷자락을 질질 툇마루에 끌었다. 그리고 이건 제 머리통보다 더 높다란 대지팡이를 짚고 왔다. 지팡이 끝에는 번쩍거리는 새 깃털을 주렁주렁 달았다. 그게 햇살에 부딪칠 때마다 눈부시게 빛났다. 툇마루에 끌리는 노란 줄무늬가 은빛처럼 빛났다고 생각하는데, 이것도 어느새 저만큼 지나가 있다.

그러자 뒤에서 곧장 새하얀 얼굴이 나타났다. 이마에서부터 넓적한 뺨까지를 하얗게 칠한 탓에 얼굴 전체가 하얀 벽처럼 조용하다. 그 속에 눈동자만이 깜박깜박 살아 있다. 입술은 연지를 너무 칠해서 핏빛 같은 광선을 반사했다. 비둘기를 연상케 하는 가슴께와 그냥 있어도 시선을 어지럽히는 옷자락 밑에서 작은 바이올린을 끌어안고 긴 활을 엄숙하게 둘러맸다. 스쳐간 뒤에는 뒷등에 걸친 검은 공단옷 속에 수놓인 금실 자수가 일시에 햇빛에 흔들렸다.

마지막으로 나타난 것은 너무나 작다. 난간바닥에 휘청 굴러 넘어질 것 같다. 그렇지만 커다란 얼굴을 하고 있다. 그중에서도 특히 머리통이 크다. 그 머리에 오색왕관을 썼다. 왕관 복판에 박힌 구슬이 높다랗게 치솟은 것 같다. 몸에는 우물정자 무늬가 있는 통소매 옷에 연보라 빌로드 수술을 허리까지 늘어뜨리고 붉은 양말을 신었다. 손에 든 조선부채가 몸통의 반만하다. 부채는 빨강 파랑 노랑이 빙빙 어우러진 걸 옻으로 덧입혔다.

행렬은 조용히 내 앞을 지나갔다. 빠끔히 열려진 문이 허허로운 햇살을 서재 입구로 쏟아부어, 툇마루 너비만한 쓸쓸함을 맛보았을 때, 저켠 구석에서 갑자기 바이올린 소리가 났다. 작은 목청들이 어우러지며 왁 웃는 소리가 들린다.

우리집 애들은 매일 어머니의 옷과 보자기를 꺼내 이런 장난을 치고 있다.

옛날

피트로클리 계곡은 가을로 한창이다. 시월의 양광이 눈길 닿는 대로 들과 숲을 따뜻이 물들이는 가운데 사람들은 오늘을 보내고 내일을 맞는다. 시월의 양광은 고요한 산골짝 공기를 하늘 어딘가에서 끌어안아 땅에 직접 떨어지지도 않는다. 그렇다고 산모롱이로 도망친 것도 아니다. 바람 없는 마을 위에 언제나 고즈넉이, 그렇게 조용조용 앉아 있을 뿐이다. 그러노라면 들과 숲 빛깔이 점점 변해간다. 떫은 감이 어느새 달게 익는 것처럼 산골짝 여기저기에 먼 시간이 휘감긴다. 피트로클리 산골짝은 이때 백년 전의 옛날, 이백년 전의 옛날로 돌아가 한달음에 조락해버린다. 사람들은 삶에 그윽해진 얼굴로 능선을 지나는 구름을 본다. 그 구름은 때로는 하얗고 때로는 회색이다. 가끔 야트막이 내려와 흙덩이를 살짝 엿보기도 한다. 언제 봐도 옛날 구름 같은 느낌이 든다.

우리집은 이 구름과 골짜기를 바라보기에 안성맞춤인 작은 언덕 위에 서 있다. 남쪽에서 전부 집 벽으로 해가 비친다. 몇 해나 시월의 해가 비친 것일까. 어디를 봐도 회색으로 메마른 서쪽 끝에 한 그루 줄장미가 휘감겨, 차디찬 벽과 따뜻한 햇살 틈에 꽃 몇 송이를 달고 있었다. 큰 꽃잎이 계란색 빛깔을 물결처럼 일렁이며 파란 꽃받침을 뒤집듯 활짝 벌린 채 고요히, 군데군데 피어 있다. 향기가 엷은 햇살에 빨려들어 두둥실 공기 속으로 사라져 간다. 나는 그 곁에 서서 위를 올려다보았다. 장미는 높이높이 감겨올라간다. 회색 벽은 장미덩굴로부터 필사적으로 도망치려는 듯 곧게곧게 우뚝 서 있다. 지붕이 끝난 곳에는 탑이 있다. 햇살이 또 그 위에서 가물거리듯 떨어져내린다.

발 밑은 구릉이 피트로클리 산골짜기로 길게 빠져, 저 먼 바닥이 평평한 색으로 꽉 차 있다. 그 건너 산으로 올라가는 길은 빼곡히 들어찬 자작나무 누런 잎이 층층으로 겹쳐져 농담濃淡진 비탈길이 몇 겹인지도 모르게 펼쳐져 있다. 밝고 예스러운 정취가 온통 산골짜기를 반사해오는 한복판을 검은 줄기가 옆으로 꿈틀꿈틀 움직이고 있다. 토탄을 머금은 골짜기 물이 가루물감을 풀어놓은 듯 거무스레 변한다. 이 산골에 와서 처음 이런 강물을 보았다.

뒤에서 주인이 왔다. 주인의 수염은 시월의 양광에 바래 반너머 하얗다. 옷도 예사롭지 않다. 허리에 킬트라는 걸 걸치고 있다. 인력거꾼의 무릎덮개처럼 조잡한 무늬의 직물이다. 그걸 치마처럼 무릎까지 재단해서 세로로 주름을 잡았기 때문에 장딴지가 굵은 털양말로써 감춰진 형국이다. 걸을 때마다 킬트 주름이 흔들려 무릎과 넓적다리 사이가 언뜻언뜻 내비친다. 살빛을 부끄러워하지 않았던 옛날 남자옷이다.

주인은 모피로 만든 작은 목탁만한 지갑을 앞으로 늘어뜨리고 있다. 페치카 옆에 의자를 붙이고 앉아, 탁탁 튀는 빨간 석탄을 바라보며 그 목탁 속에서 파이프를 꺼내고, 엽연초를 꺼낸다. 그리고는 가을날 긴 밤을 뻑뻑 길게 빨아낸다. 목탁 이름은 스포란이라고 한다.

주인과 함께 벼랑을 내려가 어둑한 길로 들어섰다. 스코치파라는 상록수 잎이 잘게 썬 다시마 같다. 푸른 이파리에 점점이 박힌 흰 점이 아무리 떼어도 떨어질 것 같지 않다. 그 나무줄기를 조르르조르르 다람쥐가 토실토실한 꼬리를 흔들며 기어올라간다. 그런가 하면 덕지덕지 두터운 이끼 위를 또 한 마리가 번개처럼 눈앞을 가르며 지나간다. 이끼는 부풀려진 채 움직이지 않는다. 다람쥐 꼬리가 검푸른 땅을 털빗자루 모양 쓸며 어둠 속으로 사라졌다.

주인이 옆을 돌아보며 피트로클리의 밝은 산골짜기를 가리켰다. 검은 강물이 의연히 그 가운데를 흐르고 있다. 저 강을 시오 리쯤 거슬러올라가면 킬로크란키 골짜기가 있다고 한다.

하이랜더스 사람과 로랜더스 사람이 킬로크란키 골짜기에서 싸웠을 때 시체가 바위틈에 끼여 바위를 두드리는 물을 가로막았다. 하이랜더스 사람과 로랜더스 사람의 피를 마신 강물은, 피에 절어 사흘간 피트로클리 산골짜기를 흘러내렸다.

나는 내일 아침 일찍 킬로크란키의 옛 싸움터를 방문하리라

고 결심했다. 벼랑에서 나오니까 발밑에 아름다운 장미꽃잎이
두어 장 떨어져 있었다.

목소리

도요사부로는 이 하숙에 이사 온 지 사흘째 된다. 첫날은 어
둑어둑한 해거름 속에서 정신없이 짐과 책을 정리했다. 그런
뒤 동네 공중탕을 다녀와 세상모르게 곯아떨어졌다. 이튿날은
학교에서 돌아오자마자 책상 앞에 앉았지만 갑자기 환경이 바
뀐 탓인지 전혀 집중이 안 된다. 창밖에서 끊임없이 낫질 소리
가 들렸다.

도요사부로는 앉은 채 손을 뻗쳐 장지문을 열었다. 그러자
바로 코 앞에서 정원사가 열심히 벽오동을 치고 있다. 제법 커
다랗게 뻗친 놈을 아깝지도 않은 듯 줄기 밑까지 싹둑 쳐서는
밑으로 떨어뜨린다. 벤 자리의 하얀 자국이 눈에 띌 정도로 점
점 늘어갔다. 동시에 허허로이 빈 하늘이 멀리서부터 창문으로
모여드는 것처럼 넓게 보이기 시작했다. 도요사부로는 책상에
팔꿈치를 짚고, 무심히 벽오동 저 위에 높다랗게 걸린 가을 하
늘을 바라보고 있었다.

도요사부로가 눈을 벽오동 끝에서 하늘로 옮겼을 때 갑자기

넓은 기분이 들었다. 그 넓은 기분이 한참 가라앉아 가는 동안 그리운 고향의 기억이 점을 찍듯 그 한켠에 나타났다. 점은 먼 저쪽에 있지만 책상 위에 박힌 것처럼 밝게 보였다.

산기슭에 큰 초가집이 있고, 마을에서 2초町(1초는 약 110m—역주)쯤 올라가면 길이 끊긴 그곳에 자기네 집이 있다. 문을 들어오는 말이 보인다. 안장 옆에 국화꽃 다발을 매달고 방울을 울리며 흰 벽의 축사 속으로 사라져버린다. 높이 뜬 해 가 지붕 위를 비추고 있다. 뒷산의 울창한 소나무숲이 햇빛에 청아롭다. 송이철이다. 도요사부로는 책상 위에서 막 캐낸 송 이향기를 맡았다. 그리고 도요, 도요, 하고 부르는 어머니의 목소리를 들었다. 그 목소리는 아주 멀리 있다. 그런데도 손에 잡힐 듯 분명하게 들린다—어머니는 5년 전에 돌아가셨다.

도요사부로는 문득 놀라서 눈망울을 굴렸다. 그러자 좀전에 본 벽오동 꼭대기가 또 눈동자에 비쳤다. 뻗으려던 가지가 한 곳에서 바싹 베어졌기 때문에, 나무가 옹이에 묻혀 볼썽사나울 정도로 갑갑하게 힘이 들어가 있다. 도요사부로는 또 갑자기 책상 앞에 붙들린 기분이 들었다. 벽오동을 사이로 울타리 아 래를 내려다보니 더러운 나가야가 서너 채 있다. 솜이 삐죽 터 진 이불이 사양없이 가을볕 속에 널려 있다. 그 옆에 예순쯤 되 어 보이는 할머니가 서서 벽오동 위를 쳐다보고 있었다.

군데군데 무늬가 지워진 낡은 옷 위에 가는 오비를 한바퀴 감고, 숱 적은 머리에는 큰 빗을 헐렁헐렁 꽂은 차림으로 막 쳐 낸 벽오동을 멍하니 바라보며 서 있다. 도요사부로는 할머니의 얼굴을 보았다. 그 얼굴은 푸르뎅뎅 부풀어 있다. 할머니는 부석부석한 눈두덩 저 속에서 가는 눈을 내밀며, 부신 듯 도요사부로를 쳐다보았다. 도요사부로는 허둥지둥 눈을 책상 위로 떨어뜨렸다.

사흘째 날, 도요사부로는 꽃집에서 국화꽃을 사왔다. 고향 뜰에 핀 것 같은 꽃이 보고싶어 찾아보았지만 마땅한 게 없었다. 할 수 없이 꽃집아주머니가 권하는 걸 그냥 세 송이쯤 사들고 와서 술병 같은 화병에 꽂았다. 고리짝 밑에서 보아시반리帆足万里(에도시대 후기의 난蘭학자–역주)가 그린 족자를 꺼내 벽에 걸었다. 그것은 작년에 귀성했을 때 장식용으로 일부러 가지고 온 것이다. 그런 뒤 도요사부로는 방석 위에 앉아 한참 족자와 꽃을 바라보고 있었다. 그때 창 앞 나가야 쪽에서 도요, 도요, 하고 부르는 소리가 들렸다. 그 목소리가 태도하며 음색하며 다정한 고향의 어머니와 조금도 다르지 않았다. 도요사부로는 얼른 창문을 드르륵 열었다. 그러자 어제 본 푸르뎅뎅한 할머니가 떨어지는 가을 해를 이마에 받으며, 열두어 살짜리 개구쟁이를 손짓해 부르고 있었다. 드르륵 소리와 동시에, 할머니가 예의 부석부석한 눈을 굴려 밑에서 도요사부로를 쳐다보았다.

돈

격렬한 삼면기사를 사진판으로 확대한 것 같은 소설을 대여섯 권 연이어 읽었더니 정말 세상이 싫어졌다. 밥을 먹고 있어도 생활고가 밥과 함께 위 저밑에서 내리덮치는 듯하다. 배가 불룩하면, 너무 배가 불러서 정말이지 괴롭다. 그래 모자를 뒤집어쓰고 구코쿠시를 찾아갔다. 이 구코쿠시라는 이는 이럴 때 얘기를 나누기 안성맞춤인, 철학자 같기도 하고 점술가 같기도 한 묘한 남자다. 무변광대한 공간에는 지구보다 큰 화재가 군데군데 있어 그 화재가 우리들 눈에 전해지기까지에는 몇백 년도 더 걸린다고 하며, 간다의 대화재를 대수롭지 않게 여기는 남자다. 하긴 간다의 화재로 구코쿠시네 집이 타지 않은 것만은 분명한 사실이다.

구코쿠시는 작은 네모 화로에 기대어 부젓가락으로 재 위에 뭔가 열심히 쓰고 있었다. 어때, 오늘도 여전히 사색삼매에 빠졌잖아, 하고 말했더니, 자못 성가시다는 기색으로, 응, 지금 돈에 대해서 약간 생각하고 있던 중이야, 하며 머리를 쳐들었다. 마음먹고 구코쿠시네 집까지 와서 또 돈 얘기 따위를 들어서야 참을 재간이 없기 때문에 그만 입을 다물어버렸다. 그러자 구코쿠시가 대단한 발견이라도 한 양 이렇게 말했다.

"돈은 요물이야."

구코쿠시의 경구 치고는 매우 진부하다고 느껴, 글쎄, 라는 한마디만 던졌을 뿐 상대하지 않았다. 구코쿠시는 재속에 커다란 동그라미를 그린 뒤, 너, 여기 돈이 있다고 가정해봐, 하며 동그라미 한복판을 푹푹 쑤셨다.

"이게 뭘로든 변해. 옷도 되고 먹을 걸로도 돼. 전차도 되고 여관도 돼."

"시시해. 다 알고 있잖아."

"아니, 잘 알고 있지 않아. 이 동그라미가 말이야." 하며 또 커다란 동그라미를 그렸다.

"이 동그라미가 착한 사람도 되고 나쁜 사람도 돼. 극락에도 가고 지옥에도 가. 융통성이 너무 지나쳐. 아직 문명이 발달하지 않아서 곤란해. 좀더 인류가 발달한다면 돈의 융통성에 제한을 두게끔 될 게 빤히 보이지만 말이야."

"어떻게?"

"아무래도 좋지만, 이를테면 돈을 오색으로 나누어 빨간 돈, 파란 돈, 하얀 돈 식으로 만들어도 좋겠지."

"그래서 뭘하자는 거야?"

"뭘 하긴. 빨간 돈은 빨간 구역 안에서만 쓰도록 하고 하얀 돈은 하얀 구역 안에서만 쓰도록 하는 거지. 만약 그 구역 밖에서 쓰게 될 때는 휴지쪽처럼 전혀 안 통하게 해서 융통에 제한을 둔단 말이야."

만약 구코쿠시가 처음 만나는 사람으로, 처음 보자마자 이런 이야기를 해온다면, 나는 구코쿠시를 뇌조직에 이상이 있는 논객으로 치부했을지 모른다. 그러나 구코쿠시는 지구보다도 큰 화재를 상상하는 남자이므로 마음 놓고 그 이유를 물어보았다. 구코쿠시의 대답은 이러했다.

"돈은 어떤 부분에서 본다면 노동력의 기호잖아. 그런데 노동력이란 게 결코 다같은 성질이 아니니까 같은 돈으로 여겨 피차 상통한다면 큰 잘못을 저질러. 이를테면 내가 여기에서 만 톤의 석탄을 캤다고 해봐. 그 노동은 기계적인 노동에 불과하니까, 이걸 돈으로 바꿔봤댔자 그 돈은 같은 종류의 기계적인 노동과 교환하는 자격뿐이잖아. 그런데 일단 이 기계적인 노동이 돈으로 변형되기만 하면, 갑자기 당장 대자재의 신통력을 얻어 도덕적인 노동과 자꾸만 바뀌져 가게 되지. 정신적 세계가 착란상태에 빠지는 거야 두 말 하면 잔소리. 괘씸하기 짝이 없는 요물이 아니구 뭐야. 그러니까 색을 구분해서 조금씩 그걸 알려야만 한단 말이야."

나는 구분설에 찬성했다. 그리고 잠시 뜸을 들인 후 구코쿠시에게 물어보았다.

"기계적인 노동으로 도덕적인 노동을 매수하는 것도 나쁘지만, 매수당하는 쪽도 좋지는 않잖아."

"글쎄. 지금처럼 전지전능한 돈을 본다면 신도 인간한테 항복할 테니까, 별 수 없잖아. 현대의 신은 야만스럽기 그지없으니까."

나는 구코쿠시와 이렇게 돈도 되지 않는 이야기를 하고 돌아왔다.

마음

이층 난간에 목욕으로 젖은 수건을 걸쳐놓고, 화창한 봄날에 잠긴 동네를 내려다보았다. 흰 수염을 성긋성긋 기른 신기료장수가 두건을 머리에 쓰고 울타리 곁을 지나간다. 멜대로 단단히 조인 낡은 북을 대나무 주걱으로 둥둥 두드리는데, 그 소리가 머릿속에서 문득 떠오른 기억처럼 날카롭기는 하지만, 어딘지 맥이 빠져 있다. 할아버지가 맞은편 한의사집 문 옆에 와서, 예의 그 신통찮은 봄의 북을 둥 두드리자 새하얗게 핀 머리 위 매화꽃 속에서 작은 새 한 마리가 휘익 날아올랐다. 신기료는 그것도 모른 채 푸른 시누대울타리를 지나쳐 건너쪽 길로 접어들더니 드디어는 보이지 않게 되었다. 새는 홰질 한 번으로 단숨에 난간 밑까지 날아왔다. 그리고는 잠시 가느다란 석류꽃에 앉아 있더니, 안정감이 없는 듯 두세 번 이리 저리 몸을 뒤채인 후 쫑긋, 난간에 기대 있는 내쪽을 보자마자 휙 바람처럼 일어났다. 그 서슬에 흔들린 꽃가지가 마치 연기 같다고 느끼고 있노라니, 작은 새는 이미 예쁜 발로 난간 살을 밟고 있다.

여태까지 본 적이 없는 새였으므로 이름을 알 수는 없지만 그 색조가 한눈에 내 마음을 사로잡는다. 휘파람새 비슷하게 은은한 날개에 검붉은 벽돌색을 띤 가슴이 불면 날아갈 듯 가벼워 보인다. 새는 부드러운 물결처럼 고동치는 가슴을 내밀고 죽은 듯 얌전하게 앉아 있다. 나는 인기척을 내는 게 어쩐지 죄처럼 느껴져 한참을 난간에 기댄 그대로 손가락 하나 까딱하지 않고 있었다. 그러나 의외로 새쪽이 태연해보였으므로 종당엔 에라 하고 살짝 몸을 뒤쪽으로 뺐다. 동시에 새가 난간 위를 후 닥닥 날아오르더니 어느새 내 눈앞으로 날아와 앉았다. 나와 새 사이는 겨우 한 뼘 정도밖에 지나지 않는다. 나는 반 무의식적으로 오른손을 예쁜 새쪽으로 디밀었다. 새는 부드러운 깃털과 화사한 다리, 잔물결처럼 고동치는 가슴 전부를 열고, 그 운명을 내게 맡기듯 내 손 안으로 사뿐 내려앉았다. 나는 그때 둥그스름한 머리를 위에서 바라보며, 이 새는…… 하고 생각했다. 그러나 이 새는…… 한 뒤가 도저히 떠오르지 않았다. 그저 마음속 저 깊은 곳에 그 뒤가 숨어 있어 전부를 흐미하게 얼버무리듯 여겨졌다. 이 마음속 깊은 곳에 스며든 것을 어떤 불가사의한 힘으로 한 곳에 모아 똑똑히 눈여겨본다면, 그 형태는—역시 이때, 이곳에 내 손 안에 있는 새와 똑같은 색의, 똑

같은 그 어떤 것이었으리라고 생각한다. 나는 곧장 새를 새장 속에 넣고 봄날이 이울 때까지 바라보고 있었다. 그리고 그 새는 어떤 마음으로 나를 보고 있을까, 하고 생각했다.

이윽고 산책을 나갔다. 괜히 마음이 들떠 갈 곳도 없으면서 이 동네 저 동네를 기웃거리다가, 번잡한 큰길을 발닿는 데까지 가서 보니, 큰길은 사방팔방으로 뚫려 있고 모르는 사람들 뒤에서, 이 또한 모르는 사람들이 끝없이 지나간다. 어디를 봐도 떠들썩하고 밝으며 유쾌해보였으므로, 나는 내가 대체 어디쯤에서 세상과 접촉하고, 그 접촉하는 어느 것에 일종의 답답함을 느끼는지 아무리해도 알 수 없었다. 부지기수의 모르는 사람과 만나는 것은 기쁜 일임에 틀림없다. 그러나 이건 그냥 기쁘다는 느낌만으로, 그 기쁜 사람의 눈은커녕 코도 거의 머리에 들어오지 않았다. 그러자 어딘가에서 풍경이 떨어져 기와 차양에 부딪치는 듯한 소리가 들렸다. 퍼뜩 건너에 눈을 주자, 조금 떨어진 저쪽 한길 입구에 한 여자가 서 있었다. 무엇을 입었는지, 어떤 모양으로 머리를 쪽졌는지는 알 수 없다. 다만 눈에 들어온 것은 그 얼굴이다. 그 얼굴은 눈이네, 입이네, 코네, 하는 식으로 따로따로 서술하기가 지극히 어려웠다. —아니, 눈, 코, 입, 눈썹, 이마가 똘똘 하나로 되어, 오로지 하나, 나를 위해서 만들어진 얼굴이다. 백 년 전 옛날부터 서기 서서, 눈도 코도 입도 한결같이 나를 기다리고 있던 얼굴이다. 백 년 뒤까지 나를 쫓아 어디까지나 갈 얼굴이다. 말없이 말을 하는 얼굴이다. 여자는 묵묵히 뒤를 향했다. 쫓아가보니, 한길이라고 생각했던 곳은 골목길로서 여느 때의 나라면 주저할 정도로 좁고 어둑어둑하다. 그렇지만 여자는 말없이 그 속으로 들어간다. 말이 없다. 그러면서도 내게 뒤따라오라고 말한다. 나는 오므리듯 몸을 움츠리고 골목길 속으로 들어갔다.

검은 포렴이 펄럭거리고 있다. 하얀 글씨가 찍혀져 있다. 그 위로 가게 수박등이 머리에 닿을 정도로 낮게 걸려 있다. 등 한 가운데 세 개로 겹쳐진 소나무 그림이 찍혀 있고 그 밑에 본점이란 글씨가 보인다. 그 다음에는 유리상자에 과자가 가득 들어 있었다. 처마 밑에는 갖가지 옷감조각이 든 네모상자가 대여섯 개 주르르 걸려 있었다. 그 다음에 보인 것은 향수병이었다. 그러자 골목길은 캄캄한 흙벽돌로 길이 막혔다. 여자는 저만큼 앞에 있었다. 그리고는 갑자기 내쪽을 돌아본 뒤 급히 오른쪽으로 꺾어 들어갔다. 그때 내 머리는 불현듯 조금 전의 새 기분으로 바뀌었다. 그리고는 여자에게 빨려가듯 곧장 오른쪽으로 따라 들어갔다. 그 길은 방금 지나온 골목보다 더 길고 좁은 골목으로, 이 또한 어둑어둑하게 쭉 이어져 있다. 나는 여자가 말없이 손짓하는 대로 좁고 컴컴한, 게다가 끝없이 쭉 이어진 골목길 속을 새처럼 끝없이 쫓아갔다.

변화

두 사람은 2조 다다미의 작은 방 이층에서 책상을 나란히 하고 있었다. 그 방 다다미의 때절은 모양이 20년 지난 오늘까지 뇌리에 남아 있다. 방은 북향으로서, 높이가 60센티도 채 안 되는 작은 창을 앞에 하고, 둘이 어깨를 맞부빌 듯 갑갑한 자세로 공부를 했다. 방안이 어둑어둑해지면 추운 걸 꾹 참고 창문을 열었다. 그럴 때면 창 바로 밑 집의 대나무 살창 저 안쪽에 젊은 그 집 딸이 멍하니 서 있을 적이 있었다. 고즈넉한 해질녘이면 그 얼굴과 자태가 더욱 예쁘게 보였다. 이따금 아아, 너무 예쁘다, 하며 한참 내려다본 적도 있었다. 그렇지만 나카무라에게는 아무 말도 하지 않았다. 나카무라 역시 아무 말이 없었다.

지금은 여자의 얼굴을 깨끗이 잊어버렸다. 그저 목수인가 하는 집의 딸 같았다는 느낌만 남아 있다. 물론 나가야의 가난한 생활을 하고 있던 집 딸이다. 우리 둘이 살고 있는 곳도 실은 지붕조차 보이지 않는 좁고 낡은 나가야다. 밑에는 고학생과 총무 등을 섞어 십여 명이 기숙하고 있었다. 그리고 열악한 식당에서 게타를 신은 채 밥을 먹었다. 식대는 한 달에 2엔이었지만 그 대신 지독히 형편없었다. 그래도 하루걸러 한번씩 쇠고기국이 나왔다. 물론 고기기름이 약간 뜬, 고기냄새가 젓가락에 배일 정도의 것이었다. 사숙私塾(사설 글방-역주)생들은 총무가 교활해서 맛있는 걸 주지 않는다고 언제나 불평을 했다.

나카무라와 나는 이 글방의 교사였다. 둘 다 월급 5엔을 받고 하루 2시간쯤 가르치고 있었다. 나는 영어로 지리와 기하를 가르쳤다. 기하를 설명하는 도중 반드시 하나가 되어야 할 선이 하나로 합쳐지지 않아 곤란했던 적이 있다. 그런데 복잡한 도표를 굵은 선으로 긋고 있는 사이, 그 선 두 개가 흑판 위에서 겹쳐져 하나로 만나게 되어 매우 기뻤다.

우리 둘은 아침에 일어나면 료고쿠바시兩國橋를 건너 히도쓰바시의 예비문子備門(도쿄제국대학에 입학하는 학생을 대상으로 한 예비적 성격의 학교-역주)에 통학했다. 그 당시 그 학교의 학비는 한 달에 25전이었다. 우리는 피차의 월급을 책상 위에 뒤죽박죽 섞어 그 속에서 25전의 월사금과 2엔의 식대와 그리고 목욕값 약간을 제한 나머지 전부를 호주머니에 쑤셔넣고 국수랑 단팥죽, 초밥을 사먹으며 돌아다녔다. 공동재산이 떨어지면 두 사람 다 꼼짝도 하지 않았다.

학교로 가는 도중 료고쿠바시 위에서, 네가 읽고 있는 서양 소설 속에는 미인이 나오느냐고 나카무라가 물은 적이 있다. 나는, 응, 나와, 하고 짧게 대답했다. 그러나 그 소설이 무슨 소설로 어떤 미인이 나왔는지는 지금 통 기억나지 않는다. 나카무라는 예전부터 소설 따위는 읽지 않는 남자였다.

나카무라가 보트시합에서 챔피언이 되었을 때, 학교에서 약간의 상금이 나와 그 돈으로 책을 샀는데, 그 책에 어떤 선생님이, 이러이러한 기념으로 보낸다는 문구를 써준 적이 있다. 나카무라는 그때, 나는 책 같은 거 필요없으니까 뭐든 너 좋은 책을 사주겠다고 했다. 그리고 아놀드의 논문집과 셰익스피어의 〈햄릿〉을 사주었다. 그 책은 지금도 가지고 있다. 나는 그때 처음으로 〈햄릿〉이라는 걸 읽어보았다. 그 전까지는 하나도 몰랐다.

학교를 나와 나카무라는 곧 대만으로 갔다. 그 후 전혀 못 만나고 있다가 우연히도 런던 한복판에서 딱 맞닥뜨렸다. 정확히 7년쯤 전이다. 그때 나카무라는 옛날과 다름없는 얼굴을 하고 있었다. 그리고 돈을 잔뜩 가지고 있었다. 나는 나카무라와 함께 여기저기 놀러다녔다. 나카무라도 이전과 달라, 네가 읽고 있는 서양소설에 미인이 나오느냐 따위는 묻지 않았다. 오히려 그쪽에서 서양미인 이야기를 이것저것 들려주었다.

일본에 돌아온 뒤 또 만나지 않게 되었다. 그러자 올해 1월 말 갑자기 사람을 보내, 이야기가 하고 싶으니 쓰키지의 신키라쿠 요정까지 오라고 했다. 꼭 정오까지 오라는 주문인데 시계를 보니 이미 11시가 넘어 있었다. 그리고 그날따라 바람이 몹시 불었다. 밖에 나가면 모자도 인력거도 사정없이 날아갈 듯 맹렬한 기세였다. 나는 그날 오후 꼭 처리해야 될 일이 있었다. 아내에게 전화를 걸게 하여 내일이라면 형편이 어떨지 물어보았더니, 내일은 출발 준비다 뭐다 해서 이쪽도 바쁘니까……라는 대목에서 전화가 뚝 끊겨져버렸다. 아무리 다시 걸어도 좀체 걸리지 않는다. 필시 바람탓일 거예요, 하고 아내가 추워 보이는 얼굴로 돌아왔다. 그래서 결국은 못 만나고 말았다.

옛날의 나카무라는 만철滿鐵(남만주철도주식회사—역주)의 총재가 되었다. 옛날의 나는 소설가가 되었다. 만철의 총재란 어떤 일을 하는지 전혀 모르겠다. 나카무라도 아직 내 소설은 한 페이지도 읽지 않았으리라.

크레이그 선생

크레이그 선생은 제비처럼 4층 위에 보금자리를 틀고 있다. 포석 끝에 서서 아무리 까치발로 목넘이를 해봐도 방은커녕 창문조차 보이지 않는다. 밑에서 한 계단씩 점점 올라가 넓적다리 부분이 조금 아파올 때면, 그제야 선생이 사는 집 문 앞에 다다른다. 말이 문이지, 문이라고 부를 정도의 문짝이나 지붕이 있는 것도 아니다. 석 자 될까말까 한 너비의 검은 문짝에 쇠문고리가 달랑 달려 있을 뿐이다. 얼마동안 문 앞에서 가쁜 숨을 가라앉힌 뒤, 이 문고리로 문짝을 콩콩 두드리면 안에서 문을 열어준다.

열어주는 사람은 언제나 여자다. 근시 탓일까, 안경을 걸치고 늘 놀라고 있다. 쉰 정도이니까 짧지 않게 세상을 살아온 셈인데, 역시 아직 놀라고 있다. 대문을 두드리는 게 가엾을 정도로 둥그렇게 눈을 치뜨고, 어서 오세요, 한다.

들어가면, 여자는 얼른 사라져버린다. 그리고 맨 첫째방 응접실—처음에는 응접실이라고도 생각하지 못했다. 별다른 장식도 아무것도 없다. 창문이 두 개, 그리고 책이 산더미처럼 쌓여 있을 뿐이다. 크레이그 선생은 대개 그곳에 진을 치고 있다. 내 모습이 보이면 언제나 야아, 하고 손을 내민다. 악수를 하자는 신호이므로 그 손을 잡기는 하지만, 상대방은 한 번도 내 손을 맞잡은 적이 없다. 이쪽도 손잡는 기분이 별로 좋은 셈은 아닌 터라 차라리 그만둘까 생각하는데 역시 야아, 하며 털북숭이에 주름투성이의, 그리고 예에 따른 소극적인 손을 내민다. 습관이란 참 이상한 것이다.

이 손 임자는 내 질문을 받아주는 선생님이다. 처음 만났을 때 보수를 물었더니, 글쎄에, 하며 잠시 창 밖을 바라본 후, 한 번에 7실링이면 어떨까, 너무 많다면 좀 깎아줘도 좋구, 했다. 그래서 나는 한 번에 7실링씩, 월말에 전액을 치르기로 하고 있는데, 가끔은 선생으로부터 갑자기 이 돈을 재촉받은 적이 있었다. 여보게, 돈이 좀 필요한데 지금 어떻게 안 될까, 라는 식으로. 내가 바지 주머니에서 금화를 꺼내며 노골적으로, 허,

하고 돈을 건네면, 선생은 야, 미안, 하며 예의 소극적인 손으로 돈을 받아든다. 그리고는 손바닥 위의 돈을 한참 바라본 후, 이윽고 그것을 바지주머니에 넣어버린다. 곤란한 것은 한 번도 선생이 거스름돈을 건네주지 않는다. 다음 달에 제하면 되겠거니 계산하지만, 다음주가 되면 또, 책을 좀 사고 싶은데, 하며 재촉받을 적이 있다.

선생은 아일랜드 태생이어서 도저히 말을 알아들을 수 없다. 조금 서둘러대면 마치 도쿄 사람이 사쓰마 사람과 싸움을 했을 때처럼 무슨 말인지 도통 모르겠다. 게다가 덜렁거리고 흥분을 잘한다. 나는 일이 성가셔지면 운을 하늘에 맡기고 선생 얼굴만 볼 뿐이다.

이 얼굴이 또 결코 예사 얼굴이 아니다. 서양인이므로 코가 높은 것은 당연하다 치더라도, 움푹 패인데다가 살이 너무 두텁다. 그것은 나와도 꽤 비슷하지만, 이런 선생의 코는 얼핏 보기에 깔끔한 인상을 주기는 글렀다. 그런 반면 얼굴 전체가 촌스러워서 어쩐지 소박하고 때묻지 않은 느낌을 준다. 수염은 그야말로 안 됐을 정도로 흑백이 뒤죽박죽이다. 언젠가 베이커 스트리트에서 우연히 선생과 마주쳤을 때는 말채찍을 잃어버린 마부로 착각했었다.

선생이 흰 와이셔츠나 정장차림을 한 모습을 본 적은 단 한 번도 없다. 언제나 체크 프란넬셔츠에 끝이 닳아 터덜거리는 실내화를 발에 꿰고 있다. 그리고는 그 발을 스토브 속으로 집어넣을 듯 쑥 뻗쳐서는, 걸핏하면 짧은 무릎을 두드려댄다—그때 비로소 안 것이지만, 선생은 그 소극적인 손에 금반지를 끼고 있었다—때로는 무릎장단을 치는 대신 넓적다리를 부비며 가르쳐줄 때도 있다. 그렇지만 무엇을 가르쳐주는지 모르겠다. 가만히 듣고 있노라면, 선생은 당신이 좋아하는 쪽으로 이야기를 몰고가 여간해서는 처음으로 되돌아올 생각을 않는다. 그리고 그 좋아하는 게 계절이라든가 그날 날씨 형편에 따라 여러 갈래로 변해간다. 그도 저도 아닌 경우에는, 어제와 오늘이라는 양극을 예로 들 때조차 있다. 나쁘게 말하면 엉터리, 좋게 말하면 문학상의 좌담 비슷한 이야기이다. 지금 생각해보면 한 번에 고작 7실링 정도로 체계 있고 규칙적인 강의를 기대한 게 오히려 무리이므로 선생쪽이 지당하고, 불평한 내가 바보처럼 여겨진다. 그렇긴 하지만 선생의 머릿속도 그 수염이 상징하듯 조금은 뒤죽박죽인 느낌도 없지 않아 있었으니까 어쩌면 보수 이상의 훌륭한 강의를 해주지 않은 쪽이 다행이었는지도 모르겠다.

선생이 가장 자신만만해 하는 것은 시였다. 시를 읽을 때는 얼굴에서부터 어깨 언저리가 아지랑이처럼 진동한다—거짓말이 아니다. 정말로 진동했다. 그 대신 내게 읽어주는 게 아닌, 당신 혼자 읽고 즐기는 데 귀착해버려서 사실은 내쪽이 손해를 보는 격이다. 언젠가 스윈번의 〈로자몬트〉라는 책을 들고 갔더니, 여보게, 이리 좀 주게, 하며 덥썩 책을 빼앗았다. 그리고는 두세 줄 그걸 낭독하는가 싶더니 갑자기 무릎 위에 탁 덮어버린 뒤, 코안경을 일부러 벗어들고는 아아, 한심하군 한심해, 스윈번도 이따위 시를 쓸 정도로 한물 간 걸까, 하고 긴 탄식을 했다. 내가 스윈번의 걸작 〈아틀란타〉를 읽어보려고 마음먹은 것은 이때이다.

선생은 나를 어린애처럼 생각하고 있었다. 자네 이런 거 알고 있나. 그런 걸 알 리가 없을테지, 등 걸핏하면 얼토당토않은 질문을 걸어왔다. 그런가 하면, 불쑥 근사한 문제를 제출해서 갑자기 나를 동년배 어른으로 확 바꾸어볼 때도 있다. 언젠가는 내 앞에서 워트슨의 시를 읽고, 이건 셸리와 닮은 점이 있다는 사람과 전혀 다르다는 사람이 있는데 자네는 어떻게 생각하나? 하고 물어왔다. 그렇게 물어온들, 내게는 서양시가 눈에 우선 들어오고 난 뒤 귀를 통과하지 않으면 전혀 모르는 것이다. 그래서 적당히 얼버무렸다. 셸리와 닮았다고 했던가 닮지 않았다고 했던가, 지금은 잊어버렸다. 그렇지만 우습게도 선생은 그때 예의 무릎장단을 치며, 나도 그렇게 생각해, 했기 때문에 몹시 황송스러웠다.

어느 날은 창가에서 목을 내밀고 멀리 하계下界를 바쁜 듯 지나가는 사람들을 내려다보면서, 여보게, 저처럼 많은 인간이

지나가지만 저 속에 시를 아는 사람은 백 명에 한 사람도 없어. 불쌍한 작자들. 도대체 영국인들은 시를 이해할 줄 모르는 국민이라구. 거기 비하면 우리 아일랜드인들은 훌륭하구말구. 아주 고상해—실제로 시를 음미할 줄 아는 자네나 나는 행복하다고 하지 않으면 안 돼, 하고 말했다. 시를 아는 쪽에 나를 넣어준 것은 실로 고맙지만, 그런 셈 치고는 취급 태도가 지극히 냉담하다. 나는 이 선생에게서 여태까지 단 한번도 정이라는 걸 느껴본 적이 없다. 언제나 아주 기계적으로 지껄이는 할아버지로밖에 여겨지지 않았다.

그렇지만 이런 일이 있었다. 내가 있는 하숙집이 몹시 싫어져서 이 선생집이라면 어떨까 생각하고, 어느날 예의 과외가 끝난 뒤 청을 드렸더니 선생은 즉각 무릎을 탁 쳤다. 그리고는 좋아, 우리집 방을 죄 보여줄테니까 따라오라구, 하며 식당에서부터 하녀방, 뒷문 등 집안 구석구석을 샅샅이 보여주었다. 애당초가 4층 위 한구석이므로 넓은 공간이 있을 리 없다. 2, 3분 지나자 볼 만한 곳은 다 보아버렸다. 선생은 그쯤해서 처음 자리로 돌아가더니, 여보게, 보다시피 이런 집이라 자네를 두고 싶어도 둘 처지가 못되네, 했다. 거절인가 생각하노라니 갑자기 월트 휘트먼 이야기를 꺼내기 시작했다. 옛날 휘트먼이 자기집에 와서 잠시 머문 적이 있는데—말이 매우 빨라서 잘은 몰랐지만 아무래도 휘트먼 쪽이 방문해온 듯하다—처음 그의 시를 읽었을 때는 전혀 시 같지 않은 느낌이 들었지만, 몇 번씩 되풀이하여 읽는 동안 점점 재미있어져서 나중에는 매일 애독하듯이 되어버렸다. 그러므로…….

하숙건은 어디론가 깨끗이 날아가버렸다. 나는 그저 선생이 말하는 대로 내맡긴 채, 예예, 하고 들을 수밖에 없었다. 여하튼 그때 셸리가 누군가와 싸움을 했다든가 하는 이야기를 하고, 싸움은 좋지 않아, 나는 양쪽 다 좋아하니까, 내가 좋아하는 두 사람이 싸움을 하는 건 더더욱 좋지 않아, 하고 이의를 달았다. 아무리 이의를 달아본들 이미 몇십 년인가 전에 싸움을 해버린 뒤니까 어떻게 할 수가 없다.

선생은 또 덜렁이여서 걸핏하면 당신 책을 잘못 꽂아 놓는다. 그리고는 찾는 책이 눈에 띄지 않으면 안절부절한 끝에 부엌에 있는 할머니를 불이라도 난 듯 벽력 같은 소리로 불러세운다. 그러면 예의 할머니가, 그것도 과장된 얼굴로 응접실에 나타난다.

"내, 내 워즈워드 어디 두었어?"

할머니는 여전히 놀란 눈을 접시처럼 하고 한 차례 책장을 더듬는데, 아무리 놀랐어도 지극히 분명한 것은 금방 워즈워드를 발견해 내는 일이다. 그리고는 "히어, 써(here, sir)" 하며 은근슬쩍 선생을 힐책하는 투로 선생 앞에 바짝 들이민다. 선생은 그걸 낚아채듯 받아들고는, 두 손가락으로 더러운 표지를 탁탁 쳐가며 여보게, 워즈워드가…… 하고 또 말을 잇기 시작한다. 할머니는 점점 놀란 눈을 하고 부엌으로 사라진다. 선생은 계속해서 워즈워드를 두드릴 뿐이다. 그리고는 애써 찾은 그 책을 끝끝내 한 장도 펼치지 않는다.

선생은 가끔 편지를 보낸다. 그 글씨를 도저히 읽을 수 없다. 단 두세 줄에 불과하므로 몇 번씩 되풀이 읽어볼 시간은 있지만, 아무리해도 판정을 할 수 없다. 그래서 선생으로부터 편지가 오면, 일이 생겨 과외를 할 수 없다는 것으로 단정하고, 애초부터 읽는 수고를 생략하기로 했다. 간혹 놀란 할머니가 대필을 한 적도 있다. 그때는 금방 읽히고 매우 잘 알 수 있다. 선생은 편리한 서기를 거느리고 있는 셈이다. 선생은 내게, 글씨가 서툴러서 정말 곤란하다고 탄식하기도 했다. 그리고는, 자네쪽이 나보다 훨씬 잘 써, 하기도 했다.

그런 글씨로 원고를 쓴다면 어떤 일이 생길까 은근히 걱정 되기도 한다. 선생은 〈아덴 셰익스피어(The Arden Shakespeare)〉(W. J. 크레이그가 감수한 셰익스피어전집. 작품마다 긴 서문이 달려 있다 – 역주)를 출판한 사람이다. 그런 글씨야말로 활판으로 변형될 자격을 갖추었다고 생각한다. 선생은 그래도 태연자약, 서문을 쓰거나 해석을 붙이거나 하며 모른 척하고 있다. 그뿐만이 아니다. 이 서문을 보라구, 하며 햄릿에 붙인 서문을 자랑스레 내게 읽힌 적이 있다. 그 다음 갔을 때 재미있었다고 한

마디 하자, 여보게, 일본에 돌아가면 꼭 이 책을 소개해주게나, 부탁까지 하는 것이었다. 〈아덴 셰익스피어〉의 햄릿은, 내가 돌아와 대학에서 강의할 때 대단히 도움을 받은 책이다. 그 햄릿의 해석만큼 치밀하고 알기 쉬운 것은 아마 없으리라 생각한다. 그러나 그때는 별로 그렇게까지 느끼지 못했다. 단 선생의 셰익스피어 연구에는 이전부터 놀라고 있던 바였다.

응접실 저쪽의 도어를 비틀면 6조 다다미 정도의 작은 서재가 있다. 선생이 높이 보금자리를 틀었다고 하는 것은 사실을 말하면 이 4층 모퉁이로서, 그 모퉁이에 면한 또 하나의 모퉁이야말로 선생의 보물창고이다―길이 45cm, 너비 30cm 정도인 푸른 표지의 노트가 약 열 권쯤 나란히 꽂혀 있다. 선생은 틈만 있으면 종이쪽지에 쓴 문구를 이 푸른 표지 속에 적어 놓고는, 마치 구두쇠가 구멍 뚫린 엽전을 쌓아모으듯 그게 점점 불어가는 것을 일생의 즐거움으로 삼고 있다. 이 노트가 셰익스피어 사전의 원고인 것은 그 앞에 잠시 서 있자 금방 알았다. 선생은 이 사전을 완성하기 위해 웨일스의 어느 대학 문학교수 자리를 내팽개치고 매일 대영박물관에 다니는 시간을 만들었다고 한다. 교수자리조차 팽개칠 정도니 7실링 제자를 아무렇게나 하는 것도 무리는 아니다. 선생의 머릿속에는 자나깨나, 앉으나 서나 이 사전이 떠나지 않고 있을 뿐이다.

선생님, 쉬미트의 셰익스피어 어휘사전이 있는데 또 그런 걸

만드십니까? 하고 물은 적이 있다. 그러자 선생은 경멸의 염을 금치 못하겠다는 어조로, 이걸 보게나, 하며 자기 소유의 쉬미트를 꺼내 보였다. 보니, 그 유명한 쉬미트가 앞뒤 두 권 한 페이지로 완벽하리만큼 새까맣게 되어 있다. 나는 벌어진 입을 다물지 못한 채 놀란 눈으로 쉬미트를 바라보고 있었다. 선생은 아주 득의만만해 했다. 여보게, 내가 만약 쉬미트와 똑같은 걸 만들 정도라면 왜 이렇게 죽을 힘을 쓰고 있겠나? 하고 또 두 손가락을 나란히 해서 새까만 쉬미트를 탁탁 두드려대기 시작했다.

"대체 언제부터 이런 일을 시작하셨습니까?"

선생은 일어나 맞은편 책장으로 가더니 열심히 무엇인가를 찾기 시작했다. 그러더니 또 예의 초조한 듯한 소리로, 제인, 제인, 내 다우딘 어떻게 했어? 하고 할머니가 나오기 전부터 다우딘 있는 곳을 묻고 있다. 할머니가 또 놀라서 나온다. 그리고는 또 그전처럼 책을 찾아서, 히어 써, 하며 은근슬쩍 힐책하고 사라졌다. 선생은 할머니 말은 아무래도 좋다는 듯, 기갈 들린 사람처럼 허겁지겁 책을 펼쳐들었다. 그리고는 응, 여기 있어, 다우딘이 정확히 내 이름을 여기 올려놓았지. 특별히 셰익스피어를 연구하는 크레이그 씨, 라고 써놓았어. 그러니까 보자, 이 책이—187……년 출판이니까, 내 연구는 그보다 훨씬 전인 셈이 되나…… 했다. 나는 정말로 선생의 그 끈질긴 인내에 감복하지 않을 수 없었다. 그래서 내친 김에, 그럼 언제쯤 완성할 계획이십니까? 하고 물어보았다. 언제가 될지 그걸 어떻게 알아, 죽을 때까지 힘껏 할 뿐이지, 하며 선생은 다우딘을 원래 있던 자리에 꽂아 넣었다.

나는 그 후 오랫동안 선생을 찾지 않았다. 가는 걸 그만둘 때쯤, 선생은 일본의 대학에 서양인 교수는 필요없을까? 나도 젊기만 하다면 한번 가볼 텐데, 하며 어쩐지 무상無常을 느낀 듯한 얼굴을 하고 계셨다. 선생의 얼굴에서 센티멘털함을 본 것은 이때뿐이었다. 내가, 아직 젊은데 왜 그러십니까? 하고 위로했더니, 아니야, 아니야. 언제 어떤 일이 있을지 몰라. 이미 쉰여섯이니까, 하며 묘하게 침울해했다.

일본에 돌아와 2년 정도 있으려니, 신착 문예잡지에 크레이그 선생이 죽었다는 기사가 있었다. 셰익스피어 전문학자라는 게 두세 줄 붙어 있었을 뿐이다. 나는 그때 잡지를 아래에 놓고, 그 사전은 결국 완성을 보지 못한 채 휴지쪽이 되어버렸을까, 하고 생각했다.

1867년 _ 2월 9일(음력 1월 5일), 현재의 신주쿠구新宿區 우시코메키구이
초牛込喜久井町에서 그 일대의 민정을 돌보던 나누시名主 나쓰
메 고헤에나오카쓰夏目小兵衛直克와 후처 치에千枝의 막내(5남
3녀)로 태어남. 본명은 긴노스케金之助. 양친이 고령에다 아이
가 많은 탓에 환영을 못 받은 듯, 고물집에 수양아들로 보내졌으
나 불쌍히 여긴 누나에 의해 생가로 돌아옴.

1868년 _ 11월, 요쓰야四谷의 나누시 시오바라 쇼노스케塩原昌之助의 양
자로 감.

1870년 _ 천연두에 걸려, 생애 그 흔적이 얼굴에 남음.

1874년 _ 양부의 여자관계로 가정불화. 양모와 함께 일시 생가로 감. 11
월경, 시오바라가에 돌아옴. 전후해서 도다소학교戶田小學
校에 입학. 성적우수.

1875년 _ 4월, 양부모 이혼. 시오바라가에 적籍을 둔 채 생가로 돌아옴.

1876년 _ 친구들과 만든 회람잡지에 작문 〈정성론正成論〉을 씀.

1879년 _ 3월 간다神田의 도쿄부립東京府立 제일중학교 입학.

1881년 _ 1월, 생모 치에 54세로 사망. 전후해서 제일중학교 중퇴. 4월경
니쇼학사二松學舍에 들어가 한학漢學을 배움.

1883년 _ 8월경, 대학예비문 시험을 위해 세리쓰학사成立學舍에 입학,
좋아하던 한학을 버리고 영어공부에 열중함.

1884년 _ 9월, 도쿄제국대학예비문 예과子科에 입학.

1886년 _ 4월, 대학예비문이 제일고등중학교로 개칭. 7월, 복막염으로
낙제. 그후 심기일전하여 졸업 때까지 수석을 지킴. 9월, 자립
을 위해 교사가 되어 기숙사 생활을 시작함.

1887년 _ 3월, 큰형 다이스케大助, 6월, 둘째형 나오노리直則가 폐결핵
으로 연이어 사망.

1888년 _ 1월, 나쓰메가로 복적復籍. 7월, 제일고등중학교 예과 졸업. 건
축가를 지망했으나 친우 요네야마 야스사부로米山保三郎의 권
유로 영문학 전공을 결심. 9월, 본과에 진학, 영문학에 매진.

1889년 _ 1월, 생애의 친우인 마사오카 시키正岡子規와의 교우가 시작됨.
5월, 시키의 시문집인〈나나쿠사슈七艸集〉의 평에 처음으로 소
세키漱石라는 호를 사용.

1890년 _ 7월, 본과 졸업. 9월, 도쿄제국대학 문과대학 영문과에 입학.

문부성 대여장학생이 됨.

1891년 _ 7월, 특대생特待生이 됨. 12월, J. M. 딕슨 교수의 의뢰로 일본
의 고전인 〈호조키方丈記〉를 영역.

1892년 _ 4월, 분가. 5월, 도쿄전문학교(현재의 와세다대학)에 강사로 출강.
6월, 〈노자의 철학〉, 10월, 〈문단에 있어서의 평등주의자 월트
휘트먼의 시에 대하여〉를 집필함.

1893년 _ 1월, 문과대학 영문학 간담회에서 "영국시인의 천지산천에 대
한 관념"을 강연, 이를 3월부터 9월까지 〈철학잡지〉에 연재하
여 호평을 받음. 7월, 도쿄제국대학 문과대학 영문과 졸업, 동
대학원에 입학. 10월, 도쿄고등사범학교 영어교사로 부임.

1894년 _ 봄, 폐결핵 징후. 신경쇠약의 악화와 함께 극도의 염세주의에
빠짐. 가마쿠라의 원각사에서 참선.

1895년 _ 2월, 영자신문 〈저팬저널〉 기자모집에 응모, 불합격. 4월, 도
쿄고등사범학교를 사직하고 에히메켄愛媛縣의 마쓰야마중학松
山中學 교사로 부임. 여기서 〈도련님〉의 소재를 얻음. 12월, 귀
족원서기관장 나카네 시게이치中根重一의 장녀 교코鏡子와 맞
선, 약혼.

1896년 _ 4월, 마쓰야마중학 사직. 구마모토熊本 제5고등학교 강사로 취
임. 6월, 자택에서 교코와 결혼식을 올림. 7월, 교수로 승진.

1897년 _ 4월, 교사를 그만두고 문학에 전념하고 싶다는 뜻을 시키에게 비침. 6월, 부친 사망. 연말경 오아마온천小天溫泉에 여행하여 〈풀베개〉 소재를 얻음.

1898년 _ 9월경, 나중에 문하생이 된 데라다 도라히코寺田寅彦 등에게 하이쿠俳句를 가르침. 교코의 자살미수사건과 심한 입덧으로 고민.

1899년 _ 5월, 장녀 후데코筆子 출생. 6월, 영어과 주임이 됨. 9월경 아소阿蘇에 여행. 〈이백십일〉의 소재를 얻음.

1900년 _ 5월, 문부성으로부터 영어연구를 위한 2년간의 영국유학 명령을 받음. 9월 8일, 독일기선 프로이센호로 출범, 10월 28일 런던 도착.

1901년 _ 1월, 차녀 쓰네코恒子 출생. 과학자 이케다 기쿠나에池田菊苗를 만나 크게 자극받음. 〈문학론文學論〉 집필 구상. 4월, 병상의 시키를 위하여 쓴 긴 편지가 〈런던소식〉이라는 제목으로 〈호토토기스〉에 게재됨.

1902년 _ 극도의 신경쇠약에 시달림. 9월, 시키 사망.

1903년 _ 1월, 귀국. 제일고등학교 강사와 도쿄제국대학 영문과 강사 겸임. 대학에서 〈영문학형식론〉과 〈문학론〉 강의. 11월, 3녀 에이코榮子 출생.

1904년 _ 9월, 메이지대학 강사 겸임. 12월, 다카하마 교시高浜虛子의 권

유에 의해 쓴 첫 작품 〈나는 고양이다〉를 문학모임에서 낭독,
호평을 받음.

1905년 _ 1월, 〈나는 고양이다〉를 《호토토기스》에 발표. 1회분의 단편이
공전의 호평을 얻어, 다음해 8월까지 10회에 걸친 장편으로 단
속 연재됨. 병행해서 〈런던탑〉(《제국문학》), 〈칼라일 박물관〉(《학
증》), 〈환영幻影의 방패〉(《호토토기스》) 등을 발표, 왕성한 창작의
욕을 보임. 12월, 4녀 아이코愛子 출생.

1906년 _ 1월, 〈취미의 유전〉(《제국문학》), 4월, 〈도련님〉(《호토토기스》), 9
월, 〈풀베개〉(《신소설》)를 발표. 빈번히 출입하는 문하생들의 방
문을 10월 11일부터 매주 목요일 오후 3시 이후로 정함. '목요
회'로 불림.

1907년 _ 4월, 교직을 떠나 아사히신문사에 입사. 전속 직업작가로서의
길을 시작함. 입사 첫작품으로 〈개양귀비〉(6월 23일~10월 29일)
를 아사히신문에 연재. 6월, 장남 준이치純一 출생.

1908년 _ 〈갱부坑夫〉(1월 1일~4월 6일), 〈문조文鳥〉(6월 13일~21일), 〈꿈 열
밤〉(7월 25일~8월 5일), 〈산시로三四郎〉(9월 1일~12월 29일)를 아
사히신문에 연재. 동반자살미수사건으로 사회적 물의를 일으킨
제자 모리타 소헤이森田草平를 보호, 그 전말인 〈매연煤煙〉 집필
을 격려. 11월, 차남 신로쿠伸六 출생.

1909년 _ 〈긴 봄날의 소품〉(1월 14일~3월 14일), 〈그후〉(6월 27일~10월 14
일) 연재. 9월, 만철滿鐵총재인 친우 나카무라 제코中村是公의

초대로 만주와 한국을 여행, 기행문 〈만한滿韓 이곳저곳〉을 발표. 11월, '아사히문예란'을 신설, 주재. 위경련으로 고통.

1910년 _ 〈문門〉(3월 1일~6월 12일) 연재. 탈고 후 위궤양이라는 진단을 받고 입원. 8월, 전지요양차 간 슈젠지修善寺온천에서 인사불성의 위독상태에 빠짐. 흔히 '슈젠지 대환大患'이라고 부름. 3월, 5녀 히나코 출생.

1911년 _ 입원중인 2월 20일, 문부성으로부터 문학박사 수여의 통지를 받았으나 거부. 8월, 아사히신문의 의뢰로 관서지방 강연여행. 11월, 5녀 히나코 급사.

1912년 _ 〈피안이 지날 때까지〉(1월 1일~4월 29일) 연재. 이무렵 신경쇠약과 위궤양으로 다시 고통. 12월, 〈행인行人〉(12월 6일~1913년 11월 17일) 연재 시작.

1913년 _ 신경쇠약과 위궤양 재발로 〈행인〉 중단, 자택에서 요양.

1914년 _ 〈마음〉(4월 20일~8월 11일)연재. 9월, 네 번째 위궤양 재발로 한 달 동안 와병. 11월 25일, 〈나의 개인주의〉를 학습원에서 강연.

1915년 _ 신년연하장에 죽을지도 모른다는 편지를 씀. 〈유리문 안〉(1월 13일~2월 23일), 〈노방초〉(6월 3일~9월 14일) 연재. 이해 후반 기쿠치 칸菊池寛, 아쿠다가와 류노스케芥川龍之介, 구메 마사오久米正雄 등이 문하생이 됨.

1916년 _ 2월, 아쿠다가와의 〈코〉를 절찬. 4월, 당뇨병 진단, 가료. 5월 26일부터 〈명암明暗〉 연재 시작. 11월초, 목요회에서 만년의 사상이라 불리는 '칙천거사則天去私'에 대해 언급. 12월 2일, 위궤양 내출혈로 위독 상태에 빠져 9일 오후 사망. 〈명암〉은 188회를 최후로 중단. 장례식에는 아쿠다가와가 접수를 보고 모리 오가이森鷗外 등이 조문. 28일, 조시가야 묘지에 이장. 1918년 1월, 최초의 《소세키전집》 13권이 이와나미서점岩波書店에서 간행 시작.